FRANÇOIS COPPÉE

Mon Franc parler

1re série

PARIS

ALPHONSE LEMERRE, EDITEUR

23-31, PASSAGE CHOISEUL, 23-31

M DCCC XCIV

Mon Franc parler

ŒUVRES COMPLÈTES

DE

FRANÇOIS COPPÉE

ÉDITION ELZÉVIRIENNE

Volumes in-12 couronne, imprimés en caractères antiques
sur papier teinté.

FRANÇOIS COPPÉE

Mon Franc parler

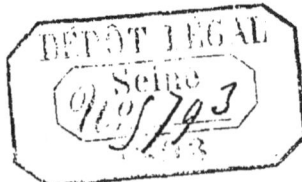

PARIS

ALPHONSE LEMERRE, ÉDITEUR

23-31, PASSAGE CHOISEUL, 23-31

M DCCC XCIV

A FERNAND XAU

En m'invitant à écrire une page par semaime pour
« Le Journal » que vous dirigez si bien, vous avez
été cause, mon cher Xau, que j'ai fait un volume de
plus. Je sais d'ailleurs que vous aimez ces libres causeries. C'est donc bien le moins que je vous les offre,
comme un témoignage de ma sincère amitié.

F. C.

Sciences politiques

RIMEUR frivole, esprit superficiel, je ne m'occupe pas de politique. C'est bon pour ceux qui n'ont rien de mieux à faire. Et il n'en manque pas. Il y a en France un homme d'État par café.

Cependant, j'avais souvent entendu affirmer et j'avais quelquefois répété — de « chic », pour dire comme tout le monde — que la politique était une science. Très empirique, si vous voulez; mais enfin une science. J'ai même lu jadis, moi profane, un livre sur la matière, écrit par un certain Machiavel, où j'ai trouvé qu'il y avait du bon.

Or, l'autre jour, passant dans la rue Saint-Guillaume, — je loge de ce côté-là, — mes yeux furent attirés par cette inscription, gravée dans un cartouche de style rococo, au-dessus de la porte d'un hôtel très confortable : « École des Sciences politiques ».

Cela me fit plaisir.

« A la bonne heure, pensai-je. Il va peut-être y avoir enfin des politiciens qui auront appris et qui connaîtront leur affaire. Car, jusqu'à présent, on ne se met dans cette partie-là que lorsqu'on a raté un autre métier. C'est toujours le mot de Gavarni : « T'es propre à rien... Fais-toi artiste ». — ou le mot de Gambetta : « Sous-vétérinaires ». Pour ma part, je n'ai connu qu'un gaillard qui fût très fort en politique. Le jeu des institutions parlementaires n'avait pas de secret pour lui, et il connaissait la question d'Orient comme sa poche. Mais voilà, pas de tenue. Sa redingote venait du « décrochez-moi ça », et il lui manquait une dent sur le devant, qu'il n'avait jamais voulu se faire remettre, trouvant commode cette cavité pour y loger le tuyau de sa pipe. Et puis, noctambule. Empruntant même quelquefois une pièce de vingt francs à un camarade sur le coup de minuit, afin de s'embarquer pour Cythère, — et ne la rendant jamais. Tranchons le mot, un bohème. Aussi a-t-il végété, simple rédacteur du Premier-Paris dans un journal grave, et est-il mort à la maison Dubois. Et pourtant, cet homme-là n'avait pas son pareil pour dire son fait à l'Angleterre ou pour rappeler les anciens partis à la pudeur. Nos législateurs n'en sauront jamais aussi long que lui. Mais, Dieu merci! et grâce à cette École des Sciences politiques, nous aurons désormais un personnel de jeunes gens instruits, ayant du linge, et nourris, tout de suite après le baccalauréat, de la moelle des Pitt et des Talleyrand. »

A droite et à gauche de la porte, une affiche était collée. — Blanche, officielle, tout à fait convenable.

« Voyons ce qu'on leur enseigne, » me dis-je, en dégainant mon binocle.

Oh! le programme est admirable! La diplomatique, le droit des gens, l'économie sociale, les traités de commerce, rien n'y manque. C'est prodigieux, ce qu'on doit piocher, là dedans, les tableaux à deux entrées, avec accolades et reports au bas des pages, et les protocoles, et tout le tremblement. Quant aux professeurs, — vous savez, là! — tout ce qu'il y a de mieux. Des anciens ministres, des sénateurs inamovibles, des membres de l'Institut! En lisant cette affiche, je croyais entendre l'huissier de l'Élysée annonçant les visiteurs, un soir de réception ouverte, chez

M. Carnot. Je vous le répète, au premier abord, c'est superbe !

Mais, après avoir étudié l'affiche, et tout en continuant mon chemin, je sentis que mon enthousiasme tombait tout à coup.

Que deviendront les élèves de l'École des Sciences politiques quand ils auront écouté ces maîtres illustres et qu'ils sauront sur le bout du doigt toutes ces belles choses? De charmants sous-préfets, de délicieux attachés d'ambassade, de suaves auditeurs au Conseil d'État. Ils auront de bonnes places, feront d'excellents mariages. A merveille. Mais seront-ils préparés à la vie publique? En aucune façon. L'enseignement de l'École est par trop incomplet et surtout trop peu pratique. Et, croyez-moi, pas de réforme possible. Il faudrait prendre une mesure radicale, ouvrir une autre école, une concurrence, une boutique en face, où l'on donnerait aux futurs hommes politiques des connaissances vraiment essentielles.

Et déjà j'imaginais l'affiche rivale.

Le lundi, d'une heure à trois heures, M. A... fera son cours hebdomadaire : *Mensonge et Trahison*.

Le même jour, de trois heures à cinq heures, M. B... fera sa leçon bi-mensuelle : *Faux Serments et Palinodies*.

Conférence du soir par M. C... : *Du Cumul et des Sinécures*.

Le mardi, d'une heure à trois heures, M. D...
fera son cours hebdomadaire de : *Corruption
électorale*.

Le même jour, de trois heures à cinq heures,
M. E..., ébéniste du Ministère de l'Intérieur, pré-
sentera sa nouvelle boîte pour scrutin, à double
fond perfectionné.

Conférence du soir, M. W... : *Du Trafic des
Décorations*.

Le mercredi, d'une heure à trois heures, M. G...
traitera de la Presse en général, et en particulier
des tarifs applicables à son courage, à son indépendance et à son désintéressement.

Le même jour, de trois heures à cinq heures,
M. A... s'occupera de la Magistrature et des
moyens de s'assurer de sa complaisance dans les
procès politiques.

Conférence du soir : Lecture du général J... :
Un projet de Coup d'État.

Le jeudi, d'une heure à trois heures, M. K...
continuera ses études financières au point de vue
spécial des *Coups de Bourse et Pots-de-vin*.

... Et ainsi de suite.

Je me borne à indiquer sommairement les
grandes lignes, le plan général du programme de
la nouvelle École des Sciences politiques, et je
livre cette esquisse aux hommes d'expérience,
aux gens de carrière. Elle est informe, j'en vois
toutes les lacunes. Par exemple, l'oubli d'une

chaire de Calomnie saute aux yeux; la création de conférences régulières sur les Fonds secrets s'impose.

Je voudrais, je l'avoue, beaucoup d'enseignement pratique, des leçons de choses, en quelque sorte. Il serait indispensable, tenez, de dresser une carte électorale de la France, très détaillée, à peu près comme celle de l'état-major, où seraient indiqués, d'un point rouge, tous les marchands de vin. De même que certains professeurs de botanique ou de minéralogie mènent en promenade leurs élèves pour cueillir des plantes ou ramasser des cailloux, les futurs candidats feraient de petites tournées — espèces de communions en blanc — où ils s'exerceraient à l'art de séduire les instituteurs, de corrompre les cabaretiers et de terroriser les gardes champêtres. Pour former les jeunes gens à l'éloquence tribunitienne, un comédien — non pas un professeur du Conservatoire, un fin diseur de la Comédie-Française, mais quelque antique cabot du Boulevard du Crime — leur enseignerait ses gros « effets » d'émotion haletante et de coups de poing sur les pectoraux. Ne trouveriez-vous pas encore très nécessaire, en prévision des séances orageuses, de convoquer parfois un camelot, une poissarde de la halle, un vieux cocher de fiacre, pour mettre les élèves au courant du vocabulaire ordinairement employé dans ce genre de tumulte? Enfin, une salle d'armes leur révélerait les secrets de l'escrime spéciale aux duels pour la galerie : égratignures au poignet, balles de papier mâché échangées à quarante pas, dans le brouillard, jurys d'honneur, etc.

Les idées viennent en foule. Tout cela est à étudier, à creuser. Ce qui est urgent, c'est l'ouverture d'une nouvelle École des Sciences politiques. Il est manifeste que l'enseignement qu'on reçoit dans l'École actuelle n'est plus en rapport avec nos habitudes et nos besoins, et que ses lauréats les plus brillants, victimes d'un programme suranné, seront dans un état d'infériorité déplorable, quand ils voudront prendre part à la vie publique et aux luttes parlementaires. Il y a là un péril. Je jette le cri d'alarme.

20 octobre 1892.

Le Cercueil de Victor Hugo

L'AUTRE jour, — oh! le charmant ciel d'octobre, d'un bleu laiteux, où le soleil tiède et clair semblait vous adresser un adieu mélancolique et vous donnait envie de lui crier : « Pas encore! » — l'autre jour, mon ami le poète Amédée Violette se promenait dans Paris avec sa chère petite Rosa.

Rosa, c'est sa bonne amie, tout simplement. Amédée n'est pas hypocrite et ne cache pas ses amours, comme fait l'éléphant. Pourquoi ne prendrait-il pas l'air avec sa petite Rosa, puisque depuis douze ans qu'ils vont ensemble à travers la vie, jamais Amédée n'a trouvé lourd le bras de Rosa, posé sur le sien?

Ils se promenaient donc, conjugalement. Malgré ses trente ans sonnés, Rosa garde un air de jeunesse. Et si jolie encore, avec son teint de miss, son nez droit et sa taille fine! L'après-midi d'automne était exquise. Au bord du trottoir, sur une petite charrette, des bouquets de violettes embaumaient. Amédée en prit un pour son amie. Et l'odeur des fleurs forestières, et l'odeur de Rosa aussi, qui montait de son cou échauffé par le boa de fourrure, grisaient délicieusement le poète... Voyez-vous ça? Le vieux fou! A cinquante ans!

Ils arrivèrent devant le Panthéon.

« C'est là, n'est-ce pas? dit Rosa, qu'ils ont mis Victor Hugo? »

Rassurez-vous. Rosa n'a rien d'un bas-bleu. Elle n'est même pas très sûre de son orthographe. Qu'importe? si elle est sincère. Mais Rosa admire Victor Hugo. Depuis douze ans, elle entend dire et redire que Victor Hugo est un des plus merveilleux poètes de l'humanité. De plus, elle est intelligente et sensible, et point n'est besoin, je vous assure, d'être ferré sur la règle des participes pour pleurer en lisant l'histoire de Cosette chez les Thénardier. C'est le privilège des seuls grands poètes d'émouvoir à la fois les vieux accoupleurs de rimes comme Amédée Violette, et les âmes simples comme celle de sa chérie. Rosa ne se doute pas que dans les cénacles de « Jeunes », l'auteur des *Contemplations* et de la *Légende des*

Siècles est traité par-dessous la jambe. Quelquefois, Amédée frémit à la pensée que, tout à coup,
sa maîtresse pourrait lui parler légèrement de
Victor Hugo. Ce jour-là, il serait sûr de son affaire. Il aurait pour rival préféré quelque symbo-
liste.

« Oui, c'est là, » répondit-il en levant les yeux
vers le dôme.

Il est encore surmonté d'une croix. Elle fait
loucher, paraît-il, quelques politicards, mais elle
ne doit pas gêner celui qui a écrit, sur le cru-
cifix, quatre des plus beaux vers qui soient au
monde.

... Et Amédée se souvenait des funérailles triomphales.

C'était grandiose, malgré tout, cette énorme
antithèse : le corbillard des pauvres allant de
l'Arc de Triomphe au Panthéon, suivi par l'élite
du pays et salué par tout un peuple. Seul, un
méchant sceptique aurait pu ricaner de certains
détails, par exemple, des camelots criant, sur
le parcours du cortège, avec le pur accent de
Belleville : « Achetez la petite médaille *queumé-*
morative du Maître... dix centimes. » Amédée, qui,
en apprenant la mort, avait fondu en larmes,
comme un enfant, était sincèrement navré, tandis
que, perdu dans la foule, il regardait passer le
convoi. Oui, tout le monde était ému, autour de
lui. Pas un instant il n'avait éprouvé le froid des

pompes officielles. Tous — les hommes de pensée comme les instinctifs — sentaient douloureusement, ce jour-là, qu'il y avait, en France et dans le monde, une grandeur de moins.

« Si nous allions voir son tombeau ? » proposa la jeune femme.

Et, quand elle apprit qu'il n'était pas encore commencé, que le cercueil était seulement déposé dans la crypte du monument, Rosa fut scandalisée. En vain son compagnon tâcha de lui expliquer que ce retard était un honneur de plus rendu à la mémoire du poète, qu'il convenait de donner à Rodin tout le temps de modeler son œuvre, que le tombeau serait magnifique et qu'on l'inaugurerait en grande cérémonie. Amédée voyait bien que Rosa restait choquée dans ses idées plébéiennes sur le respect des morts.

« Allons voir quand même, » insista-t-elle.

Et ils montèrent le large escalier.

Amédée Violette n'entre jamais là sans un malaise. Rien que de fâcheux souvenirs. Tous les partis ont laissé dans ce Panthéon la trace de leur intolérance, de leurs besoins haineux de représailles. Les uns ont violé des sépultures, les autres ont démoli des autels. On songe avec tristesse, ici, qu'il y a, dans notre caractère national, un fond de barbarie, l'instinct du destructeur et de l'iconoclaste. Et, comme nécropole de grands hommes, rien de plus raté. Deux noms immenses — Voltaire et Rousseau — sur des tombeaux vides. Le glorieux Lannes mêlé à d'obscurs gros bonnets du premier Empire. Et la République d'aujourd'hui qui prétend y loger les siens!... Amédée proposerait volontiers l'austère Grévy, — histoire de rire.

D'ailleurs, il trouve qu'on a bien fait de mettre Victor Hugo au Panthéon, qu'il n'y a même pas d'inconvénients à lui donner des voisins. Il est et sera toujours là le plus grand, le premier, le seul, — comme « l'Autre », aux Invalides.

Arrivés à la porte des caveaux, le poète et sa compagne suivirent le petit groupe de visiteurs, où ne manquaient pas, naturellement, l'Anglais en ulster à carreaux et les paysans à parapluie. Mais, tandis que le gardien emmenait son monde vers le « curieux écho » recommandé par tous les guides, les deux amants restèrent devant le cercueil du poète.

Il est posé, tout à cru, sur la dalle du souterrain, et seulement dissimulé par des débris de couronnes et de symboles funèbres, datant du jour des obsèques.

Dès le lendemain, les fleurs naturelles étaient fanées; les artificielles sont pourries depuis longtemps. Il y a beau jour qu'on les a balayées. Ce qui reste, ce sont des horreurs en fer-blanc peint, en fausses perles, en verre filé. Tout cela poudreux, sec, flétri, avec des rubans de soie déco-

lorée, sur lesquels Amédée lit quelques inscriptions : *La Démocratie de Puteaux... La Loge maçonnique de Saint-Mandé... Les Solidaires du Raincy...
La Libre-Pensée de Levallois-Perret...* etc. C'est
hideux, presque ridicule!

Amédée Violette tombe dans une rêverie
noire.

Comment? Le plus grand poète du siècle, de
tant de siècles! Il n'y a que cela sur son cercueil!
Sans doute, il a trop aimé la popularité quelconque, la grosse gloire... Mais cela, vraiment,
c'est de l'outrage!... Les regrets de la *Panthère des
Batignolles* et des *Beni-bouffe-toujours!* L'hommage des sectaires et des imbéciles! Le résultat
des souscriptions faites chez le marchand de
vin!... Hélas! sur la bière où repose Olympio,
rien que le souvenir des politiciens raseurs et
phraseurs, des Vénérables en tabliers grotesques,
des piliers de club et de café, des fanfareux à
bannière, des gymnastes à casquette blanche,
qui marchent, le pantalon dans les bottes, en
roulant des épaules!... Ah! Flaubert avait raison.
La voilà, l'invasion du Panmuflisme!... Rodin,
Rodin, dépêche-toi! Roule la terre glaise sur ton
large pouce! Et puis, bien vite, le marbre aux pra-
ticiens, le bronze à la fonte!... Un chef-d'œuvre,
statuaire! un monument digne du génie, où l'on
aura la pudeur, espérons-le, de ne pas accrocher
ces loques!...

Et Amédée Violette se souvient de son voyage à Londres, de sa visite à Westminster. Sur la dalle qui porte le nom de Charles Dickens il a vu là-bas une pauvre jeune femme, — les yeux si tristes! les joues si creuses! — qui s'était agenouillée dans ses haillons et qui priait pour l'ami des humbles.

Alors Amédée regarda Rosa et vit qu'elle avait les yeux mouillés de larmes. Éprouvait-elle, confusément, la même tristesse que lui devant cette tombe de poète, où rien ne rappelait la poésie? Tout à coup, elle eut une délicate et charmante inspiration, l'ancienne grisette, la fille du peuple. Elle s'agenouilla et posa sur la dalle — près du cercueil, mais non parmi les couronnes fanées, — le petit bouquet de violettes, dernier gage de la tendresse de son amant.

Non, jamais Amédée, autant que dans cette minute, n'a aimé sa chère petite Rosa! Il reprit le bras de son amie et l'attira doucement contre lui, certain que le Grand Mort qui dormait là était content.

27 octobre 1892.

Un Anniversaire pour 1893

E N bouquinant sur le quai, je trouve un exemplaire du *Manuel civique*, de Paul Bert, dans la case à cinq centimes. Je me l'offre et je le parcours. C'est quelque chose de délicieux. Si jamais vous avez la même chance que moi, achetez tout de suite. Vous ne regretterez pas votre sou, parole d'honneur !

Il y a là, notamment, deux petites gravures sur bois, qui se font pendant et dont le comique est irrésistible. Je vous promets le fou rire.

Elles représentent un village avant et après 1789, — le même, selon toute apparence. — Avant 89, quelques chaumières en ruine, ense-

velies sous la neige. Après 89, un site enchanteur
avec du soleil, du feuillage et des petits oiseaux.
Ce qui invite à conclure que l'ancien régime fut
un éternel hiver, et que l'ère nouvelle est un printemps qui n'en finit plus.

Bravo, Molière! Voilà la bonne comédie.

On a érigé la statue de Paul Bert. Rien que
pour cela on aurait bien fait. Grand partisan de
l'expansion coloniale, il alla gouverner cet affreux
Tonkin, où nos pauvres petits soldats meurent
comme mouches, bien qu'ils n'aient à protéger
là-bas, paraît-il, qu'une bande de fonctionnaires,
et peut-être aussi quelques marchands d'absinthe
et tenanciers de maisons publiques. Paul Bert
mourut au Tonkin, victime de son patriotisme,
de ses illusions et de son gros traitement. Mais
ce sont surtout les deux vignettes si bouffonnes
de son *Manuel civique* qui lui méritent, à mon
avis, le bronze, le Panthéon, tous les honneurs
officiels.

J'ajouterai même le Paradis. Car le Père Éternel, qui a la manche large et l'esprit libéral, a dû,
certainement, absoudre l'athée Paul Bert, ne fût-
ce que pour l'ironique plaisir de lui donner une
place, dans le ciel, à côté du célèbre jésuite Loriquet, son rival en impartialité historique.

En vérité, elles sont excellentes, ces deux vignettes! Elles symbolisent, grossièrement, mais
clairement, la façon dont tous les partis politi-

ques — sans exception — prétendent éduquer les masses.

O chercheurs de vérité, qui usez vos yeux sur les paperasses des archives, vous perdez votre temps et votre travail. Non, monsieur Taine, vous avez beau faire; les Montagnards restent des géants, c'est convenu. Non, mon cher Siméon Luce, vous nous dévoilez en vain un moyen-âge très supportable et même plein de bonhomie. Apprenez, une fois pour toutes, que les vilains battaient, du matin au soir, la mare aux grenouilles. Savants de bonne foi, tous vos in-octavo à sept francs cinquante ne prévaudront pas contre les images d'almanachs.

A ce propos, si nous causions un peu des centenaires ? Encore une manière d'enseigner l'histoire au peuple. On en a un peu abusé déjà, des centenaires; mais nous en verrons encore.

Entre nous, pour la présente année 92, cela n'a pas marché tout seul. A chaque pas, les chercheurs d'anniversaires mettaient le pied dans le sang, et reculaient. Nos maîtres du Palais Bourbon sont, en somme, des bourgeois timorés. Une date rouge, comme le Dix Août, leur a fait peur. Trop de massacres d'innocents! Trop de têtes pâles et déchevelées, grimaçant au bout de la pique du sectionnaire! On a fini par se résigner à ce 22 septembre, date parlementaire, inconnue de la foule, mais vierge d'atrocités. Beaucoup de ceux qui, ce

jour-là, proclamèrent la République, allaient
bientôt mourir pour elle et par elle. Les autres,
fauves domesticables, devaient porter plus tard
les livrées de la tyrannie. Tel le monstrueux
Fouché; tels Jean-Bon, nommé par l'Empereur
préfet de Mayence, — à cause du calembour, —
et cet horrible Barrère, de Thermidor, qui, lors
de la Restauration, orna sa boutonnière de l'ordre
du Lys.

La date peu prestigieuse du 22 septembre avait
du moins cette chance de coïncider avec la victoire de Valmy. A la bonne heure! Le Français
connaît ça, les noms de victoires. Quand on les
lui crie, son vieux sang de cocardier ne fait qu'un
tour. Cependant, pour les organisateurs de la
fête, quelques détails étaient encore embarras-
sants. Il fallut, notamment, passer sous silence
un certain Dumouriez, qui ne s'était pourtant pas
trop mal conduit, ce jour-là; car il commandait
en chef notre armée, et il a même gagné la bataille. N'importe! Ce fut justice de ne pas évoquer le souvenir de ce traître et d'honorer seulement la mémoire du bon sabreur Kellermann.

Je n'ai pas vu les chars. D'après les relations
des journaux, cela devait être légèrement grotesque. Mais il y avait, dans le défilé, les légendaires habits bleus et les bicornes à flamme
rouge. Je suis sûr que, sur leur passage, mon
cœur aurait frémi comme un tambour sous les

baguettes. — Très chauvin, je ne m'en cache pas.

Et à Lille, donc, quelques jours après! C'est à Lille que j'aurais été à mon affaire!...

Voilà un centenaire comme je les aime!... Rien que de la gloire et de la victoire!... Battus, enfoncés, rasés, les Autrichiens d'Albert de Saxe! Rasés par l'héroïque barbier qui faisait mousser sa savonnette, en plein bastion, dans une moitié d'obus!... Ah! que j'aurais applaudi, quand M. Carnot a mis les insignes d'officier de la Légion d'honneur — la croix d'or — sur l'uniforme de M. Ovigneur, qui commande aujourd'hui les fameux canonniers sédentaires, comme les ont commandés son père et son aïeul!

En voilà de la vraie France, de la tradition nationale! En voilà, de bons sujets de vignette pour un manuel civique!

... Et je songe maintenant aux anniversaires de l'année prochaine.

Quatre-vingt-treize! Pas une seule date politique, n'est-ce pas? qui soit acceptable. Tous les jours, c'est la fête de Sainte-Guillotine. On appliquera, je l'espère — mais à rebours — la théorie du « bloc ». On refusera tout.

Restent les hauts faits militaires. Ils ne manquent pas, et il en est un, entre autres, dont je propose, modestement, la commémoration.

Je veux parler du siège de Toulon.

C'est très beau, la défense de la capitale des
Flandres. Mais ce n'était pas commode, non plus,
de reprendre une place et un port de guerre livrés
aux Anglais par trahison. Et il faisait aussi chaud
que sur les remparts lillois, à l'assaut du fort
Mulgrave.

Parbleu! je sais bien, il y a là un petit com-
mandant d'artillerie qui vous gêne, messieurs de
la politique. Car ce jeune homme va vous en
fournir, tout à l'heure, des anniversaires, ceux
d'une épopée comme aucune nation n'en possède
dans son histoire, des anniversaires qui s'appellent Arcole, Marengo, Austerlitz, Iéna, Wagram.

On n'en fêtera aucun, j'en ai peur. On la connaît, la doctrine du jacobin triomphant. Rien de
bon hors de la Révolution, sinon ce qui la pré-
pare ou ce qui en découle. Toujours les deux vignettes de Paul Bert. Hélas! que tout cela est injuste, médiocre, peu français!

Oh! je les entends d'ici, les cris de haine contre
le Corse. « Il a saigné la France! » Soit. Notre
sang, il nous l'a payé en gloire. « Il a fait reculer
la liberté d'un siècle! » Qu'en savez-vous? Il tombait en putréfaction, votre Directoire d'avant
Brumaire.

Et puis, il est écoulé, ce siècle. Vous l'avez, la
liberté. Hier encore, vous appeliez la dictature,
et c'est le dictateur seul qui vous a fait défaut. Et
aujourd'hui, où en sommes-nous? Dans l'angoisse

et dans la nuit, à la veille d'une guerre sociale. Ce que, demain peut-être, vous aurez à défendre, vous, les parvenus, les puissants du jour, ce sont les restes de l'édifice légal, construit lui-même avec des débris par le Grand Consul. Et elle est imposante et solide encore, cette ruine d'une ruine, et elle a déjà duré près de cent ans!

Le 19 décembre de l'an prochain est le jour anniversaire de la prise de Toulon. Il ne sera pas célébré. Mais qui sait, — dans l'avenir plein de menaces, au milieu de cette Europe effroyablement armée, — qui sait si on ne le regrettera pas bientôt, l'officier de la batterie des Hommes-sans-Peur, le Bonaparte aux cheveux longs, aux joues creuses, maigre dans son sévère uniforme, qui restait impassible et pensif au milieu des bombes et roulait machinalement sous sa botte un boulet ayant la forme du Monde que déjà peut-être il rêvait de conquérir?

3 novembre 1892.

Un Soldat de treize jours

N attendant que les peuples fraternisent et dansent tous en rond, comme sur le pont d'Avignon, — ce qui n'est pas encore pour demain, — je tâche de rester bon Français. Depuis Cronstadt, le patriotisme consiste à ôter son chapeau, aux premiers accords de l'hymne russe. Je me découvre comme les camarades, mais cela me semble insuffisant. La fameuse devise, à propos de l'Alsace-Lorraine : « Y penser toujours, n'en parler jamais », est, depuis quelque temps, trop bien observée. D'ailleurs, elle m'a toujours déplu, cette consigne. Elle n'est qu'une phrase, j'en ai bien peur. Méfions-nous des phrases.

« N'en parler jamais. » Hélas! le silence est le frère de l'oubli.

Je sais bien que nous avons d'autres préoccupations, bien plus intéressantes. Il faut que, pour affirmer le triomphe du suffrage universel, le drapeau rouge flotte dans les rues de Carmaux, bien qu'aucun plébiscite n'ait encore aboli, que je sache, les trois couleurs nationales. Il faut aussi qu'une poignée de politicards se refasse, à cette occasion, une virginité électorale, aux dépens de ces pauvres dupes de mineurs. Voilà pour nous distraire de la pensée abominable qu'un soldat allemand monte sa faction, à Strasbourg, devant la statue de Kléber.

Moi, je m'en souviens quelquefois et je m'obstine à espérer que, tôt ou tard, cette sentinelle sera relevée — et sans douceur — par une patrouille de pantalons rouges. Aussi j'aime l'armée, et, quand passe un régiment, je l'accompagne, un bout de chemin, le long du trottoir. Ce n'est plus le régiment pompeux et paré d'autrefois. Plus de sapeurs à longue barbe et à large tablier, la hache sur l'épaule. Plus de tambour-major à colback et à panache. Plus de chapeau chinois dans la musique. N'importe! Ce sont des militaires. Les sabres-baïonnettes au bout des fusils ondulent, comme une moisson d'acier, penchée sous on ne sait quel souffle héroïque. Pour un peu, vieux gamin de Paris que je suis, je ramas-

serais deux tessons, je m'en ferais des castagnettes
et je marquerais le rhythme des tambours.

D'ailleurs, elle a un grand charme de jeunesse,
cette armée nouvelle. Ils sont très gentils, ces
pioupious aux têtes enfantines, qui n'ont encore
au menton que du poil follet. Plusieurs officiers
— et des « grosses légumes », s'il vous plaît —
m'ont parlé d'eux avec un sourire confiant et
affectueux sous la moustache, tout à fait de bon
augure. Mais que sait-on? L'expérience n'est pas
faite. Elle plie bien sur la pointe de la botte,
l'épée vierge et neuve. Mais est-elle solide? Tout
ce monde sac au dos, si ce n'était qu'une cohue?
Des inquiétudes naissent. On songe à la garde
nationale, de désastreuse mémoire.

Bien des fois, tourmenté par le doute, j'ai interrogé des jeunes gens qui venaient de finir leur
service, et souvent leurs réponses n'étaient pas
pour me satisfaire. Je m'adressais, il faut le dire,
à des fils de bourgeois, choyés et dorlotés chez
papa et maman, pendant toute leur enfance. La
caserne ne leur avait pas laissé de bons souvenirs. Tous s'y étaient ennuyés, avaient compté
les jours. Un assez grand nombre d'entre eux
gardaient une rancune contre la discipline, une
aigreur contre les chefs. Ils me parlaient de leur
capitaine comme d'un Ramollot à trois galons,
de leur sergent comme du « sous-off » de Des-
caves, carottant sur la solde et sur l'ordinaire.

Certains même — et non les moins intelligents
ni les moins sensibles — revenaient furieux, indignés, déclaraient l'armée absurde et abjecte,
s'exaltaient pour la décevante chimère de la paix
entre les hommes.

Et j'avais le cœur assombri, me demandant si
l'abus du militarisme n'allait pas contre le but,
n'affaiblissait pas, en effet, nos vertus guerrières.

Or, il vient de se passer, chez moi, sous mes
yeux, quelque chose qui m'a fait plaisir et qui
m'a rassuré. C'est la petite aventure de mon jardinier.

Depuis dix ans et jusqu'à l'été dernier, ce brave
garçon travaillait dans une équipe de terrassiers,
sur une voie ferrée, et, en sa qualité d'employé
de chemin de fer, il avait été exempté de toute
présence sous les drapeaux, n'avait fait ni un an,
ni trois ans, ni vingt-huit jours, rien. Il était, en
style administratif, « homme à la disposition ».

Étant devenu propriétaire — j'en demande
pardon aux mânes de Ravachol — et ayant acquis
un vieux logis et un bouquet d'arbres, il me fallait un ménage pour garder la maison et en
prendre soin. Je débauchai le terrassier et l'in-
stallai chez moi, avec sa femme et son petit garçon.

Mais, en quittant le chemin de fer, mon homme
retombait sous la loi commune, et il avait encore,
envers l'État, une dette de treize jours de service,
qu'il devait payer au mois de septembre.

2

La date approchant, je vis mon jardinier devenir soucieux. Je lui demandai pourquoi, tout
en le regardant arroser ses salades. Sa préoccupation était aussi honorable que légitime. Il avait
peur de ne pas se tirer d'affaire, au régiment,
d'avoir l'air trop godiche. Il rougissait un peu
d'être seul de son espèce à ignorer le maniement
d'un fusil de guerre, à ne pas savoir obéir au
commandement de : « Par le flanc droit ! »

Je le rassurai de mon mieux.

« Bah ! ça se passera en douceur... Ces treize
jours sont une sorte d'appel, de feuille de présence à signer... Vous ferez un peu l'exercice,
dans la cour de la caserne, et tout sera dit. »

Enfin, il partit, muni de quelque argent de
poche et d'une bonne paire de souliers.

Mais, le surlendemain, j'appris, par une lettre
qu'il écrivit à sa femme, que les choses se gâtaient.
A peine arrivé au corps, mon homme avait été
équipé des pieds à la tête, avec les cartouches à
blanc et les vivres de campagne ; et, sans lui
donner le temps de dire ouf, on vous l'avait
poussé dans un wagon à bestiaux, avec son
escouade, et expédié à Poitiers pour les grandes
manœuvres.

Sincèrement, je le plaignais. Un garçon robuste et débrouillard, soit. Mais nullement entraîné, ne connaissant pas l'A B C du métier.
Avec une pensée de pitié pour lui, je lisais, dans

les journaux, le récit de cette fausse guerre où il
y avait tout de même de la vraie fatigue, de ces
batailles pour rire où l'on ne devait pourtant pas
s'amuser. Et je l'imaginais, mon novice, empêtré
de son sac et de son flingot, ployant sous la
charge, bourré de coups de coude à chaque mouvement, se faisant écraser les pieds à chaque pas,
gênant ses voisins par sa maladresse, — et con-
stamment rabroué, insulté, puni peut-être, par
quelque butor de sergent ou par un blanc-bec de
lieutenant, à l'impertinente voix de vinaigre.

Eh bien! je me trompais. J'ai dû faire à mon
jardinier amende honorable.

Au bout des treize jours, il revint à la maison,
éreinté, toussant d'un gros rhume, mais enchanté
de son expédition. Parbleu! oui, d'abord, il avait
été embarrassé. Mais on avait de la complaisance
dans le rang. On lui disait : « A droite... à gauche... Regarde comme je fais... » Et — là, vrai!
— au bout de deux ou trois jours, il en savait
aussi long que les autres. Ce n'était pas si sorcier, après tout... Et puis, il avait vu du pays. Oh!
pas comme par ici. Des landes, des mauvaises
terres. Mais ça plaît d'aller de l'avant, de voir du
nouveau, même en couchant dans la paille —
pas toutes les nuits, encore — et en marchant,
tout le jour, sous le poids du sac... Et le capitaine?
Très bien, le capitaine. Jamais de juron, jamais
les gros yeux. Il s'était contenté de prévenir ses

hommes, doucement, poliment, qu'il ne répétait pas les choses deux fois, qu'il entendait être obéi. Voilà tout. Il n'avait eu besoin d'envoyer personne à la corvée du camp ou au peloton de punition. Et bons enfants aussi, les sous-officiers... Sans doute, on avait eu un peu de misère. Une nuit qu'on couchait dehors, il avait plu sans arrêter. Et puis, quelques accrocs, bien entendu. Deux fois les vivres avaient manqué. Toujours l'Intendance!... Mais quoi, on s'arrangeait. Ceux qui avaient le gousset garni trouvaient quelque chose à acheter, et l'on partageait le fricot avec les camarades sans monnaie... Et la revue donc! la revue dans la plaine de Montmorillon! L'état-major, les étrangers avec de si drôles d'uniformes, et M. Carnot en grand cordon rouge! C'était superbe!... Ah! certes, oui, il était content d'avoir vu ça.

O fils des repus et des satisfaits, enfants gâtés, petits pédants, qui, parce qu'on vous a seriné pour quatre sous de latin, vous croyez supérieurs à votre paysan de caporal, j'aurais voulu que vous fussiez là pour le voir et pour l'entendre, ce bon garçon, tandis qu'il me racontait sa campagne, avec une gaieté dans le regard et un peu de rire dans sa barbiche blonde. C'était le Français en personne, la vraie pâte à soldats. Il n'avait assisté qu'à des simulacres de combats, pendant quelques jours seulement. Mais je sentais qu'il avait

au cœur le germe de tous les devoirs militaires.
Car, malgré tant de rabâchages philanthropiques,
il y a autre chose, dans la guerre, que le massacre, le pillage, le viol et l'incendie. Il y a les
plus hautes vertus, l'esprit de sacrifice et le mépris de la mort. Et il n'est pas inutile de rappeler
ces vérités élémentaires, dans un temps où beaucoup d'honnêtes gens s'imaginent qu'il suffit,
pour être un bon citoyen, de payer ses impôts et
de déposer, de temps en temps, un bulletin de
vote dans une tirelire.

Quant à mon soldat de treize jours, il m'a fait
grand plaisir, je le répète. En lui j'ai reconnu
toute notre race, et il a certainement dans les
veines une goutte du sang de nos premiers ancêtres, qui tordaient en chignon leur crinière
rousse et mettaient à nu leur torse blanc, pour
combattre plus à l'aise, de ces Gaulois aux fa-
rouches moustaches et aux yeux d'acier, qui ne
craignaient rien au monde, que la chute du ciel.

9 novembre 1892.

Le Respect de la Vie humaine

ANS la matinée de mardi dernier, — jour du crime de la rue des Bons-Enfants, — je conduisais le deuil de ma vieille servante, morte chez moi, l'avant-veille, après des mois de souffrances atroces.

Cette honnête femme m'avait fidèlement servi pendant douze ans, et j'avais pour elle une sincère amitié. Depuis longtemps, Dieu merci! la distance qui sépare le riche du pauvre, le patron de l'ouvrier, le maître du domestique, est supprimée, à mes yeux. Je n'estime les gens que d'après leur valeur morale. Au point de vue social, l'égalité n'existe pas et n'existera jamais. La justice elle-même donne souvent, comme font les épiciers, le coup de pouce à ses balances. Si je méritais d'aller au bagne, on y aurait des égards pour moi, j'en suis sûr : on me mettrait dans les bureaux. Les hommes ne sont égaux que devant la souffrance, devant la pitié, et seulement alors ils peuvent devenir, selon la belle expression chrétienne, des frères en Jésus-Christ.

Ma servante avait pratiqué, toute sa vie, les vertus essentielles des campagnards. Elle était laborieuse, sobre, économe. De plus, bien qu'à peu près illettrée, elle m'avait maintes fois donné des preuves de son jugement droit et de ses sentiments élevés. Je la respectais infiniment; mais, quand je la vis malade, — et de quelle maladie! un impitoyable cancer! — je m'aperçus que la pauvre vieille m'était très chère.

Point de salut. Elle était condamnée à mourir dans les pires tortures, qu'on atténuait seulement pendant quelques heures par jour, à l'aide de la morphine. La vue et le souvenir de cette suppliciée m'ont rendu malheureux, j'ose le dire, depuis six mois. Je voulus du moins qu'on fît pour elle tout le possible. D'illustres médecins, qui m'honorent de leur amitié, voulurent bien donner leurs précieux avis au docteur qui soignait ordinairement la malade. A son chevet, j'ai admiré ces hommes de science et de bonté, s'ingéniant pour l'alimenter un peu, inventant mille ressources

pour donner quelque soulagement à ses souffrances.

Elles étaient intolérables; et, bien souvent,
quand se dissipait le demi-sommeil procuré par
les stupéfiants, la malheureuse femme, exaspérée
de douleur, suppliait qu'on l'achevât, prenait
mes mains dans ses mains décharnées, et me disait, au milieu de ses gémissements : « Mon bon
maître, je vous en prie, demandez à ces messieurs
qu'ils me donnent une fiole, une petite fiole! »

Elle réclamait du poison!... Et, bouleversé par
cet horrible spectacle, j'en arrivais à douter parfois qu'il fût humain de prolonger une si misérable existence. Mais, lorsque j'exprimai cette
mauvaise pensée devant les médecins, ils me ré-
pondirent d'une voix soudain plus grave et avec
un regard triste : « Non, non... Tant qu'il y a
une étincelle de vie, le devoir est de la respecter. »

Ils disaient vrai. La vie est une chose mystérieuse et sacrée. Seule, la Patrie peut en exiger le
sacrifice. On se demande même si l'Honneur a
raison de vouloir du sang. Et, quand la Justice
prononce une condamnation capitale, la conscience — et la science aussi — hésitent devant
le redoutable droit de punir.

Or, une heure après avoir accompagné le cercueil de ma pauvre servante, enfin délivrée par la
Mort qu'elle avait si souvent appelée et contre

qui nous l'avions si longtemps défendue, j'appris
l'explosion de la rue des Bons-Enfants.

Un scélérat ou un fou — c'est souvent la
même chose, hélas! — venait de tuer, froide-
ment, presque sans danger pour lui-même, cinq
hommes, cinq innocents, dans le tas, au hasard,
au risque d'en tuer dix, vingt, trente, n'importe
combien. Il venait, avec son abominable explosif,
de faire des veuves et des orphelins, de réduire
plusieurs familles au désespoir. Il avait déshonoré, par son acte de barbarie, la première ville
du monde civilisé, mis la rougeur au front de
tous les bons Français. Il avait inspiré à beaucoup
une malédiction contre la science, qui pourrait
permettre ainsi le retour à l'état sauvage. Et, à
l'heure où l'on me donnait l'affreuse nouvelle,
cet homme était sans doute devant sa chopine,
au fond de quelque cabaret, il se félicitait de son
crime, plein d'une joie monstrueuse, et se consi-
dérait comme un apôtre de l'avenir et comme
un justicier!

Oh! le respect de la vie humaine!...

Si ces lignes tombent sous les yeux du meur-
trier, il aura un haussement d'épaules. « Poète
imbécile et sentimental, se dira-t-il, qui ne comprend pas la sanglante protestation des désespérés. »

Eh bien! non, c'est lui, c'est son crime qui sont
imbéciles.

Car ils sont nombreux, ceux qui reconnaissent le vice de la société moderne, ceux qui comprennent que la Révolution a fait banqueroute et que l'aristocratie de l'argent est pire que l'ancienne, ceux qui sont obsédés par la pensée de la misère, ceux que dégoûte cette hypocrite démocratie, qui promet toujours et ne tient jamais, et qui joue éternellement avec le Pauvre, son créancier, la scène de Don Juan et de Monsieur Dimanche. Ils sont nombreux, ceux qui demandent pour le peuple quelque chose de plus substantiel que la viande creuse de la politique, ceux qui veulent que, de force ou de bon gré, les heureux fassent des sacrifices, ceux qui en font eux-mêmes, qui sont prêts à en consentir de plus essentiels, ceux qui réclament une plus juste répartition des richesses, une plus équitable récompense du travail, ceux qui rêvent pour l'humanité, non pas plus de bonheur, — personne n'y peut rien, — mais plus de bien-être. Ils sont nombreux, ils ont fait déjà une énergique poussée contre l'égoïsme, ils persisteront, et tous les Ravachols du monde ne les décourageront pas.

Humble poète, je ne puis apporter à leur œuvre que mon émotion devant la souffrance. Qu'ils ne la dédaignent pas, pourtant : elle est sincère.

Quant à toi, misérable assassin à théories, sache qu'on ne fera jamais rien pour les malheureux et les désespérés de la vie, que par la bonté, par la pitié, par l'appel au cœur. Tu n'as pas seulement massacré des innocents, tu as tué bien des bonnes volontés. Non pas toutes, heureusement; car nous ne sommes pas une nation de lâches, et le bruit de ton tonnerre de poche n'étouffera pas la voix de ceux qui, comme moi, ont toujours parlé pour les faibles et les petits.

Mais la peur que tu ne nous inspires pas, tu l'as mise aux entrailles des politiciens en pleine digestion. A la terreur ils répondront par la terreur, sois-en sûr. Ils n'y tiennent pas du tout, à leur tréteau parlementaire, devant lequel, d'ailleurs, les badauds ne s'arrêtent même plus. Encore deux ou trois coups de dynamite, et ils auront vite fait, va, de bâcler une dictature. Cette fois-ci, le Maître ne sera même pas un soldat victorieux. Ils n'en ont pas; ils n'ont su donner au peuple ni pain, ni gloire. Non, ce sera quelque tyran bourgeois, quelque aventurier en redingote, ce qu'ils appellent ignoblement un homme à poigne. Et son premier soin sera de nous mettre sa lourde patte sur la bouche et de nous arracher la plume des mains, à nous qui essaierons encore de demander en faveur de ceux d'en bas un sort un peu moins injuste. Et la France aura fait un pas de plus vers sa décadence et vers sa ruine.

Puissé-je être mauvais prophète! Mais qu'on me pardonne d'être triste. J'écris dans un logis

que la Mort vient de visiter et où flotte encore le
souvenir solennel de son passage. Et le contraste
m'a vraiment navré et indigné, entre le dévouement admirable de ces médecins pour prolonger
de quelques jours la vie d'une agonisante, et l'at-
tentat de ce monstre supprimant sans scrupule
cinq existences, au nom de la plus absurde des
chimères.

13 novembre 1892.

Après une Lecture

POUR me distraire des tristesses de l'heure présente, je prends un livre, *Marins et Soldats,* par Hugues Le Roux. Mon vieil et cher ami André Theuriet l'a déjà recommandé. Il a dit, avec l'autorité d'un maître, tout le mérite de ces récits, complets dans leur brièveté, d'un tour si franc, si pittoresque, d'une langue si ferme et si pure. Pourquoi ne dirais-je pas, à mon tour, que je leur dois quelques heures charmées?

Décidément, je suis las du roman selon la formule de notre *Codex* littéraire (dernière édition), de l'anecdote sans intérêt délayée en trois cents pages, où le héros ne peut pas aller acheter un paquet de cigarettes, sans que l'auteur vous décrive une rue de Paris, avec la notation exacte de l'état du ciel, le tout écrit à « l'imparfait », bien entendu, — l'impitoyable « imparfait » de l'école. Jamais d'action; presque pas de dialogue; toujours une prose compacte, à couper au couteau. Franchement, j'en ai assez, j'y renonce; et le goût me reprend, plus vif que jamais, pour le conte, pour la nouvelle, pour la rapide action, touchante ou pathétique, résumée en quelques centaines de lignes.

Dans ce genre charmant, si français, où la littérature contemporaine compte tant de chefs-d'œuvre, depuis Mérimée jusqu'à Daudet et Maupassant, Hugues Le Roux excelle. On sent qu'il ne fait rien que d'après nature, et il a le don suprême, le don de l'émotion. Émouvoir en dix pages, voilà qui n'est pas commode. Hugues Le Roux y réussit presque toujours.

Du reste, il y a, en ce moment, dans le journalisme, toute une phalange de nouveaux conteurs, d'une imagination et d'une fécondité vraiment extraordinaires. Il se dépense là du talent à poignées. Pour n'en citer qu'un, que je n'ai pas le plaisir de connaître personnellement et dont j'avoue n'avoir encore lu que trois ou quatre articles dans Le Journal, que dites-vous des épisodes militaires de ce Georges d'Esparbès, que j'appellerais volontiers, comme on faisait jadis pour les

peintres, le d'Esparbès-des-Batailles ? C'est surprenant de couleur, de relief et de vie. Mais, je
le répète, ils sont nombreux, ici et ailleurs, ces
improvisateurs de romans en raccourci et de
drames à la minute. C'est inouï, ce qu'ils sèment
— en prodigues — d'invention, de fantaisie, d'esprit et de verve. Ils me font songer aux marins
du combat de la Hougue, à qui Tourville, n'ayant
plus de mitraille, faisait charger les canons avec
des louis d'or.

Mais revenons à Hugues Le Roux. J'ai pour
lui beaucoup d'amitié. D'abord, sa personne est
très séduisante, — ce qui n'a jamais rien gâté, —
et puis, il parle d'une voix si douce ! Il nous a
bien développé quelquefois, de cette voix de si-
rène, des paradoxes à faire dresser les cheveux sur
la tête. Mais avec tant de grâce ! Naguère, devant
le corps de Pranzini — admirable dans sa nudité,
paraît-il, sur le marbre de la salle de dissection
— Le Roux a été pris d'une pitié tout artistique
et s'est écrié — en citant du Renan — que la
beauté valait la vertu. L'autre jour, je l'ai encore
taquiné, à ce sujet. Non, non, mon jeune camarade, soyons compatissants pour tous, soit, même
pour ce scélérat très peu intéressant de Pranzini,
puisqu'il a expié. Mais, diable ! ne lâchons pas la
morale élémentaire, la morale des catéchismes
de deux sous, qui est, après tout, la bonne, et ne
nous laissons pas entraîner par des attendrisse-

ments de dilettante. Non, la beauté ne vaut pas
la vertu. Entre Antinoüs et saint Vincent de Paul
il n'y a pas de comparaison.

Ce qui me plaît absolument, par exemple, chez
Hugues Le Roux, c'est le trésor d'indulgence et
de mansuétude qu'il a dans le cœur pour les pa-
rias de la vie, même criminels. Il a descendu, on
le sait, dans les plus ténébreux égouts du vice et
de la misère, et il en a rapporté de belles études,
toutes palpitantes d'émotion et de vérité. Hardi
plongeur, il est, chaque fois, remonté des bas-
fonds, tenant dans sa main une perle de sentiment. Lisez ses livres, et vous y trouverez cette
pensée, consolante et amère, que le pire gredin
garde un peu d'humanité, que la plus abjecte prostituée a un cœur, — en un mot, que les monstres
sont à plaindre. Ici, nous sommes tout à fait, Le
Roux et moi, du même avis et pour le même
évangile. Notre Christ n'est nullement janséniste,
et il ouvre largement ses bras pour pardonner à
droite et à gauche, au mauvais larron comme
au bon.

Fidèle à son programme, Hugues Le Roux,
dans son dernier volume, *Marins et Soldats*, nous
parle plus particulièrement des déclassés de l'armée, des bohèmes de la mer. Vous trouverez là,
surtout, les indisciplinés du régiment, les mauvaises têtes, ceux qui finiront « biribis » en Algérie, et aussi les matelots du commerce, les en-

fants terribles du métier, qui s'embarquent pour
le tour du monde, pieds nus, avec deux chemises
et un tricot de laine, et qui dissipent, en une nuit
de noce, le salaire de toute une campagne.

J'aime tout le livre, mais ce que j'en préfère,
ce sont les pages où le brillant conteur évoque
ces vagabonds de l'Océan. Né au Havre, d'une
ancienne famille où tous ses aïeux furent arma-
teurs de père en fils, il les connaît bien, Hugues
Le Roux, il les aime, ses aventuriers, et il excuse
leurs mœurs de sauvages, leurs soûleries et leurs
colères de brutes. Peut-être a-t-il dans les veines
une goutte de leur sang. Sang illustre, sang bleu,
s'il en fut jamais, que celui des marins normands !
Car, sans remonter jusqu'aux conquérants scan-
dinaves, quelle flamme d'audace et d'intrépidité
n'allumait-il pas encore, par exemple, dans le
cœur des hommes d'équipage, qui voguaient à la
découverte, bercés par le dur roulis de l'Atlantique, sur les lourds bateaux de Jacques Cartier,
là-bas, vers le blanc Canada ! Eux aussi, j'en suis
sûr, devaient avoir un sang terriblement prompt
à l'orgie et à la bataille ; car il ne fallait pas être
des poules mouillées pour s'engager dans le mystérieux Saint-Laurent, épouvantant de loin les
Indiens du rivage, qui, devant les fanaux de hune
aperçus dans le brouillard du fleuve, croyaient
voir grossir et venir sur eux des étoiles incon-
nues.

Donc, ami Le Roux, votre livre vient d'appa-
reiller, il va prendre le large, et je lui crie : « Bon
vent! » du pied du sémaphore. N'en faites que
de pareils, où vibre l'amour de l'humanité. Vous
soupçonnez, comme moi, qu'il est un juge aux
yeux de qui, tous, même les plus coupables en
apparence, sont innocents. Oui, plaignons les
méchants et les féroces. Plaignons les insensés
qui voudraient encore engraisser de sang le sol
natal dans l'espoir d'on ne sait quelle moisson
chimérique. Si nombreux et si opulents que soient
les épis, les plus grosses gerbes seront toujours
aux habiles et aussi, hélas! aux pervers. Mais
soyons, solidement et quand même, du côté des
pauvres. Les marmites infernales peuvent éclater
avec fracas. On nous entendra répéter sans cesse,
dans l'intervalle des explosions : « De la bonté,
de la bonté, et encore de la bonté! »

17 novembre 1892.

Banville causeur

JE viens d'écrire le petit discours que je prononcerai, dimanche prochain, dans le jardin du Luxembourg, devant le buste de mon paternel et si regretté maître et ami, Théodore de Banville; et son cher souvenir me hante.

Ce fut en 1864 — vingt-huit ans déjà, grand Dieu! — que je lui lus mes premiers essais d'écolier en rimes, et je crois le revoir encore, dans son appartement de la rue Crébillon, qu'égayaient de claires aquarelles et des meubles du XVIIIe siècle, bien choisis. Oui, je revois son aimable visage, absolument glabre, taché par des yeux

pareils à des gouttes de café, — et dont la mobile
physionomie offrait un si singulier mélange de
bonhomie, de candeur et de malice!

Jeune encore à cette époque, mais de santé
chétive, il avait déjà pris des habitudes très casa-
nières et ne quittait qu'à regret sa veste de chambre
et le bonnet de velours étoffé, ayant la forme
de celui de Scapin, dont il coiffait sa calvitie.
Une fois par semaine, — le jeudi, si j'ai bonne
mémoire, — nous arrivions chez lui, mes camarades du Parnasse et moi. On prenait le thé, on
disait des vers, on causait surtout. Et c'était un
plaisir très exceptionnel et très capiteux que d'entendre causer Banville. Vif comme la poudre et
roulant son éternelle cigarette, il allait, il sautait,
pour mieux dire, d'un fauteuil à l'autre, ne s'as-
seyant jamais que peu d'instants sur sa jambe
droite repliée sous lui; et il nous contait alors,
de sa voix de tête si amusante, une foule d'histo-
riettes et d'anecdotes, où il évoquait toute sa vie
de vieux Parisien. L'auteur des *Odes Funambu-
lesques* — on ne l'a pas assez dit — était un prodigieux conversationiste. Tel se fait une renommée
d'homme d'esprit pour quelques réponses mé-
chantes et cruelles; tel autre lime, pendant huit
jours, un mot à effet et va le colporter ensuite
par la ville. Tout différent était notre bon maître,
et ses entretiens, d'une verve folle, étaient dignes
d'un poète lyrique. Son imagination pleine de

féeries exagérait, magnifiait ses souvenirs. Pour se faire comprendre, il allait tout de suite à l'hyperbole.

Par exemple, pour nous parler du vin unique, mais exquis, qui paraissait sur la table de Nestor Roqueplan : « C'était un vin, disait Banville, comme seul un vieux vigneron peut en boire le jour du mariage de sa fille unique ! » Ou bien encore, voulant nous vanter le talent d'un commis voyageur, sans rival pour trouver trente-deux aiguillettes dans une volaille : « Enfin, s'écriait le poëte, ce gaillard-là découpait si bien qu'il prenait un perdreau sur un cil et que, avec un cure-dents, il en faisait des cahiers de papier à cigarettes. »

Et, malgré l'abondance inouïe de ses idées et de ses paradoxes sur l'art et sur la vie, malgré le torrent de faits qui s'échappait en bondissant de son infaillible mémoire, Banville — qui, d'ailleurs, quand il le fallait, savait fort bien se taire et écouter — ne donnait jamais la sensation du bavardage, tant son discours étincelait de fantaisie et de variété. Puis, c'était si bref, si léger ! Avec quelques mots, un jeu de physionomie, un éclair dans le regard, un bout de pantomime, il traçait un portrait, racontait toute une comédie, tout un drame.

J'ai entendu des causeurs de premier ordre : Théophile Gautier, qui, simplement, avec le

3.

calme d'une force élémentaire, parlait comme
sont écrites ses plus belles pages ; Alexandre
Dumas, qui frappe ses mots ainsi qu'un balancier
frappe des médailles ; Victorien Sardou, qui a
tout lu, qui sait tout, et dans les moindres détails ;
Renan, qui avait cette flatterie pour son interlo-
cuteur de s'emparer de sa pensée, de l'orner en
la développant et de la lui restituer, pour ainsi
dire, revêtue d'un charme nouveau ; Barbey d'Au-
revilly, avec ses anecdotes innombrables et tru-
culentes, avec ses épigrammes taillées à facettes
comme des diamants, et pourtant inventées sans
aucun effort, jaillies du caprice de la conversation ;
Scholl, qui est un petit-fils de Rivarol ; Daudet,
qui, par la parole comme par la plume, est un
maître de l'émotion et de la grâce, et qui possède, d'ailleurs, le génie d'un mime napolitain ;
bien d'autres encore.

Tous sont étonnants ; mais, chez quelques-uns
d'entre eux, il y a de l'orateur ; chez les autres, on
sent un procédé, une habitude intellectuelle
qu'ils ont bien disciplinée. Ils ont de l'esprit, et
beaucoup, certes, mais ils en font quelquefois.

Banville n'en faisait jamais. Il parlait toujours
avec l'abandon le plus complet, se jetait au fleuve
de l'improvisation. La causerie lui donnait alors
une griserie, une sorte de délire ; et, à chaque
instant, il vous éblouissait par un choc de mots
surprenant, par une métaphore foudroyante d'im-

prévu ou de comique. C'était irrésistible, et c'était délicieux.

Ce qui rendait encore tout particulièrement piquante la conversation de Théodore de Banville, c'était que, ayant reçu l'éducation et gardé les manières d'un gentilhomme, il avait traversé les milieux les plus divers, depuis la haute vie jusqu'à la bohème. Ses récits vous attablaient tour à tour devant l'argenterie massive d'une maison princière et devant le litre de vin bleu, servi à Privat d'Anglemont dans un cabaret de voleurs. Avec lui, on passait, sans transition, du salon de Victor Hugo, place Royale, aux coulisses des Funambules.

Il aimait tant Paris ! Il en avait si bien vu — et deviné aussi, grâce à son instinct de poète — tous les mystères, honteux ou sublimes ! Ses nombreux volumes de contes en prose, trop peu répandus, peuvent seuls donner une idée de sa puissance et de sa rapidité d'évocation, quand il vous disait une anecdote parisienne. Là seulement, l'on peut retrouver ce qu'il mettait dans ses propos extraordinaires : du Balzac comprimé, du « Liebig » de *Comédie humaine*.

N'oublions pas, non plus, un caractère touchant de cette causerie enchanteresse. Elle était absolument inoffensive. Le difficile problème d'être à la fois spirituel et bon, Théodore de Banville l'avait résolu. Non que les ridicules, les travers et les vices de l'humanité échappassent à ce subtil observateur. Mais il était arrivé, dès sa jeunesse, à la philosophie des forts, c'est-à-dire à l'indulgence. Son ironie était sans fiel, ses malices avaient quelque chose d'attendri. Jamais je ne lui ai entendu dire ce qui s'appelle une méchanceté.

Dimanche prochain, en remerciant les amis qui ont eu la pieuse et charmante pensée d'élever à Théodore de Banville un modeste monument dans ce jardin du Luxembourg, où il a si souvent promené ses rêves, je louerai de mon mieux l'homme, qui fut excellent, et l'œuvre, qui reste exemplaire. Des poètes — et, au premier rang, Catulle Mendès et Jean Richepin — célébreront aussi sa gloire en vers enflammés. Ici, je ne prétends que fixer un aspect de la physionomie d'un maître que j'ai beaucoup aimé. Je rappelle seulement qu'il eut infiniment d'esprit. Ce n'est rien, — pour les pédants, — mais c'est français comme le vin de Champagne.

Hélas! ami disparu, qui, pendant vingt-cinq ans, m'avez donné, dans nos entretiens, tant d'amusement et de joie, c'est avec une profonde mélancolie que j'écris ces dernières lignes. De quoi parlerions-nous, maintenant? Les bouches ne sont pleines que d'injures, de mépris et de haine. Nous n'aurions pas grand'chose à dire sur les fous furieux qui font sauter les maisons et sur

les vertueux marchands de politique et de finance
qui s'accusent entre eux d'être des escrocs. Je
vous dois encore, du moins, ce bon moment où,
en pensant à vous aujourd'hui, j'ai oublié tous
ces crimes et toutes ces ordures. Dans nos fan-
tasques causeries, nous revenions toujours, en
définitive, à ce qui nous tenait le plus au cœur,
à notre amour naïf et désintéressé de la poésie et
de l'art. Maintenant on ne parle plus que de la
prochaine explosion du volcan social, qui vomira
peut-être quelque chose de plus abominable encore que la dynamite ou la boue. Je tâche de me
distraire de ces horreurs, en me souvenant des
heures que nous passâmes à deviser ensemble et
que je compte parmi les plus douces et les plus
innocentes de ma vie.

24 novembre 1892.

Soir triste

L E premier vent de neige m'a joué un mauvais tour, comme il fait chaque hiver, d'ailleurs. Je tousse, ce soir, au coin de mon feu, et je ne suis pas gai. On m'apporte un journal, et j'y lis d'abord, en caractères d'affiche : « *La Crise continue. Le Gâchis. Nouveaux scandales.* » Ma tristesse augmente. Je jette un regard dégoûté sur ces ordures, et je trouve enfin, dans un coin perdu de la troisième page, les dignes et simples paroles prononcées par Paul Déroulède devant le monument de Champigny.

« Souvenons-nous!... » dit obstinément le brave homme. Et je me souviens.

Le siège durait déjà depuis plus de deux mois, et Paris était horrible. Dans une boue jaunâtre de neige fondue, des gardes nationaux passaient et repassaient, oisifs, enfiévrés par l'attente, tandis que les malheureuses femmes grelottaient à la porte des boucheries, où elles venaient chercher pour leur famille un morceau de charogne. Un ciel bas et sombre. Le grondement continu de la lointaine canonnade. J'étais dehors, moi aussi, avide de nouvelles. La lugubre journée!

On m'avait donné, comme à tant d'autres, au début du siège, une arme inutile, un lourd fusil transformé, que je menais, deux fois par semaine, monter la garde avec moi sur le bastion, près de la porte d'Italie. Le reste du temps, il restait sur deux clous, dans le petit logement de la rue des Feuillantines, où je m'étais réfugié avec les miens et où nous devions bientôt être réveillés, en pleine nuit, par l'un des premiers obus du bombardement, qui creva la maison voisine. Quelles heures affreuses j'ai vécues là, entre ma vieille mère paralytique et déjà très menacée par la mort, et ma sœur aînée, qui se désespérait de trouver si rarement un œuf, un peu de nourriture tolérable pour soutenir la chère malade! Mais cette journée du 2 novembre fut particulièrement sinistre.

J'étais de ceux, je l'avoue, qui se faisaient peu d'illusions sur l'issue du blocus. Au 31 octobre,

l'essai d'insurrection en présence de l'ennemi
m'avait fort découragé. Les maîtres du jour, eux-
mêmes, n'avaient pas confiance et ne pouvaient
guère l'inspirer, du moins aux gens raisonnables.
Cependant, la sortie du 30 novembre, ce grand
effort du côté de la Marne, qui, d'après les dépê-
ches, semblait avoir réussi, m'avait rendu quelque
espoir. On pouvait vaincre, tout de même. Et la
victoire, c'était le siège levé *ipso facto*, les Allemands en retraite, le salut peut-être. Le 1er décembre, on annonça que le mouvement offensif
était suspendu, que les troupes se reposaient, ce
qui était de mauvais augure. Aussi, le 2 au soir,
aucune affiche n'ayant été placardée, je sortis,
après dîner, pour aller lire les dernières feuilles
parues, au café Tabourey, près de l'Odéon. Le
lieu était assez pittoresque. On n'y servait aux
consommateurs que du café noir et du chocolat à
l'eau, sans pain, bien entendu, et l'on apportait
à chacun d'eux une longue bougie dans un chan-
delier pour lire les journaux d'alors qui, le papier
se faisant rare, n'avaient que la page et le revers.
Ce fut là que j'appris que l'armée avait repassé
la Marne, qu'elle rentrait dans ses cantonne-
ments, et que — en un mot et malgré les euphé-
mismes officiels — la bataille était perdue.

Oh! l'abominable crève-cœur! J'eus la certi-
tude instinctive que tout était fini, que désormais
la résistance se traînerait seulement jusqu'à

l'épuisement des vivres, ainsi que les choses se passèrent à peu près, en réalité, sauf le jour de l'incompréhensible et désastreuse tentative sur Buzenval. Je prévis cette énervante et interminable fin du siège, que je devais, pour mon compte, vivre dans mon lit, râlant d'une pleurésie et regardant sur la muraille mon arme dérisoire.

Je rentrai chez moi, le long des rues solitaires, dont les ténèbres étaient seulement piquées, çà et là, d'un fumeux quinquet de pétrole. J'avais les épaules courbées par le poids de la défaite, les yeux gonflés par des larmes de rage. J'ai compris, cette nuit-là, ce que signifie le mot désespoir.

Je m'excuse de ma faiblesse auprès des jeunes camarades qui me servent, de temps en temps, leurs aimables paradoxes sur la niaiserie et l'injustice de l'idée de patrie, et leur pitié de crocodile pour ce pauvre Béhanzin, à qui l'on a pris son Alsace-Lorraine. Je goûte la légèreté de leurs plaisanteries, je les autorise à me considérer comme une vieille bête, et je n'ai qu'un mot à leur répondre : Ils n'ont point passé par là.

« Souvenons-nous!... » dit Paul Déroulède avec sa noble et tenace obstination de poète, devant le charnier de Champigny. Et il nous rend les douleurs d'autrefois.

Eh bien! celles d'aujourd'hui sont pires. Oui,

qu'on nous rende le pain noir des assiégés. Il
était moins amer que toute cette honte. Est-ce
possible? Après vingt ans de paix, voilà où nous
en sommes, dans la boue. Elle commence par
éclabousser ce qu'il y a de plus apparent dans
notre pays, ce malheureux vieillard que, hier encore, nous appelions le Grand Français, et cette
monstrueuse Tour de fer, objet de la stupide admiration des badauds, ce symbole de la force
brutale, au pied duquel nous avons célébré, par
des kermesses décadentes, les seules dates pures
de la Révolution! Et maintenant, elle rejaillit,
cette boue, jusque sur les élus du peuple, sur
ceux qui font les lois!...

Pour de l'argent! Il y en a — et beaucoup —
qui ont vendu leur vote, leur conscience! Et,
comme on n'ose pas, malgré tout, démasquer les
coupables, jusqu'au dernier, tous restent suspects.
Et si l'on nous attaquait demain, s'il fallait dé-
ployer l'étendard national, on pourrait se demander si la main serait pure qui en saisirait la
hampe!... Pour de l'argent! Et cela, lorsque grondent, plus menaçantes que jamais, les justes
plaintes des misérables; quand les riches, loin
d'augmenter leur trésor, devraient se préparer,
sous peine des pires malheurs, au partage fra-
ternel, au sacrifice!... Pour de l'argent!... Ah!
l'on songe à la probe et sainte pauvreté d'Aristide. Que dis-je? On en arrive à regretter les

jours de deuil et de désordre, où quelques-uns, du moins, avaient encore des vertus, où, tandis que Jourde, le communard, était maître de la Banque, sa femme allait au lavoir, lessiver, elle-même, le linge de la famille!

Malheureux, qui avez ramassé dans cette fange de l'or, et encore de l'or, et toujours de l'or, regardez d'avance votre châtiment. Oui, regardez de l'autre côté de l'Atlantique, où ce flibustier yankee, ce Jay Gould, vient de mourir sur un tas de milliards. Le monde entier défile devant sa tombe, et tous y jettent un mot de mépris, comme un crachat.

Et c'est en France qu'éclatent ces scandales abjects! En France, le pays du bon cœur, du regard loyal et de la main tendue!... Ah! l'avenir est trop affreux! Ce soir, en toussant devant mes tisons, je me dis avec une sombre joie que j'ai passé la cinquantaine, et que, probablement, je ne ferai pas de vieux os.

Et, pendant ce temps-là, Déroulède, candide patriote, tu cries devant le mausolée des morts héroïques : « Souvenons-nous!... » Qu'est-elle devenue, dans les mains de tous ces bourgeois véreux, la France d'autrefois, la France militaire?... Pourtant, tu fais bien, et j'accepte ton espérance; car les poètes finissent toujours par avoir raison, et la guerre sacrée que tu rêves nous guérira, seule, peut-être, de cette corruption,

produite par vingt ans de paix et de bien-être
égoïstes!... Hélas! Est-ce bien moi qui parle?...
Moi, un poète, moi, dont le cœur est plein
d'amour et de pitié, je demande des larmes aux
mères pour laver les souillures du drapeau!

8 décembre 1892.

La Misère

DANS la *Liberté* de dimanche soir, je lis le fait-divers que voici :

« *Pour deux sous de charcuterie.* — On a arrêté ce matin un malheureux, au moment où il prenait un peu de charcuterie à la devanture d'une boutique du faubourg Montmartre. Le marchand n'ayant pas voulu se désister de sa plainte, le pauvre diable a été conduit au Dépôt sous l'inculpation de flagrant délit de vol.

« De l'enquête qui a été faite, il résulte que A. R... n'avait pas mangé depuis trois jours. »

Pour mieux savourer ce fait-divers, souvenons-nous que le mot « Fraternité » est écrit sur toutes les murailles et que, malgré l'envie qu'on en a, bien certainement, on n'a pas encore eu l'audace d'enlever le Christ des cours d'assises.

Voilà de l'ironie, ou je ne m'y connais pas.

L'impitoyable boutiquier qui a exigé l'arrestation de cet affamé se moque pas mal des Droits de l'Homme, et les juges qui le condamneront ont oublié depuis longtemps la parabole de Lazare.

Heureusement pour cet infortuné, d'ailleurs. Qu'on ne l'acquitte pas, grand Dieu! Qu'on ne lui applique pas la loi Bérenger! De grâce, donnez-lui de la prison. Qu'il ait, pendant quelques jours, un grabat et du pain!

Si, dimanche dernier, ce loqueteux, qui errait depuis trois jours à travers Paris, avec les continuelles morsures de la faim dans les entrailles, avait eu la patience d'attendre jusqu'à midi, il aurait pu monter là-haut, à Belleville, et manger la soupe des anarchistes. Là, tout en lui faisant l'aumône de cette pâtée, on lui aurait appris — ô logique! — que la charité est une « vieille mandoline », dont les bourgeois jouent hypocritement pour endormir la plainte des désespérés.

Il eût été sans doute de cet avis. Et, franchement, qui oserait l'en blâmer? Un vagabond, qui vient de subir l'atroce supplice de trois jours de jeûne, est bien excusable de penser que la société est mal faite, la justice implacable et la charité vaine. Ils étaient plusieurs centaines, aussi misé-

rables que cet homme, ou à peu près, à qui les
orateurs de la salle Favié ont soufflé l'esprit de
vengeance et de destruction. Félicitez-vous, propriétaires parisiens! Ce dangereux personnage,
qui, tombant d'inanition, a porté la main instinctivement sur un peu de nourriture, est à l'abri
d'une si redoutable propagande. Bénissez le char-
cutier du faubourg Montmartre, bénissez les juges
de la correctionnelle!... Ce malfaiteur est au
Dépôt, où il mange tout son soûl. Il a le ventre
plein, il n'est plus à craindre. C'est momentané-
ment un dynamiteur de moins.

Parlons sérieusement.

Gambetta — dont la mémoire est respectable,
car il avait le cœur chaud et il aimait son pays
— a dit pourtant cette niaiserie : « Il n'y a pas
de question sociale; il n'y a que des questions sociales. » Phrase d'orateur, formule pleine de vent.
Je ne sais s'il y a une ou plusieurs questions sociales; mais je sais qu'il en est une qui se pose à
chaque pas, à chaque instant, et que la société
moderne doit résoudre sans retard, sous peine de
mort. C'est la question de la misère. Il faut, à
tout prix, éteindre ou soulager largement la misère; sinon c'est une révolution à brève échéance.

Il y aura toujours des pauvres. D'accord. Mais
il ne doit y en avoir que le moins possible et,
dans tous les cas, le monde civilisé ne peut plus
offrir l'odieux spectacle des misères imméritées.

L'esprit scientifique a détruit tant qu'il a pu, dans
l'âme des malheureux, les espérances et les consolations religieuses. Je le déplore profondément
pour ma part. Mais, enfin, c'est fait. Il leur doit,
maintenant, en échange, ici-bas, le bien-être matériel ou, tout au moins, des conditions d'existence supportables. Et c'est là un minimum. La
science et la raison ont contracté solennellement,
il y a un siècle, cette dette envers l'humanité. Aujourd'hui, elles sont mises en demeure de la
payer. Si elles manquaient plus longtemps à leurs
promesses, nous assisterions à une effroyable
banqueroute, à un retour à la barbarie. Les attentats des anarchistes, et surtout leurs doctrines,
qui sont, à l'heure qu'il est, beaucoup plus répandues qu'on ne croit généralement, prouvent assez
l'imminence et la gravité du péril.

La misère! Voilà la question sociale. Il n'y en
a pas d'autre ; mais elle est impérieuse et terrible.
Et ceux qui la nient se cachent la tête dans le
sable, comme les autruches, pour ne pas voir.

Je voudrais bien savoir ce que pensent, là-
dessus, nos faiseurs de lois. Je ne parle pas, bien
entendu, de ceux à qui le défunt « herr baron von
Reinach » offrait un chèque de vingt-cinq mille
francs comme j'offrirais une cigarette à un camarade rencontré dans la rue. Je ne m'adresse
qu'aux gens qui ont les mains propres. Sauf quelques chinoiseries sur le règlement du travail et

un vague projet de caisse de retraites pour les
ouvriers, — enterré dans les cartons depuis dix-
huit mois, d'ailleurs, — le problème de la misère
a-t-il avancé d'un pas, pendant ces vingt ans de
bavardage et de piétinement sur place? Il n'a
même pas été étudié, et nos honorables avaient
bien mieux à faire. Pareils aux gamins des fêtes
foraines qui jettent des balles sur des poupées
grotesques, ils renversaient des ministres et
jouaient au « jeu de massacre » parlementaire.
Dans toutes les discussions, — qu'il s'agît de ta-
quiner les curés ou de flagorner les maîtres d'é-
cole, — on a vu ces pauvres sires uniquement
occupés de garder leur siège et ne songeant
qu'au jour, proche ou lointain, où il leur faudrait
de nouveau mendier les bulletins de vote et les
faire tomber dans l'urne du suffrage universel,
qui n'a pas pour rien la forme d'un tronc. Il n'y a
guère que la question sacrée de la défense du
pays sur laquelle, par pudeur, ils se soient mis à
peu près d'accord. Hier même, — au moment où
l'honneur de la représentation nationale tout entière est en jeu, — de quoi s'occupaient-ils? De
je ne sais quelle loi sur les cabaretiers, faite,
soyez-en sûrs, pour être agréable à ces marchands
de poisons, qui sont d'utiles valets, paraît-il, dans
les maquignonnages électoraux. Quelle pitié!

Eh bien, ministres, sénateurs et députés, je
vous le demande tout brutalement, que dites-

4

vous d'une société dans laquelle un malheureux, qui — j'y songe — est peut-être une victime du Panama, peut rester pendant trois jours sans trouver un morceau de pain ? Pour moi, c'est une pensée intolérable.

Et, pour rendre impossibles de telles horreurs, ils n'ont rien fait, ces politiciens de malheur ! Et, dans le temps même — il n'y a pas à dire le contraire — où passait un souffle de générosité, où les gens de toutes classes — cet éloquent et noble de Mun, par exemple — étaient entraînés du côté des pauvres, où les riches auraient accepté qu'on leur imposât des charges nouvelles, où des prêtres retrouvaient le sens du primitif Évangile, où l'on aurait pu, avec un peu de chaleur d'âme et un peu de courage, réconcilier et unir les partis, grouper les bonnes volontés, dans une ligue pour la paix sociale, dans une croisade contre la misère ! Que c'eût été beau pourtant de lever, sur l'opulente moisson du capital, la gerbe de ceux qui ont faim, d'émonder, de l'arbre de l'héritage, le fagot de ceux qui ont froid ! Que c'eût été beau de rappeler énergiquement aux hommes qui jouissent et qui rient qu'ils doivent une large dîme à leurs frères qui souffrent et qui sanglotent !

Oh ! les coupables et les aveugles ! Ils n'ont rien fait, rien tenté ! Voilà qu'ils vont se noyer, maintenant, dans leur marais d'intrigues, de scandales et de tripotages. Ils sont perdus. Pourvu qu'ils ne nous perdent pas avec eux!

Ces sinistres craintes sont permises. L'histoire de ce pauvre vagabond, l'estomac creux pendant trois jours, et, enfin, traîné en prison pour avoir pris pour deux sous de viande, prend une signification formidable, si l'on songe en même temps aux enquêteurs du Palais-Bourbon additionnant les millions des pots-de-vin parlementaires. La froide dureté des cœurs et l'ardente soif de l'or, voilà, au fond, la véritable anarchie! Voilà le mal qui ronge la société moderne! Est-il guérissable? Et comment? On est tellement découragé, qu'on n'ose presque plus parler d'amour du prochain, de charité. Les phraseurs du bal Favié la traitent de romance ridicule, et tous les sociologues, depuis les économistes de l'Institut jusqu'aux fielleux tribuns des grèves et des réunions publiques, ne cessent de déblatérer contre l'aumône qui déprave et qui humilie. Cependant, je veux espérer encore; mais nous ne pourrons nous sauver que par un effort de sacrifice et de bonté. Car, sachez-le, en attendant le règne de la justice absolue, qui n'arrivera jamais, socialistes du vieux jeu, il n'y a que la charité, compagnons de la soupe-conférence, il n'y a que la « vieille mandoline ».

14 décembre 1892.

Souvenir de Noël

NOËL!... C'est, après-demain soir, la fête des enfants, et ceux des plus pauvres auront leur surprise. Les épiciers de mon voisinage ont renouvelé leurs provisions de cornets de bonbons et de pipes en sucre, et, au bazar de la rue de Sèvres, pour les jouets de six à douze sous il n'y a que l'embarras du choix. Hier, je me suis arrêté là un moment, avec toute la marmaille du quartier. Les larges papillons de gaz faisaient flamboyer l'étalage et les yeux de convoitise du très jeune public, gamins à la culotte fendue et petites filles en bonnet à trois pièces. Je sais ce que tout ce monde-là voudrait trouver dans la cheminée, dimanche matin. Je

suis au courant des préférences. Si la fruitière
d'en face me consultait, je pourrais lui désigner
la poupée que désire sa fillette; et le gosse du
perruquier du coin rêve, j'en suis certain, d'un
fusil à soixante-cinq centimes, — un peu cher,
je ne dis pas non, — sur lequel on peut, s'il vous
plaît, faire partir de vraies capsules. Sans compter
que, pour les tout petits, pour les mômes à qui
tout joujou semble bon, pourvu qu'il fasse du
bruit, il y a un magnifique assortiment de tambours, de trompettes, de chiens en carton qui
font « ouah! ouah! » et de chevaux en bois peint,
avec un sifflet dans le derrière.

Noël!...Voici que je redeviens enfant, moi aussi,
et que je me rappelle mes impréssions de mou-
tard, du temps où je n'étais pas plus haut que ça.

C'était rue Vaneau, au cinquième. Qu'elles
me sembleraient petites aujourd'hui, les trois
chambres où nous logions six : mon père, ma
mère, mes trois sœurs et moi, le dernier-né, le
« culot », comme disent les paysans! Mais le
charme de cet appartement, c'était un balcon,
d'où l'on dominait le parc de l'hôtel Monaco,
naguère hôtel Galiera, habité maintenant par
l'ambassadeur d'Autriche. Je me vois encore —
j'avais six ans — m'amusant à regarder les troupes
de réserve campées dans ce beau jardin, parmi
les feuillages pleins d'oiseaux chanteurs, pendant
les journées de juin 1848. Le dictateur Cavaignac

avait établi là son quartier général; et, en attendant d'être envoyés aux barricades, les soldats,
sac au dos, accroupis près des faisceaux d'armes,
jouaient aux cartes, à la « drogue »; et le perdant
gardait une petite cheville de bois sur le nez.

Mais, en hiver, les enfants n'allaient pas sur le
balcon, et la vie n'était pas toujours commode,
chez nous, car on n'était pas riche. Le papa, modeste employé de ministère, apportait fidèlement
à sa ménagère son traitement, à la fin du mois,
dans un sac de toile; car, à cette époque-là, l'or
était rare, et le gouvernement payait en écus. Ma
courageuse mère, qui avait une belle écriture, co-
piait des mémoires pour des entrepreneurs. Mais,
tout de même, on n'en avait jamais de trop, des
pièces de cent sous. Songez donc! Trois filles, dont
les deux aînées étaient déjà de grandes demoi-
selles, et un gamin! C'est terrible comme l'argent
file vite, quand il faut acheter par quatre les paires
de souliers. Et notez que le maître de la maison
était généreux comme un vrai gentilhomme et
ne savait pas refuser un service à un ami.

Homme d'infiniment d'esprit et d'excellente
compagnie, fin lettré et très supérieur à ses fonctions, sa carrière avait été entravée par sa fidélité
politique. En 1832, il avait caché, pendant de
longues semaines, dans la petite maison de banlieue qu'il occupait alors, un proscrit, un certain
Fourmont, qui venait de se battre en Vendée,

parmi les chouans de « Madame ». Il avait fait
cela au risque de perdre sa place, — son pain !
— étant déjà marié et père de deux enfants.
Heureusement pour lui, sa bonne action resta
ignorée, mais on le savait légitimiste et on le
laissa croupir dans les emplois inférieurs. Bah !
sa noble et aimable nature était incapable d'aigreur. Malgré bien des déceptions, il garda toujours la candeur et la gaieté d'un enfant.

J'étais bien petit, alors, mais je me rappelle
encore son quotidien retour. Oui, je le revois,
vieux avant l'âge, un peu voûté, mais resté vif ;
je revois son front feutré de cheveux d'argent et
son visage maigre et rasé, — un visage d'ancien
régime, — où ses yeux bleus brillaient de bonté
naïve. Il souriait à la ronde, embrassait tous les
siens, prenait sa prise, — sa seule dépense per-
sonnelle, au pauvre homme ! — et, tout de suite,
par ses contes et par ses chansons — car il avait
une imagination et une verve de feu — il apportait la bonne humeur à la maison et l'emplissait
du rire frais des trois jeunes filles. Peu lui impor-
tait, à cet homme d'idéal et de sentiment, que
ses redingotes fussent râpées et que le dîner fût
court ! Il faisait la joie de son humble logis, où
l'on n'était pas malheureux, parce qu'on s'aimait
bien, et où notre admirable mère, par des pro-
diges, mettait le luxe qui ne coûte rien : celui de
l'ordre, du goût et de la propreté.

Pieux et traditionnel, mon père n'était point
pour oublier les fêtes chômées et carillonnées.
Chez nous, on célébrait Noël par un frugal ré-
veillon. Oh! très frugal! D'autant plus que c'était
la fin du mois. Mais il y avait toujours une volaille
froide, une bouteille de vin blanc et des marrons
grillés qu'on tenait au chaud dans leur sac, à
côté de la bouillotte pour le thé. Et l'on ne se
couchait pas avant minuit! Et, pendant que la
maman ôtait le couvert, le père s'attardait devant
le feu, dans son fauteuil, entouré de ses gracieuses
filles, son petit garçon entre les jambes. Et, quand
il fallait aller se coucher, décidément, je ne man-
quais pas de laisser mon soulier dans les cendres,
pour que l'Enfant Jésus y déposât son cadeau.

J'étais crédule alors, et, bon Dieu! je le suis
encore pour bien des choses. Pourtant, je dois
l'avouer, je n'ai jamais eu peur de trouver là, le
lendemain matin, une poignée de verges. Il
n'était pas bien somptueux, le présent du Petit
Noël. C'étaient, ordinairement, quelques pra-
lines dans un papier et une pièce de dix sous
toute neuve. Mais la surprise et le plaisir étaient
toujours les mêmes. O sensations vierges et déli-
cieuses! Comme je donnerais aujourd'hui les
quelques joujoux de vanité dont je me pare
comme un vieil enfant que je suis, pour mon cri
de joie d'alors devant la belle pièce de dix sous!
Car, grâce à elle, je pouvais assouvir ma passion

favorite. En revenant de la messe avec mes sœurs, j'entrais chez le petit papetier de la rue du Bac et j'achetais avec mes dix sous — oui, toute la somme ! — dix feuilles d'Épinal qui racontaient, sous des images aux couleurs violentes, des batailles et des contes de fées.

Et, maintenant, j'y songe. Mes goûts ont-ils changé ? Suis-je plus raisonnable ? Et n'ai-je pas conservé, par-dessus tout, l'amour de la gloire et des chimères ?...

Noël !... O mes anciens Noëls, qu'est-ce donc qui me pousse à vous évoquer aujourd'hui ? Ah ! c'est qu'il m'est doux de penser que, samedi prochain, se passeront, autour de bien des foyers, des scènes simples et pures comme celles dont le souvenir m'attendrit encore et que je viens de retracer. C'est qu'il est consolant de croire que la vraie France, la France de l'honneur et de la probité, est là, dans ces familles où l'on ne vit que par le travail et pour le devoir. Elles sont innombrables encore. Là se conserve le génie de notre race, et là chaque fils peut dire, comme le disaient ses aïeux : « Mon père et ma mère étaient d'honnêtes gens. »

22 décembre 1892.

Un Héros de cent ans

E soir, 31 décembre, je me ferai conduire à la gare de Lyon, emmitouflé
de fourrures, et je prendrai le train
pour la côte d'azur, pour le pays du soleil. Ne
m'enviez pas, vous qui ne toussez qu'un peu.
Depuis un mois, je suis captif dans ma chambre,
où je m'étiole et m'énerve. Les médecins m'expé-
dient là-bas. Soit. L'exil vaut mieux que la prison.
Mais, pour un incorrigible Parisien comme moi,
l'exil sous les orangers est tout de même un exil.

Cependant, de mes dernières heures de séjour
à Paris, j'emporte un beau souvenir, et je veux
vous le conter, pour me distraire avec vous des
hontes et des tristesses qui nous accablent.

Jeudi dernier, malgré l'ordre formel de la Faculté, j'ai quitté le coin du feu.

Vite, un fiacre chauffé, et donnez-moi ma pelisse! La chose en vaut la peine. Le vénérable centenaire, M. Soufflot, le plus vieux et l'un des dix ou douze survivants de la Grande Armée, le doyen des capitaines français, reçoit à déjeuner un groupe de parents et d'amis, et il m'a fait l'honneur de me convier. C'est le cas ou jamais de placer l'expression populaire : « Je ne manquerais pas cette fête-là pour un boulet de canon. »

Car j'aime mieux en convenir tout de suite. Je suis un vieux cocardier et je relis, une fois l'an, le *Mémorial de Sainte-Hélène*. J'ai la bonne édition — qui devient rare, vous savez, — avec les dessins de Charlet, les aigles sur la reliure et la feuille de garde semée d'abeilles d'or. C'est un des volumes les plus fatigués de ma bibliothèque. Je l'ai beaucoup feuilleté, tous ces temps-ci. Quand vous serez trop écœurés des dégoûtations parlementaires, faites comme moi, je vous en prie, lisez quelques pages du *Mémorial*. Cela vous remontera mieux qu'un verre de rhum.

J'arrive donc, à l'heure exacte du rendez-vous, chez M. Soufflot ; et, dans un clair salon, orné de tableaux et de gravures, où, naturellement, Il triomphe et où j'aperçois d'abord Son portrait, — vous vous doutez de qui je veux parler, — je suis reçu, avec la plus gracieuse affabilité, par un vieillard de taille médiocre, aux traits fins et réguliers, aux façons exquises. Sa petite tête est coiffée d'une grecque; ses maigres joues sont gazonnées de favoris blancs taillés très court, et ses yeux, d'un bleu de turquoise, brillent doucement sous leurs profondes arcades. Au premier abord, avant qu'on ait remarqué les innombrables rides du visage et le léger tremblement des mains, ce centenaire, qui donne la sensation d'un homme de santé délicate, semble âgé de soixante-douze ou quinze ans, au maximum. Il est cependant un des très rares survivants de l'Épopée, et à l'époque des Cent Jours, il était chevalier de la Légion d'honneur et lieutenant — avec grade de capitaine — dans les lanciers rouges de la Garde. Ce « grognard », ce « vieux de la vieille », avait donc alors vingt-deux ans.

Ses états de services sont admirables.

A peine âgé de seize ans, M. Soufflot, neveu de l'architecte du Panthéon, fut envoyé par sa mère, que sa vocation militaire faisait trembler, vers M. de Boigne, alors ordonnateur des guerres, qui le devait prendre comme secrétaire particulier. Le jeune homme rejoignit M. de Boigne en Autriche, au lendemain même de la victoire de Wagram. Il n'y tint plus, s'engagea dans les chasseurs à cheval, — dans le 20e, si je ne me trompe, — et suivit son régiment en Espagne et en Portugal. Tout de suite maréchal des logis, un jour, il charge des cavaliers espagnols, attaque l'un d'eux, lève son sabre pour le frapper en plein visage. Mais son ennemi est, comme lui, jeune et charmant. Par une rapide et généreuse secousse de pitié, il se contente de le blesser au bras, le désarme, le fait prisonnier, et il obtient ainsi sa première épaulette.

Peu de temps après, au combat de Guarda, contre les Anglo-Portugais, le sous-lieutenant fraîchement promu prend un drapeau, est mis à l'ordre du jour de l'armée et proposé pour la croix, qui ne brilla pourtant sur son uniforme qu'un an plus tard.

Mais les choses tournent mal, là-bas, en Russie. Le régiment où sert M. Soufflot est envoyé comme renfort, traverse toute l'Europe, rejoint les débris de la Grande Armée sur les bords mêmes de la Bérésina. Notre jeune officier, avec son piquet de chasseurs, escorte, pendant une étape, la caisse de coupé, posée sur un traîneau, qui emporte l'Empereur vaincu, et subit toutes les horreurs de la fameuse retraite.

Il prend part aux batailles autour de Dresde. Il revoit un instant la Victoire planer de nouveau sur nos aigles. Un instant, les hostilités cessent, on parlemente. — Ici, encore une anecdote. — L'héroïque lieutenant, qui a déjà l'étoile d'argent sur la poitrine, est alors officier d'ordonnance du

5

général Maurin ; il rêve de nouveaux exploits, s'impatiente de quelques jours d'inaction. Enfin le général fait sauter le cachet d'une dépêche. « L'armistice est rompu. » — « Tant mieux ! » s'écrie l'aide de camp. — Mais il voit de grosses larmes dans les yeux de son chef, qui est père de famille, qui se bat depuis si longtemps, qui n'en peut plus. « On voit bien que vous n'êtes qu'un enfant, » lui dit le général avec amertume...

Et le centenaire, — a-t-il cent ans ? il n'est ni sourd, ni aveugle ; sa mémoire, son intelligence sont intactes, et il me parle *debout !* — le centenaire s'anime, retrouve son ardeur juvénile, pour maudire les défaillances des lieutenants du grand Empereur ; car il a vu le désastre de Leipsick, il a suivi la déroute à travers l'Allemagne, il a fait toute cette campagne de France, où Napoléon, rajeuni, infatigable, a surpassé les plus grands capitaines, puisqu'il y a accompli le prodige de gagner des batailles presque sans armée, avec des débris de troupes et des recrues de la veille, et par la seule force de son prestige et de son génie !...

Et la voix du dernier témoin de ces jours de gloire et de deuil s'élève, reprend de l'accent et de l'énergie, pour déposer devant la Postérité et attester une fois de plus que l'Empereur n'a succombé que par le découragement, la lassitude, la mollesse et la trahison de ceux qu'il avait faits

rois, princes, ducs, maréchaux, les premiers de
l'Europe, après lui.

En 1815, au retour de l'île d'Elbe, M. Soufflot
était — comme je l'ai dit — capitaine aux lanciers
de la Vieille Garde. Avec un escadron de forma-
tion nouvelle, il allait quitter Versailles, siège du
dépôt, et rejoindre le régiment en Belgique,
lorsque arriva la nouvelle de la catastrophe de
Waterloo. Les lanciers rouges, avec les cuiras-
siers de Milhau et les dragons de Lefèvre-Des-
nouettes, avaient donné dans les charges désespérées de la fin de la journée et perdu le sixième
de leur effectif. Encore aujourd'hui, le doyen de
l'armée française regrette de n'avoir pas combattu
sur ce dernier champ de bataille, où peut-être sa
téméraire bravoure lui eût fait trouver la mort.

Licencié et mis en demi-solde, au second retour des Bourbons, M. Soufflot rentra dans la
vie civile. Tout récemment, la République s'est
honorée en lui mettant au cou la cravate de com-
mandeur.

Je garderai un profond souvenir de cette matinée où je fus son hôte. Que Dieu bénisse le
noble aïeul! Qu'il nous conserve longtemps ce
témoin de nos vieilles gloires! Puissions-nous,
l'an prochain, et d'autres années encore, lever
nos verres en l'honneur de ses cheveux blancs!

Au moment où j'allais prendre congé de lui,
M. Soufflot me fit remarquer une charmante

peinture qui le représente tel qu'il était, il y a quatre-vingt-quatre ans, en uniforme de lieutenant de chasseurs à cheval. C'est le portrait d'un pur et gracieux adolescent. A peine une ombre de moustache. L'expression générale est la douceur. C'est bien là le magnanime enfant qui ne voulait pas sabrer un ennemi au visage. Chose touchante ! Les yeux bleus de l'éphèbe sont encore reconnaissables chez le centenaire.

Très ému, je lui demandai la permission de l'embrasser. Il m'ouvrit cordialement les bras ; et, quand mes lèvres ont effleuré ses rides vénérables, j'ai eu le cœur pénétré de respect, comme si j'avais baisé la soie pâlie d'un drapeau de la Grande Armée.

5 janvier 1893.

A Cannes

Il est à peine dix heures du matin, mais la température est déjà si douce que j'ai pu ouvrir ma fenêtre. Je laisse s'éteindre dans la cheminée, sur leur lit de cendre blanche et fine, mes tisons de bois d'olivier. Ma chambre est vaste et claire, et le soleil y pénètre largement, y répand son allégresse. Un rayon parvient jusqu'à la table où j'écris et pose sa chaude caresse sur mes mains. Quel climat béni ! Comme je vais savourer ici voluptueusement le retour graduel à la santé, les jouissances délicates du convalescent !

Là, dehors, devant moi, il y a tant d'espace, tant de joie, tant de lumière, que, pris de paresse, à chaque instant, je pose ma plume et vais m'accouder au balcon. A mes pieds, c'est le Paradis au printemps. C'est une oasis où le palmier au tronc imbriqué balance ses verts plumages, où l'aloès aux feuilles lisses et robustes érige sa hampe d'airain, où les orangers ont leurs pommes d'or. Et plus loin, c'est le merveilleux panorama du golfe de Cannes : à droite, les harmonieuses collines de l'Estérel; juste en face, la pointe de la Croisette et les îles Lérins; de toutes parts, l'infini du ciel et de la mer.

Et l'eau sans une ride, et le calme ciel, et la côte dans le lointain, tout est voilé d'un brouillard bleu. Grisons-nous d'azur, surtout de cet azur matinal, si léger, si frais, — j'ai envie de dire si jeune. Tantôt, dans l'après-midi, la Méditerranée ne sera sans doute pas moins admirable, quand elle prendra le ton énergique de l'indigo. Mais je préfère cette heure exquise où toute la nature est enveloppée, baignée de ce bleu tendre, du chaste bleu des pervenches et des yeux de la femme que j'aime. Cette brume lumineuse, dont la couleur doit être celle des rêves d'une vierge innocente, mêle et confond le ciel et la mer. Pas d'horizon. Et cette barque de pêche, tout à fait immobile, — car elle a vainement mis dehors ses deux focs et son hunier, — semble suspendue dans le bleu de l'espace.

Je contemple ce pays enchanté, où je suis de-

puis si peu de jours et qui m'a déjà pris le cœur.
De ces masses de verdure émergent partout les
terrasses blanches et les toits bruns des villas.
Sur ces routes, qui descendent en souples lacets
vers la mer, j'ai déjà fait de lentes et hygiéniques
promenades, cherchant le côté du soleil, avec le
contentement du malade qui a enfin chaud sous
le pardessus trop lourd. J'ai longé ces parcs aux
murs couronnés — en plein hiver ! — de roses
grimpantes. Elles sont très nombreuses, ces villas,
très élégantes, et l'on y devine toutes les ressources
du luxe et du confort. Sur les plaques de marbre,
encastrées dans les piliers de la porte d'entrée,
on s'étonne de ne pas lire en lettres d'or : « Le
bonheur est ici ». A quoi songent les riches qui
restent là-bas, dans le Nord ? Pourquoi n'ont-ils
pas tous un élégant logis sur ce beau rivage, où
le printemps est en permanence ? Et combien je
m'applaudis, moi qui dois me contenter d'un lit
d'auberge, d'être venu jusqu'ici pour fuir les
boues et les neiges !...

Hélas ! que l'homme est égoïste ! Ne m'a-t-on
pas dit que, l'autre nuit, à Paris, quatre malheureux étaient morts de froid ? N'ai-je pas, depuis
plusieurs jours, dans l'esprit, cet épouvantable
souvenir ? Mais, dans ma langueur engourdie de
convalescent, j'y songe à peine. Cette pensée
n'empoisonne pas l'air tiède et pur que je respire, n'assombrit pas la fête de clarté que j'ai

sous les yeux. Pourtant, mon cœur est pitoyable. Est-il donc vrai qu'il faille voir et toucher le malheur pour qu'il vous émeuve?

Hier, du moins, j'en ai vu, de la misère, ici même, devant cet éden où tant de privilégiés suppriment les rigueurs de la mauvaise saison. Oui, j'ai vu de la misère, et, par le contraste, elle m'a remué profondément.

En face de Cannes, à une portée de canon, est l'île Sainte-Marguerite, et j'ai eu la curiosité de visiter la citadelle, célèbre par le séjour du Masque-de-Fer et par l'évasion de Bazaine.

Le voyage, très court, est délicieux. Un marin, maigre comme un clou, mais qui « souquait » ferme, nous avait pris dans son bateau, un de mes amis, sa jeune femme et moi. Tout de suite, la côte s'éloigne, se développe. Voici le golfe Juan où débarqua le Grand Empereur, et, tout au fond, les Alpes blanches.

Le beau jour! Quelle éblouissante lumière! Les mouettes d'argent, au vol d'ange, rasent les flots cobalt. Encore quelques rudes coups d'aviron, et l'île se rapproche, le fier profil du fort grandit, dresse sur le ciel ses murailles escarpées, ses créneaux, sa tourelle d'angle. Enfin, nous accostons, près d'un maquis d'aspect africain, que les figuiers de Barbarie hérissent de leurs vertes raquettes.

De mon excursion, laissons de côté, s'il vous

plaît, l'intérêt historique. Quel fut le mystérieux et infortuné prisonnier d'État, dont ses geôliers eux-mêmes ne virent jamais le visage? Secret bien gardé. Je ne le saurai jamais, ni vous non plus. Bazaine — un homme obèse et âgé — est-il descendu dans un abîme au moyen d'une corde à nœuds, ou bien la politique, gardienne complaisante, lui a-t-elle ouvert la porte? Autre énigme, dont je n'ai pas le mot.

Ce qui m'a navré, dans ma visite à Sainte-Marguerite, c'est la vue des pauvres diables de soldats qui y sont internés. Les uns — gibier de conseil de guerre — sont des condamnés aux travaux publics qui portent déjà la veste grise et l'ignoble képi à galon jaune des « biribis ». Les autres sont des malades, ramenés du Tonkin ou du Dahomey, qui errent tristement dans les cours de la citadelle ou dans les sentiers de l'île et, malgré le bon soleil, grelottent sous leur capote trop mince. Car, ici, c'est un des coins où l'armée balaie ses résidus et ses épluchures : c'est une prison et un hôpital.

A chaque pas, on rencontre une face de souffrance ou de désespoir, un malade ou un prisonnier.

Toi, mon pauvre enfant, on t'a envoyé combattre des Chinois ou des nègres, et te voilà joli garçon, maintenant, dévoré par la fièvre ou vidé par la dysenterie. Qui a fait cela? Un politicard

5.

de malheur, partisan, sans savoir pourquoi, de la
folie coloniale, d'un tas d'expéditions incompréhensibles, mais qui tremble dans sa peau si l'on
fait allusion seulement à la guerre sainte, à la
seule guerre dont rêvent tous les bons Français.
Et je te plains aussi de tout mon cœur, toi, devenu forçat pour avoir vendu ton équipement ou
dit « zut! » au sergent-major, un jour de ribote,
quand je pense que le parlementaire en question,
qui a peut-être trafiqué de son vote et reçu le
pot-de-vin des juifs allemands, exige qu'on le
traite d'honorable et qu'on lui présente les armes
dans les cérémonies.

Et qui sait? Pendant que tu claques des dents,
toi, le fiévreux, pendant que tu pourris dans un
cachot, toi, le condamné, en attendant qu'on
t'envoie piocher les routes dans le Sud-Algérien,
qui sait si le législateur dont j'ai l'honneur de
parler n'est pas là, en face, dans un des hôtels
monumentaux, dans une des somptueuses villas
de la côte enchantée, et s'il n'a pas profité des
vacances pour venir sécher sa bronchite ou guérir
ses rhumatismes au soleil de la Provence?

Parions même, s'il a lu dans son journal l'histoire de ces pauvres gens morts de froid sur le
pavé de Paris, qu'il ne se sera point reproché —
comme moi, naïf, — de jouir de la bonne chaleur, et que, bien au contraire, il aura murmuré,
en se frottant les mains : « Fichtre! on est mieux

ici... Pourvu qu'il dégèle, là-haut, avant la rentrée des Chambres! »

Allons! allons! Il n'y a pas à dire. Le monde est mal arrangé, — et la fameuse égalité, inscrite dans les Droits de l'Homme, est une cruelle imposture.

12 janvier 1893.

Monte-Carlo

—

JE suis à Nice depuis hier, mais je ne veux vous en rien dire encore. Car, pour le moment, Nice ressemble à Trouville, en décembre. Une bise glaciale vous soufflette à tous les coins de rue. Les palmiers de la Promenade des Anglais grelottent devant une mer couleur d'acier, dont les grosses lames déferlent lourdement et dont l'embrun vous sale les lèvres. Hier, il est tombé, toute la journée, de la neige fondue. Aujourd'hui, de légers flocons blancs volent dans l'air glacé et me rappellent la phrase populaire : « C'est la bonne Vierge qui plume ses oies ». Le ciel est exactement de la nuance du papier timbré. Et il n'y a d'azur, ici,

que sur le plafond de ma chambre, peint à la
mode italienne et qui représente un ciel pur où
planent des colombes. O ironie!

Ce désastre atmosphérique est une détestable
plaisanterie du vent de nord-ouest, peu fréquente,
m'assure-t-on, et qui ne dure jamais plus de trois
ou quatre jours. On me promet, sur la foi car-
thaginoise du baromètre, que, demain matin,
j'aurai, à mon réveil, la délicieuse risette du soleil
aux fentes de mes persiennes. J'en accepte l'augure, et, pour quelques mauvaises heures, je ne
vais pas me brouiller avec ce beau pays, que
j'aime tant déjà. Les véritables amoureux souffrent
d'une infidélité, mais ils la pardonnent toujours.
Du moins, telle était ma faiblesse, quand j'étais
jeune.

Nous causerons donc de Nice une autre fois.
Aujourd'hui, je vous conterai la visite que j'ai
faite la semaine dernière à Monte-Carlo.

Le beau temps l'a favorisée. De Cannes, où
j'étais alors, il y a, pour aller à Monaco, deux
heures de chemin de fer; et la compagnie P.-L.-M.
est vraiment bien bonne de ne pas imiter les hô-
teliers suisses, qui vous comptent cinq francs un
lever de lune ou un coucher de soleil, et de ne
pas exiger des voyageurs un supplément de prix
pour l'enchanteresse et grandiose beauté du paysage. Reviens vite, méchant soleil, que je re-
tourne admirer, de plus près et plus longtemps,

tant de merveilles seulement aperçues, que j'aille surtout m'enivrer de lointain bleu devant Beaulieu et son golfe de saphir !

Cette anse de Monte-Carlo serait, elle aussi, délicieuse. Mais il ne faudrait ici que la mer infinie et le noble profil des montagnes, qui prennent, dans la brume, les tons roux et verdâtres d'une vigne en automne. Il ne faudrait ici que la vieille ville, dont les rues escaladent la côte escarpée, et, là-haut, sur le promontoire, le palais guelfe aux créneaux sévères. On aurait alors sous les yeux — intact — un coin du moyen-âge italien, un de ces nids dans les rochers d'où les bateaux génois s'élançaient, comme un vol d'oiseaux de proie marins, pour fondre sur la Corse ou sur la Sardaigne.

Le Casino, ou — pour parler bon français — le célèbre tripot de Monte-Carlo, gâte absolument, selon moi, ce site romantique. L'édifice tapageur, éclatant, polychrome, tout battant neuf, se dresse avec la pompe ridicule d'un nougat de dessert sur la nappe d'un repas de noce à cent sous par tête. Voici l'architecture que j'appellerais volontiers le « style Exposition de 1889 », et dont le luxe insolent et canaille est, en somme, tout à fait congruent à un mauvais lieu. On vante beaucoup les jardins du Casino. Ils sont admirables, je le veux bien, mais comme un melon au mois de janvier. C'est ici le dernier mot de la primeur, le comble de l'artificiel. Entre nous, il en est un peu de même sur toute la côte, et l'on n'y a pas, évidemment, obtenu des palmiers en semant des dates. Mais, comparés à la flore travaillée de Monte-Carlo, les parcs de Cannes et de Nice sont des forêts vierges. Pendant que je visitais ces fameux jardins du Casino, l'on était en train de dépoter et de mettre dans les platesbandes des lilas de serre, de ces lilas nains, grêles, sans parfum presque, des lilas anémiques, comme on en offre aux dames pour le Jour de l'An. Des lilas, dehors! en plein cœur de l'hiver! On se récriait autour de moi. Eh bien, je n'ai pas admiré! Pauvres lilas-prodiges, fleurs-phénomènes, je ne sais pourquoi vous m'avez rappelé un malheureux petit pianiste, qui jouait, à huit ans, un concerto de Hummel, et qui mourut bientôt après, comme vous vous fanerez tout à l'heure.

Autour du Casino, une ville s'est élevée, une ville d'hôtels, dont quelques-uns grands comme des Louvres. Paul Bourget, mon cher ami, vous auriez pu placer ici l'action de votre beau roman. Les enseignes d'aubergistes rutilent en monstrueuses lettres d'or : *Cosmopolitain, Métropolitain, International, Terminus*. Le mélange des races et la confusion des langues règnent autour de cette table d'hôte de Babel. Comme mon instinct de vieux Français de France se déplaît dans cette cohue exotique et polyglotte! Cela me donne

envie d'entrer en religion, de me faire chartreux.
O douceur de l'existence immobile et monotone!
Le plus heureux des hommes fut ce moine de la
légende, qui resta cent ans, assis sous un arbre,
à écouter le chant du rossignol.

Cependant, sur la simple présentation de ma
carte, je suis admis, en qualité de « membre tem-
poraire », au Cercle des étrangers, et je pénètre
dans les « salons de conversation ». Mais je ne
vous infligerai pas une description déjà mille fois
faite. Mon impression d'ensemble, c'est que je ne
me suis jamais senti plus solitaire que dans cette
foule, parmi ces groupes compacts se pressant
autour des tapis de roulette ou de trente-et-qua-
rante. D'horribles vieilles joueuses, des hommes
livides, des bouches de silence, tous les yeux fixés
sur l'enjeu, un continuel petit bruit d'or et d'argent remués, un malaise, un étouffement, le
besoin de sortir bien vite de cette atmosphère
d'égoïsme, voilà toutes mes sensations.

J'ai perdu deux louis en moins d'une minute.
C'est bien fait. Partons!

Et, tout en me promenant devant les lilas ma-
ladifs, je me suis surpris à philosopher sur cette
funeste passion du jeu. Convenons-en, elle est
naturelle à l'homme. Tout gamin, à l'école, j'ai
joué, avec mes camarades, des plumes et des
billes. Les moralistes ont beau nous chanter sur
tous les tons que l'argent honorablement gagné

par le travail est le seul qui fasse plaisir, je ne
puis m'empêcher de me rappeler le mythe si profond de la Genèse. Jéhovah, cherchant un supplice pour punir Adam qui lui a désobéi, le con-
damne au labeur quotidien : « Tu travailleras, lui
dit-il, à la sueur de ton front. » Et les hommes,
qui subissent cette peine héréditaire, ne s'y sont
pas résignés. Tous rêvent un bon hasard, un coup
du sort, qui les en délivre. De là, le jeu, les lote-
ries. Mal nécessaire, contre lequel les lois sont
à peu près impuissantes. Napoléon — et il avait
de la volonté, celui-là — voulait supprimer les
jeux publics. « Arrangez cela, » disait-il à Fouché
ou à Savary, entre deux campagnes. Mais, dès
que le bruit se répandait de la prochaine fermeture des tripots, une main mystérieuse déposait,
tous les matins, un rouleau de mille francs sur le
bureau du ministre de la police. Frascati et le
fameux 113 du Palais-Royal ne disparurent que
bien plus tard, sous le règne de Louis-Philippe.
Les marchands d'espérance n'en ont pas moins
tenu boutique ouverte. Jamais le terrible vice du
joueur n'a été plus répandu. A l'heure qu'il est,
le plus mince commis, l'ouvrier lui-même, risque
son salaire aux courses.

Il n'y a donc pas à s'indigner outre mesure
contre l'existence du tapis vert de Monte-Carlo,
devant lequel peut s'asseoir le premier venu. Ici,
du moins, point de tricherie comme dans les

tripots clandestins et même comme dans les
cercles fashionables, point d'intermédiaires fripons comme sur les hippodromes. C'est cynique,
mais c'est loyal; et la bille de la roulette, dont le
grincement n'est même pas interrompu par le
coup de revolver des désespérés, est seulement
conduite par l'aveugle fortune.

C'est égal, ce Monaco est bien le plus étrange
coin de l'Europe, avec son principicule d'opérette
entretenu, ainsi que tout son peuple d'ailleurs,
par la maison de jeu. Il faut vraiment que Son
Altesse Sérénissime tienne plus que de raison à
passer en revue son armée de quatre-vingts
hommes et à être saluée, quand Elle rentre dans
ses États, par ses deux canons, pour ne pas abdi-
quer dans les cinq minutes. Si je m'appelais
Grimaldi, si je descendais de l'antique et illustre
famille qui a donné à la République de Gênes
des doges et des amiraux, je ne mangerais pas de
ce pain-là !

Des amis m'assurent que j'ai tort de parler
ainsi, et que les rastaquouères décavés qui s'expriment ici avec tant de dédain sur le compte
d'Albert Ier sont injustes pour le prince. Il fait,
paraît-il, un généreux et intelligent usage de la
liste civile que lui sert la ferme des jeux, et s'occupe, notamment, de zoologie avec distinction.
C'est un mélancolique, me disent ses défenseurs,
qui souffre d'une situation qu'il n'a pas créée et

qui attend avec impatience la fin d'un bail où n'est point sa signature. Soit. Usons d'indulgence et accordons le bénéfice des circonstances atténuantes à Son Altesse, qui nous offre, d'ailleurs, la rare exemple d'un souverain exerçant sur ses sujets un pouvoir aussi débonnaire et aussi peu pesant que celui du Roi d'Yvetot.

Et puis, j'y songe, si les Monégasques, qui ne paient pas un centime d'impôt, et si leur prince, qui touche une rente considérable, sont subventionnés par des brelandiers, c'est publiquement et en vertu d'un contrat librement consenti, tandis que les parlementaires par qui nous avons la honte d'être encore gouvernés, « tapaient » et « faisaient chanter » en secret les administrateurs du Panama.

C'est en rougissant que je suis forcé de me l'avouer; mais, hélas! la comparaison n'est pas à notre avantage.

18 janvier 1893.

Sur la Frontière

J'AI vu Naples, au mois d'avril. Il pleuvait, et le froid était tel que j'ai eu l'onglée — vous entendez bien, l'onglée! — dans les ruines de Pompéi. Et les nuits étaient si brumeuses que le cratère du Vésuve faisait, sur le ciel noir, à peu près l'effet de la lanterne rouge d'un marchand de tabac.

Je suis, cette fois, en plein mois de janvier, à Nice. A la bonne heure! Voilà du vrai Midi! Ai-je vraiment parlé, la dernière fois, de ciel gris et de frimas? Ces horreurs n'ont duré que quatre jours. Je ne m'en souviens plus. Une matinée a suffi pour tout réparer. Bonjour, soleil!

Parbleu, c'est encore l'hiver. L'air est frais et

vif, et, d'instinct, je hâte le pas à l'ombre. Vite, allons nous asseoir, en plein rayon, avec la bonne chaleur sur les épaules, devant le grand café de la place Masséna. Ce n'est pas de chartreuse, c'est d'or liquide que le garçon vient d'emplir devant moi ce petit verre. Elle exhale un léger parfum, la rose précoce, entre deux brins de mimosa, que ce gamin m'a vendue pour ma boutonnière. Et je reste là longtemps, ébloui de lumière, enveloppé d'une douce tiédeur, écoutant vaguement, à travers le tumulte de la rue et le caquetage des consommateurs autour des tables voisines, ce vieil air de Verdi, triste et passionné, que raclent deux violons sous les arcades.

Dans ce journal qui traîne sous ma main, j'ai lu tout à l'heure que le mistral souffle en tempête glaciale sur la vallée du Rhône, que les trains sont arrêtés par les neiges, en Bourgogne, et que, là-haut, tout là-haut, à Paris, la Seine est prise dans tout son parcours. Est-ce bien possible? Égoïste un instant, je me murmure la fameuse citation de Lucrèce : *Suave mari magno*, etc., car ici c'est le printemps, avec un rien d'aigreur dans l'atmosphère, comme pour vous rappeler que ce printemps-là, c'est du plaisir très rare, du fruit défendu à presque tous, et que l'on n'en jouit que sur l'étroite bande de littoral, entre Toulon et Gênes.

Des femmes passent, la plupart ayant, par

prudence, gardé leurs fourrures, mais avec cet épanouissement du regard, ce teint de camélia rose, que, chez nous, dans le Nord, elles n'ont qu'au mois de mai. De vieux messieurs ont un air rajeuni sous leur barbe grise. Toute cette foule semble heureuse, sourit au soleil et à la vie.

O charme de Nice! Enchantement du pays bleu!

Mais voici que j'ai honte de m'abandonner à cette torpeur exquise. Convalescent encore un peu affaibli, ne suis-je donc capable que de noter mes sensations de bien-être et de volupté?... Non pas, morbleu! Je vois, à tout moment, circuler devant moi, par groupes fraternels, quelques-uns de nos soldats de la frontière, chasseurs-alpins, artilleurs de montagne, les uns vêtus de leur sévère uniforme, les autres avec le classique pantalon à double bande, et tous coiffés du béret sombre, qu'ils portent avec une coquette crânerie. C'en est assez pour que je secoue mon engourdissement et que je revienne à des rêveries dignes d'un homme, à des pensées plus mâles.

Troupes d'élite que celles-là! Et souples, lestes, bien entraînées! Voyez-moi comme ils ouvrent le compas, les petits chasseurs! Les « terrains variés », comme on dit en style stratégique, n'existent pas pour eux, j'en suis sûr. Ils doivent sauter d'une roche à l'autre, comme des chamois. Torrents, glaciers et précipices, rien ne les arrête. Leurs aïeux, les anciens de l'Épopée, ont guer-

royé, ici tout près, dans les Alpes blanches, sous
Masséna, ont franchi le grand Saint-Bernard
avec Bonaparte, qui les menait à Marengo. « Où
le père a passé passera bien l'enfant », n'est-il
pas vrai? En attendant, notre avant-garde veille
sur l'énorme massif couvert de neiges. Pour le
mieux défendre il faut le bien connaître. Aussi,
chaque jour, en route! Arme sur l'épaule! Et les
voilà partis pour l'ascension militaire, accompa-
gnés de leurs bijoux de petits canons portés à
dos de mulets, et commandés par ces charmants
officiers que je rencontre un peu partout, causant
gaiement entre eux, avec un joli rire de bravoure
et de jeunesse. Tous, chefs et soldats, ont, dans
leur personne, je ne sais quoi de robuste, d'agile
et de téméraire, qui me réjouit l'âme. Vive la
France, mes enfants! Et soyez tranquilles, là-bas,
vous autres, de Marseille à Lille et de Brest à
Nancy. Du côté des Alpes, je vous en réponds,
la porte est bien gardée!

J'éprouve toujours une émotion profonde en
présence de notre chère armée. Je l'aime à cause
de nos gloires, je l'aime surtout à cause de nos
malheurs. Lorsque passe un drapeau, j'y vois
briller des lettres d'or. Mais ce n'est pas le flotte-
ment de ses plis, c'est ma larme amère de vaincu
qui m'empêche de lire les noms d'anciennes victoires qui sont brodés là.

Notre armée! Tous nos enfants! Elle est bien

jeune, cette armée, jeune comme l'espérance!
Hélas! c'est notre dernière espérance.

Car, dans ce siècle de continuelle fermenta-
tion, dont la première écume fut du sang et dont
la lie actuelle est de la boue, l'armée seule est
demeurée pure et fidèle à son simple et grand
devoir. Pendant que les hommes de la Terreur
couvrent la France d'échafauds et s'égorgent entre
eux, l'armée est aux frontières, en Vendée. En
avant, marche! contre la coalition, contre la
guerre civile! Napoléon surgit. Par file à droite,
pour l'Italie, pour l'Égypte, pour toutes les capi-
tales de l'Europe! Mais il devient fou de gloire,
l'Empereur, il rêve la conquête du monde. Pauvre conscrit échappé des guets-apens espagnols,
remonte ton sac d'un coup d'épaule. On a besoin de toi sur les bords du Niémen. Tu as encore
à subir les grands désastres, la Bérésina, Leipzig,
Waterloo. Et l'on changera deux fois ta cocarde,
et tu obéiras toujours. Jusque-là, du moins, le
soldat est fanatisé par le génie de son chef, et
tout, même la défaite, est grandiose. Mais voici
de l'histoire médiocre. Avec les ruines du monument impérial, l'impuissante politique se construit des abris d'un jour, qui s'écroulent comme
des châteaux de cartes. L'armée n'en veut rien
savoir, ne connaît que le drapeau, va se battre où
on lui dit d'aller, en Algérie, en Crimée, en
Italie, au Tonkin. Elle est muette et impassible,

ne songe jamais qu'à la France. Naguère, elle présentait les armes à un Grévy, comme elle suivait la procession sous Charles X. Et maintenant que le grand mensonge moderne, la stupide force du nombre, le suffrage universel, — pour l'appeler par son nom, — a livré le pouvoir à une poignée de bas bourgeois, dont quelques-uns sont des voleurs, le soldat feint toujours de l'ignorer, n'a qu'un souci, — la patrie menacée, la frontière ouverte, l'Europe en armes, — et il attend silencieusement l'heure de combattre et de mourir.

Notre armée! C'est tout ce qui nous reste.

Heure navrante de notre histoire! Vit-on jamais une pareille banqueroute d'illusions? Qui oserait évoquer, sans un rire d'ironie douloureuse, les rêves d'autrefois : États-Unis d'Europe, désarmement, étreinte fraternelle des peuples? On les connaît trop, les lendemains des fêtes pacifiques. On sait trop que dans les canons de fusils ornés de fleurs il reste toujours une balle mâchée par la haine. Nul ne vit selon l'Évangile, et les Droits de l'Homme font hausser les épaules. Il est mort, le droit héréditaire, qui, d'ailleurs, enfanta souvent des fous et des scélérats; mais l'envieuse démocratie qui lui a succédé abhorre quiconque est supérieur et l'étouffe aussitôt pour n'être point égorgée par lui. Quel homme raisonnable et de bonne foi peut se ranger encore dans un

6

parti, croire à la vertu d'une forme de gouvernement?

Réfugions-nous dans un instinct, dans l'amour
ingénu de la patrie, dans la foi naïve au drapeau.
Jamais je n'ai senti plus profondément ce besoin
qu'ici, sur la frontière, devant ces alertes soldats
de montagne, qui sont les sentinelles avancées,
la grand'garde de la France. Du moins, nous
avons encore cela, nous avons cette dernière
force; et c'est intact, et c'est sacré!

Tandis que, là-bas, les politiciens se débattent
dans les convulsions de leur répugnante agonie,
j'ai sous les yeux le consolant spectacle de cette
armée qui détourne respectueusement ses regards
de nos hontes, qui accepte, sans une plainte,
l'obéissance et la discipline, et qui ne vit que
pour le devoir, l'abnégation et le sacrifice.

Soldats de vingt ans, fleur de mon pays, je ne
suis qu'un homme vieilli et malade, qui, le jour
du départ, ne pourrait vous suivre jusqu'à la première étape. Mais je sais bien qu'en vous est le
suprême espoir, le salut de la France, et de toute
la chaleur de mon âme, je vous aime et je vous
bénis!

25 janvier 1893.

Cosmopolitisme

L'AUTRE jour, j'ai dîné dans un des somptueux hôtels de la Promenade des Anglais.

Oh! mais, vous savez, dans un hôtel tout à fait « chic », où l'on jouit de tous les perfectionnements du confortable moderne, et qui est tellement vaste que si l'on veut de l'eau chaude pour sa barbe il faut se servir du téléphone. Le seul coup de casquette du portier coûte vingt francs, et un gentleman qui se respecte ne peut pas descendre ailleurs. — Entre nous, j'ai horreur de ces grandes casernes et je leur préfère les auberges de campagne, où l'on se chauffe au feu de la cuisine en causant avec la patronne en train d'éplu-

cher des pommes de terre. Mais ne le dites à personne, au nom du ciel! Je passerais pour un
homme commun.

L'ami qui m'avait invité pousse, en sa qualité
de cosmopolite et d'anglomane, la correction
jusqu'aux dernières limites. Pour dîner tout seul,
chez lui, il met l'habit noir et la cravate blanche,
et, lorsque son domestique lui apporte une lettre
sur un plateau d'argent, il la prend avec une
pince à sucre. « Que voulez-vous ? Je suis un peu
snob, » me dit-il, quand je le plaisante amicale-
ment sur sa faiblesse. Car il a de l'esprit et re-
connaît volontiers qu'il n'est pire esclavage que
celui des belles manières; mais il ne saurait s'en
affranchir.

J'arrive donc à l'heure dite. Un homme du
monde, bien mieux mis que moi, — lequel est,
en réalité, un garçon de l'hôtel, — me débarrasse
de mon chapeau, de mon pardessus et de ma
canne, et me confie à un autre homme du monde,
toujours bien mieux mis que moi, — c'est humiliant, à la fin! — qui me conduit au salon de lecture et m'annonce, avec un accent tudesque des
plus prononcés, qu'il va prévenir mon hôte.

Pourquoi ne pas l'avouer ? Je me méfie de ces
laquais au baragouin international. Ils ont beau
se dire Suisses, la seule langue qu'ils parlent bien
est presque toujours l'allemand. En général, le
patron est Allemand, lui aussi, quelques efforts

qu'il fasse pour se faire accepter comme Alsacien. Tous ces gens-là me font l'effet de simples Prussiens qui se sont déguisés en ôtant leurs lunettes d'or, partie essentielle, comme on sait, du costume national. Souvenons-nous que, maintenant, — dans le pays de Gœthe et d'Hegel, — un individu peut très bien être à la fois docteur ès lettres, officier de la landwehr, et espion de guerre. Cette valetaille germanique m'est suspecte, et je m'imagine parfois que, sous prétexte de cirer les bottes et de changer les assiettes, ces gaillards-là préparent l'invasion et le pillage de l'avenir et choisissent déjà leurs pendules.

Mon ami me rejoint, et nous passons dans la salle à manger. Très malin, mon ami. Il a revêtu son smoking, pour différer un peu des garçons en habit noir. Celui qui nous sert est un blafard aux cheveux d'albinos, dont le visage serait si bien complété par un casque à pointe que j'ai envie de l'appeler brusquement « herr hauptmann », pour voir s'il ne tressaillera pas. Cependant il nous apporte une soupe à la tortue, qui — n'en doutez pas — est tout simplement faite avec de la tête de veau, et nous verse un soi-disant château-léoville qui ne vient pas plus du Médoc que ce sommelier allemand n'arrive d'un canton helvétique.

Tout en vidant mon verre avec une grimace, j'observe les groupes de dîneurs dans le restau-

6.

rant. Car, pour un empire, mon fashionable ami
ne s'assoirait pas à la table d'hôtel. — Je vous le
confie tout bas, en cachette, je ne déteste pas les
tables d'hôte, et il m'arrive même — voilez-vous
la face, ô convenances! — d'y causer quelquefois
avec mon voisin, sans lui avoir été présenté dans
les formes. — Heureusement, mon amphitryon
ne soupçonne pas chez moi ce goût crapuleux,
ces mœurs de commis voyageur!

Je l'interroge sur nos voisins, — car j'aime à
m'instruire, en voyage, — et, bien qu'il ne les
connaisse pas personnellement, il sait, par hasard,
que cet Américain est marié avec une Italienne,
ce Russe avec une Anglaise, cet Autrichien avec
une Roumaine et cet Espagnol avec une Suédoise.
Ici, les races et les nationalités sont mêlées
comme une salade de légumes. Pas un Français,
bien entendu, et, çà et là, une mauvaise figure. Si
j'avais quatre sous à placer, je ne les confierais
certes pas à ce Juif ventripotent, entouré de toute
une famille de nez crochus; et il n'y a pas de
danger que je propose jamais une partie d'écarté
en cinq sec à ce joli Napolitain à la taille de
guêpe, certain d'avance que je suis qu'il retour-
nerait d'abord le roi et ferait tout de suite la vole,
comme par enchantement.

Et tout ce monde-là est effrayant de « cant »,
de bonne tenue, parle bas comme dans une
église, dîne comme on communie, tandis que les

garçons allemands vont et viennent, discrets, silencieux, en rêvant sans doute de chiper notre plan de mobilisation ou de dérober la formule chimique de notre poudre sans fumée.

Eh bien, non, il est trop sinistre, le restaurant « chic » de la Promenade des Anglais! Je n'y tiens plus, je jette le masque, et je déclare que j'aime mieux la mauvaise compagnie, pourvu qu'il y ait un peu de gaieté. Je me rappelle avec délices les pensions du quartier Latin, quand j'étais jeune, les joyeuses tables d'hôte où l'on faisait des blagues, au dessert, et où l'on imitait le rugissement du lion en soufflant dans un verre de lampe.

Je me suis enfui de ce lieu funèbre, salué dans le dos par un maître d'hôtel à barbe blonde, qui doit être quelque chose comme major de cavalerie et professeur d'esthétique à l'Université de Tubinge, et qui, pour ce méchant dîner, va présenter à mon nigaud d'ami une note aussi salée qu'une indemnité de guerre. Et, dès le lendemain, pour me débarbouiller du cosmopolitisme à outrance, qui me gâte un peu ce féerique pays, je suis allé flâner dans la vieille ville.

Elle ne sent pas bon, il faut en convenir. Mais, ici, du moins, je coudoie des indigènes, des gens qui sont chez eux, dans la ville, dans le quartier où ils sont nés, qui parlent tous la même langue. Et cela me fait plaisir, cela me change un peu de

tous les rastaquouères et de tous les poseurs exotiques.

J'ai franchi le fruste portique, au bout du quai
du Midi, et j'ai pénétré dans la Nice d'autrefois.
Trois hommes de front marcheraient malaisément
dans ces ruelles, et la hauteur des maisons les fait
paraître encore plus étroites. C'est à peine si, là-
haut, vers le troisième ou le quatrième étage, le
soleil éclaire les volets verts et les murailles d'un
rose fané. En bas, dans la rue aux dalles disjointes,
il fait toujours frais et sombre, et c'est presque les
ténèbres, au fond des boutiques basses, qui, fer-
mées, la nuit seulement, par des volets, sont
béantes, le jour, comme des cavernes. Ces boutiques vous lancent, au passage, leurs fortes ha-
leines. Même les yeux fermés, vous sauriez sans
peine que vous êtes devant l'échoppe du cordon-
nier qui empeste le cuir, ou devant le cabaret qui
sent la cave. Il y a là surtout de redoutables épi-
ceries, à l'énergique relent de fromage et de
morue séchée. Tant pis pour les dégoûtés! Ils se
priveront d'une promenade amusante s'ils recu-
lent devant ce dédale, où quelques palais génois
dressent encore la ruine imposante de leur façade
aux lourds balcons, et où grouille sans cesse une
foule pittoresque de femmes emmitouflées dans
un vieux châle, d'artisans et de marins, pauvres
gens, sans doute, mais non pas malheureux.

Car c'est une impression que je retrouve partout, dans le Midi. Je sens ici que la misère n'a rien d'affreux, est supportable. On vit dehors, on se nourrit de peu, on ne travaille pas trop, on a rarement froid, et l'on sait jouir, parbleu! — aussi bien que les bronchitards et les rhumatisants millionnaires — de la mer bleue et du blond soleil, qui sont là, sur le quai, à deux pas.

Dans les rues escarpées et tortueuses de l'ancienne Nice, — quelques-unes sont de véritables escaliers, — je lis sur tous les visages cette bonhomie, cette douceur de vivre. Personne n'a l'air fiévreux, l'allure inquiète et hâtive des passants de chez nous. Tous vont sans se presser, aussi bien ces pêcheurs au teint de bronze, le béret en arrière, les mains dans les poches, que ce prêtre au type italien, aux yeux très noirs, aux joues bleuâtres, qui salue d'un regard de connaissance les marchandes assises auprès de leur modeste étalage.

Cette vieille ville, de physionomie intime, et qui garde évidemment ses habitudes de jadis, ses mœurs traditionnelles, m'a beaucoup plu. Elle ne semble pas se douter que, tout près d'elle, sur l'autre rive du Paillon, se développe chaque jour davantage une grande cité de luxe et de plaisir, qui doit, tôt ou tard, l'absorber et la détruire. C'est fatal. Un jour, on démolira ces bicoques et on bâtira de monstrueux hôtels avec ascenseur, où résonneront tous les idiomes de l'Europe. Tant pis!

Mais l'avenir est là, et le cosmopolitisme nous envahit victorieusement. Il choque les instincts et les sentiments de la plupart de nous autres, vieux Latins. Mais qu'y faire? Son triomphe définitif ne pourrait être que retardé par de passagères réactions. Le railway et le steamer auront le dernier mot. Que deviendra l'univers quand la science aura domestiqué des forces comme l'électricité et les explosifs? Peut-être le beau rêve qui nous a si cruellement déçus jusqu'à présent se réalisera-t-il? Peut-être nos descendants verront-ils disparaître les frontières qui séparent les nations, les haines de races et de peuples? Mais, pour nous, fils du siècle des révolutions et des grandes guerres, ce n'est là qu'un lointain mirage, qui recule toujours et que nous sommes découragés de poursuivre.

Pareils aux vieillards qui ne se plaisent qu'à leurs plus anciens souvenirs, nous nous rattachons désespérément à nos vieilles croyances, et la perspective d'une civilisation nouvelle où il n'y aurait plus que des sans-patrie et des sans-foyer nous fait frémir. Qui sait s'il n'est pas un précurseur, le Yankee sans domicile — on en voit plus d'un — qui trouve plus commode de toujours vivre à l'hôtel et ne dort que dans des draps de louage? Grand bien lui fasse! A tous les raffinements de bien-être que peut lui procurer la fameuse maison à quinze étages de Chicago, le Français

préfèrera pendant des siècles encore l'humble
toit de sa famille, et surtout l'émotion qui lui
étreint le cœur devant la pierre du seuil où il a
joué dans son enfance et qu'ont usée les pas de
ses aïeux.

2 février 1893.

Rentrée à Paris

ME voici de retour à Paris, où m'ont rappelé mes devoirs académiques. Entre nous, je suis aussi revenu pour retrouver mon coin du feu, à moi, et pour tisonner mes braises avec mes pincettes personnelles, un des plus vifs plaisirs que je sache. — Pourtant je n'ai pas quitté Nice sans regret. Le matin de mon départ, elle m'adressait, la coquette, son plus gracieux sourire, et j'emportais un bouquet de violettes qui m'a grisé du souvenir de là-bas pendant toute la maussade nuit de wagon. Et puis, il n'y a pas à dire le contraire, le climat parisien, en février, est un peu frisquet. Brrr! Le changement est rude! Dire que, la semaine der-

nière, dans le jardin d'une villa, près de Ville-
franche, j'ai pu m'écrier, comme Rousseau :
« Voilà de la pervenche en fleur ! »

Au débotté, j'ai couru déposer, à l'Institut,
mon vote pour Zola, ce qui, paraît-il, me classe,
sous la coupole, à l'extrême gauche. Demain, par
exemple, je passerai à l'extrême droite, quand il
s'agira de réformer l'orthographe. Une autre fois,
s'il vous plaît, nous en causerons sérieusement,
de cette fameuse réforme, qui, m'assure-t-on, est
désirée en haut lieu. Mais je tiens à déclarer tout
de suite que je suis, à ce sujet, effroyablement
réactionnaire. L'orthographe ! Seigneur, mon
Dieu ! C'est la dernière aristocratie qui nous reste !
C'est la grâce et la beauté d'une langue ! Et pour
cette aristocratie-là je suis prêt à porter ma tête
sur l'échafaud. J'ai soutenu de véritables luttes
avec les compositeurs et les protes pour maintenir, dans mes vers, l'*y grec* de « lys ». Je regrette les deux *h* dans « rhythme » et dans
« phthisie ». Pourquoi ? demandez-vous. Parce
que c'est plus joli comme ça. Voilà tout ! Et je
trouve charmant qu'on dise « des héros », avec
un *h* aspiré, et « des héroïnes », avec un *h* muet.
Je suis pour les exceptions et les irrégularités.
Une langue, pas plus qu'une femme, ne doit être
facile. Les simplificateurs — que je considère
comme des destructeurs — auront beau invoquer
l'instruction primaire et la propagande du fran-

çais à l'étranger. Je proteste quand même. D'ailleurs, c'est très gentil, les fautes d'orthographe.
Quand j'étais jeune et quand ma blanchisseuse
écrivait à la craie sur la porte de ma chambre de
garçon : « Je suis Vénus avec le linge », j'aimais
cette touchante naïveté. Et je ne saurais dire à
quel point je suis de l'avis de Théophile Gautier,
qui ne croyait à la sincérité d'une lettre d'amour
que si elle se terminait par ces mots, ainsi libellés :
« Je thème. »

Aujourd'hui, je me contente de plaisanter là-
dessus. Mais la chose me tient au cœur. Soyez
tranquilles, nous y reviendrons.

Donc, je suis à Paris, et, dès ma première promenade, j'ai rencontré un député de ma connaissance. Je vous jure sur ce que j'ai de plus sacré
que je ne voulais pas lui parler du Panama, d'a-
bord parce que j'ai le respect du malheur, et puis
parce que, après tout, il y a d'autres sujets de
conversation. C'est lui qui a commencé, ma parole !

Il faut vous dire que, en décembre dernier, cet
homme-là était comme un lion : « Nous ferons
la lumière ! Nous frapperons tous les coupables !
La République prouvera qu'elle est un gouvernement de plein jour, le seul où l'on n'étouffe pas
de pareilles infamies... Fallût-il décimer la Chambre, sacrifier les premiers d'entre nous... etc. »
Non, il était terrible, je vous assure. Il se fût vo-

lontiers écrié, comme le Brutus de la tragédie
burlesque :

Et j'aurais condamné mon fils, même innocent!

Vous me croirez si vous voulez, c'était moi
qui m'efforçais de le calmer.

Eh bien, aujourd'hui, mon député est la douceur et l'indulgence mêmes pour ces pauvres parlementaires, si affreusement diffamés ! Qui donc
s'est laissé corrompre? Personne, ou à peu près.
Voyez, il pleut des non-lieu ! Les juges eux-mêmes,
— et vous savez qu'ils sont inflexibles, qu'ils vous
envoient au bagne, et raide, un affamé qui a volé
un morceau de pain, — les juges eux-mêmes se
déclarent désarmés, n'ont pas de preuves, sont
incapables de trouver un texte de loi qui s'applique aux Panamistes. Soit! il y a eu quelques
défaillances (mon homme, en se servant de cet
euphémisme, prenait un air apitoyé, comme s'il
eût parlé d'une jeune dame qui aurait eu des
vapeurs), quelques défaillances isolées. Très peu
de chose. La vérité, voyez-vous, c'est que les anciens partis relèvent la tête, que le spectre de
Boulanger surgit de son tombeau. Un exemple.
Avez-vous jamais trouvé, traînant sur une table
de café, un numéro de la *Justice?*

« Jamais, répondis-je avec conviction.

— A qui fera-t-on croire, voyons, que ce
journal, qui n'est lu par personne et qui doit

tirer à un demi-quarteron d'exemplaires, a coûté plusieurs millions à Cornélius Herz? Toutes ces accusations ne tiennent pas debout. Quelques défaillances! C'est tout ce que je peux vous accorder. Il n'y a pas, dans ce déplorable scandale, de quoi fouetter un chat. »

Le fou rire me gonflait les joues. Mon ironie constatait avec délices la turpitude de ce malheureux politicien. Ainsi, cette barre de fer était un bâton de guimauve, ce Caton d'Utique, un Caton du « toc ». Je m'en étais toujours douté, et, là, vrai! je passais un bon moment.

« Et que comptez-vous faire? lui demandai-je.

— Assurer ma réélection, d'abord, s'écria-t-il avec enthousiasme. L'essentiel, c'est de sauver le personnel, l'état-major républicain. Voyez-vous la France privée du concours d'un Floquet, qui tournait si bien l'oraison funèbre, d'un Rouvier, dont le sourire faisait monter la Rente? Quel cataclysme! Où irions-nous? Aux abîmes!... Mais rassurez-vous. Nous avons l'œil sur les conspirateurs, et nous saurons défendre les libertés publiques.

— Et de quelle façon?

— En les supprimant jusqu'à nouvel ordre, naturellement... Ah! nous nous sommes déjà mis à l'œuvre!... Loi qui ordonne de ne traiter les souverains étrangers qu'avec les plus grands égards, ce qui nous donne une attitude très fière et très patriotique... Loi qui interdit de s'occuper du fonctionnement des caisses d'épargne : excellent moyen de rassurer les déposants... Loi contre les dénonciations publiques, pour empêcher qu'elles ne soient confirmées, comme les choses viennent malheureusement de se produire... Et en avant la censure ! Il y a des précédents. Nous avons déjà, mon cher poète, interdit votre *Pater* et le *Thermidor* de Sardou. Nous ne souffrirons pas que M. Hennique traîne sur les planches d'honorables financiers, au moment où ils sont, comme nous, en butte aux attaques les plus injustes, ni que M. Paul Adam mette en scène les grévistes et parle, en plein théâtre, de la question sociale, qui, comme on sait, n'existe pas... Quant à la presse, nous allons nous occuper d'elle, un de ces jours... Qu'elle y prenne garde ! »

Franchement, il commençait à m'inquiéter, le législateur.

« Savez-vous que vous n'êtes pas gai ? lui dis-je. Si l'on ne peut plus parler de rien, dans les journaux et au théâtre, comment va-t-on gagner sa pauvre vie ? »

Mais, alors, il me lança de côté un regard polisson, et, me poussant, de la main, une botte dans le flanc :

« Bah !... Il vous reste la pornographie... Vous savez bien que, là-dessus, nous fermons les yeux... »

Et, comme nous étions arrivés en face du Pa-

lais-Bourbon, il me quitta pour entrer dans ce
temple de l'innocence, ou — pour mieux dire —
dans cette caverne d'acquittés.

Un peu dégoûté par cet entretien, — car je
suis encore assez naïf pour m'indigner de voir la
France entre les mains de ces farceurs-là, — je me
trouvai nez à nez, un instant après, sur le pont
de la Concorde, avec un jeune poète, un peu
mage, qui me méprise comme homme de lettres,
mais qui me supporte tout de même, à titre de
bon enfant.

Nous causâmes. J'étais sans nouvelles de la
jeunesse littéraire; car, en ce moment, le Panama fait du tort aux mystiques et aux symbolistes. Je priai le sorcier de me mettre au courant.

« Voyons... Que faites-vous dans les cénacles ?

— Nous nous envoûtons les uns les autres, »
me répondit-il avec le plus grand sérieux.

Et il m'expliqua cette opération cabalistique.

« Vous prenez un crapaud et vous lui faites
subir une torture atroce en pensant à votre ennemi, avec toute l'intensité de votre haine. Dans
l'année, votre ennemi meurt des mêmes souffrances que le crapaud. C'est infaillible ! »

Je lui répondis par ce vers d'*Athalie* :

Eh quoi ? N'avez-vous point de passe-temps plus doux ?

« Non... Et, tel que vous me voyez, je suis à la
recherche d'un de ces batraciens pour me venger

d'un rival qui m'a supplanté dans les bonnes grâces d'une femme de brasserie. Mais cet animal est rare dans la rue Monsieur-le-Prince, où j'habite. »

Je pris congé de ce précoce scélérat, en me gardant bien de lui dire que j'ai « du crapaud », à Mandres, dans mon potager. D'abord, je ne voulais pas lui faciliter son crime ; et puis le crapaud détruit un tas d'insectes malfaisants, et je tiens à mes salades.

Mais la rencontre du jeune mage m'a rendu ma gaieté. Je ne regrette plus le soleil de Nice, et me voilà tout content d'être à Paris, qui est, après tout, la ville la plus amusante du monde.

9 février 1893.

Le Théâtre des Poètes

UN jeune comédien, qui s'appelle Charles
Léger et qui me paraît plein d'intelligence et de bonne volonté, veut fonder
un « Théâtre des Poètes ». Il est venu, l'autre
matin, me parler de son projet et m'y inté-
resser. L'homme et l'entreprise m'ont été tout
de suite sympathiques. Ce jeune premier — il a
une moustache de jeune premier — m'a fort gen-
timent exposé son affaire. La même chose que le
Théâtre-Libre; seulement, ce serait tout le contraire. Des abonnés et une représentation par
mois, comme chez Antoine. Mais avec cette différence qu'on ne jouerait ici que des pièces en

vers, tandis que, dans la boutique en face, à la
concurrence, on s'exprime ordinairement en
prose, et quelquefois même en argot.

De grâce, ne prenez point ceci pour une épi-
gramme contre le Théâtre-Libre. Je le trouve
nécessaire, que dis-je? indispensable, tant que
nous aurons des gouvernements à censure et tant
que les entrepreneurs de spectacles resteront aussi
routiniers et aussi rebelles à toute tentative un
peu audacieuse. Mais, à tort ou à raison, il ne
gâte pas les poètes, le Théâtre-Libre, et il ne leur
a accordé, jusqu'à présent, qu'une place peu im-
portante dans ses programmes. Les rimeurs ont
besoin, eux aussi, pour se produire, de deux tréteaux et de quatre chandelles, et M. Charles
Léger, qui prétend les leur offrir, mérite qu'on
l'approuve et qu'on l'encourage.

Le « Théâtre des Poètes » ne chômera pas de
manuscrits, je suis bien tranquille à cet égard.
Car la pièce en vers est, pour les directeurs, en
général, un objet d'horreur et de répulsion, et
quand ils trouvent chez leur concierge le redoutable rouleau de papier, ils se gardent bien d'en
enlever la ficelle rouge. Si j'avais à dérober aux
recherches de la police un papier précieux ou
compromettant, — la liste des 104 ou quelque
chèque photographié, — je me rappellerais la
jolie plaisanterie de Théodore de Banville, et je ne
choisirais pas une autre cachette que le manuscrit

d'un drame historique en cinq actes et en vers, que je déposerais à l'Odéon.

M. Charles Léger n'a donc pas à se préoccuper de son répertoire; et, de plus, je suis persuadé qu'il constituera sans peine une bonne troupe.

Car nous sommes encombrés de comédiens des deux sexes. Au concours d'admission du Conservatoire, il se présente, chaque année, pour une vingtaine de places, plusieurs centaines de concurrents. Dans le petit monde, autour de moi, on ne rêve que de théâtre. Toutes les fillettes de mon quartier brûlent du désir de se maquiller, et tous les jeunes gens de se mettre des postiches et de se faire des moustaches avec du bouchon brûlé. Ma femme de ménage m'a confié que sa nièce, qui étudie les ingénuités, a le rôle d'Agnès « dans la bouche », mais ne l'a pas encore « dans les jambes »; et la fille de ma concierge — une jeune première, s'il vous plaît — pioche consciencieusement les larmes. L'autre jour, chez mon perruquier, j'ai même passé, par suite de cette manie de cabotinage, un quart d'heure fort désagréable. Le garçon qui m'accommodait est un tragédien de l'avenir, et, tout en me faisant la barbe, il se récitait à demi-voix les fureurs d'O-reste. De temps à autre, il ébauchait un geste terrible et brandissait son rasoir contre les Erinnyes. Je n'étais nullement rassuré, je vous assure, et, par instinct de conservation, je lui ai conseillé d'adopter des rôles plus calmes, les rois ou les confidents, par exemple. Il faudra que je le pousse, tout doucement, du côté des Arbate et des Théramène. Mais je crains bien de ne pas réussir. La gloire de Mounet-Sully trouble les nuits de ce jeune merlan, et, s'il s'obstine à jouer les héros, je serai forcé, moi, de changer de coiffeur.

Le « Théâtre des Poètes » trouvera, je le répète, — autant et plus peut-être qu'il n'en voudra, — des auteurs et des artistes. Un recrutement plus difficile sera celui des abonnés.

Antoine a les siens, — la fleur des clubs et du beau monde; — et, si tous ces désœuvrés, qui ne demandent, en somme, qu'un emploi de leurs soirées, étaient bien aimables, ils s'abonneraient aux deux établissements rivaux. Mais voilà! On leur sert, au Théâtre-Libre, une cuisine dramatique assez épicée. Beaucoup de pièces y ont un ragoût de scandale. On va là dans l'espérance d'y voir et d'y entendre quelque chose d'un peu « raide ». On y attend le gros mot, la situation risquée, où les gentlemen au plastron de neige feront : « Oh! oh! », où les dames riront en rougissant derrière l'éventail. Certes, quand on leur donne — et ce n'est pas rare — un ouvrage où manque ce piment, quand un jeune talent, quand un poète étranger se révèle, MM. les Abonnés ont trop de pudeur pour s'en plaindre; ils font

bonne contenance et applaudissent, en gens bien
élevés qu'ils sont. Mais, au fond, ce n'est pas
pour cela qu'ils versent leurs cinq louis par hiver,
et ils demandent plutôt de l'obscène que de
l'Ibsen.

Je ne leur en fais pas un crime. Ce qu'on joue
ordinairement dans les autres théâtres — l'article
courant, la pièce selon la formule — est si fade
et si monotone! C'est la soupe et le bœuf de l'art
dramatique. Quoi de plus naturel, pour changer
un peu, que d'aller, une fois par mois, chez Antoine, manger quelques écrevisses à la borde-
laise? Seulement, nous voilà bien loin du « Théâtre
des Poètes ». Il ne s'adresse pas aux blasés et ne
peut leur promettre une littérature inflamma-
toire. Mais qui sait? Ce sera peut-être là son premier élément de succès. Rien n'est meilleur qu'un
verre de lait pur, à cinq heures du matin, au
sortir du restaurant de nuit. Vivent les contrastes!
Elles ne sentent pas toujours bon, les scènes natu-
ralistes. Pourquoi, le lendemain, ne viendrait-on
pas respirer chez nous une odeur pastorale, un
parfum d'idylle?

Vraiment, Messieurs les gens du monde, vous
devriez bien faire quelque chose pour les poètes
et vous abonner à leur théâtre. Il dépend de vous
de le mettre à la mode. Qu'on aperçoive, à la
première soirée, trois ou quatre belles dames que
je sais bien et le fameux cordon noir sur le gilet

blanc de M. le prince de Sagan, et le tour est
joué. Parbleu! on ne vous donnera pas un chef-
d'œuvre à tout coup, c'est clair. Mais ce sera toujours plus amusant — soyez justes — que d'entendre, pour la centième fois, le troisième acte
de la *Favorite,* et de lorgner les paires de jambes
— généralement quadragénaires — du premier
quadrille. Quelques-uns d'entre vous sont allés
voir les marionnettes de Maurice Bouchor. N'était-
ce pas délicieux? Et songez que vous deviendriez
tous un peu des Mécènes, moyennant un billet
bleu. Voyons, c'est pour rien!

Ils méritent votre intérêt, croyez-moi, les jeunes
accoupleurs de rimes; et le sort n'est pas gai
que leur a créé la société moderne. S'ils font des
vers, c'est bien pour eux seuls, pour noter en paroles rhythmées la musique divine qu'ils entendent
au fond de leur cœur. Car ils ne doivent attendre
ni gloire ni profit. Le livre, imprimé à leurs dépens, ne sera guère lu que par quelques camarades, peut-être par leur maîtresse; et il est encore plus rare que les beaux jours l'excentrique
qui tire de sa poche trois francs — tout vivants!
— pour acheter un volume où les lignes sont de
longueur inégale.

Oh! je suis de mon siècle! Je ne regrette pas
le temps où l'on était pensionné pour une ode,
où un quatrain suffisait pour obtenir à son auteur
un canonicat. Je veux la dignité des lettres, et

l'écrivain doit vivre de sa plume... Et pourtant!...
Le poète ne peut y parvenir qu'en cessant d'être
poète, en faisant, hélas! mon Dieu! ce que je fais
en ce moment-ci : de la prose. Sans doute, c'est
honorable, c'est utile même, quelquefois. Mais,
pendant ce temps-là, la Lyre, — ne riez pas, c'est
un mot sacré! — la Lyre se rouille. Et puis, moi,
j'ai doublé le cap de la cinquantaine. Mon œuvre,
si peu qu'elle vaille, est finie. J'ai chanté ma
chanson. A un autre! Chacun la sienne! Mais je
me mets à la place d'un poète de vingt ans, condamné — j'en connais — à faire du reportage
pour gagner son pain. Adieu, la paresse nécessaire, la rêverie féconde! Adieu, le temps perdu
— c'est-à-dire gagné — à attendre la minute de
l'inspiration, le souffle de fièvre et de génie, qui
passe et qui ne revient jamais!

Il a cependant pour lui, le jeune poète, une
chance, un numéro à la loterie. C'est le succès au
théâtre, qui donne la gloire en un jour. J'en suis
la preuve. Le 14 janvier 1869, à neuf heures du
soir, j'étais un petit employé des bureaux de la
guerre, et il me manquait toujours quarante sous
pour équilibrer mon budget. A neuf heures et
demie, on avait joué le *Passant,* et j'étais une
sorte de personnage.

Un pareil bonheur peut arriver, arrivera certainement à d'autres. Mais, pour enfoncer les
portes du théâtre, — ces portes qui s'ouvrent

d'elles-mêmes devant l'acteur au moyen de deux
ficelles, ces portes qui ne sont qu'un méchant
châssis et qu'un lambeau de toile badigeonnée,
— il faut au poète un effort plus formidable que
celui de Samson à Gaza. Dans le monde des coulisses, chez le peuple des comédiens au menton
bleu, c'est une opinion solide — et malheureusement justifiée — que les pièces en vers font
moins d'argent que les autres. Allez donc pro-
tester là contre! D'ailleurs, il faut avoir pitié du
directeur, qui ne songe, après tout, qu'à ses
échéances. Ses perplexités devant un manuscrit
— surtout devant le manuscrit d'un poète —
sont très douloureuses. Que décider? Dire oui
ou non, faire faillite ou faire fortune? Pour un
peu, il jouerait la chose à l'as de cœur, courrait
consulter une somnambule. Ah! s'il était possible
d'essayer la pièce, de se rendre compte de son
effet sur une scène quelconque!...

Eh bien, voilà l'immense service que pourrait
rendre à l'art le « Théâtre des Poètes », et c'est
pourquoi je le recommande aujourd'hui de toutes
mes forces aux heureux du monde, qui, par un
bien faible effort et en y gagnant quelques
heures consacrées au plus noble plaisir de l'esprit,
assureraient la réussite de cette généreuse entreprise! Qu'ils l'encouragent de leurs applaudisse-
ments, qu'ils l'aident de leurs subsides, et bientôt
peut-être ils auront la joie de se dire que, dans

leur vie oisive et voluptueuse, un jour de libéral
et bon caprice, ils ont contribué à l'éclosion d'un
vrai poète et doté la scène française d'un chef-
d'œuvre sincère, qui fera longtemps éclater le
rire frais de la fantaisie ou couler les saintes
larmes de l'émotion.

16 février 1893.

Les Femmes et l'Anarchie

AR une lettre insérée dans le dernier numéro de la *Révolte,* — qui me tombe, par hasard, sous les yeux, — j'apprends qu'il existe au Brésil, dans la province de Parana, une colonie d'anarchistes! et la lecture de cette lettre m'a vivement intéressé.

Quelques hardis compagnons, dégoûtés du vieux monde, mais désespérant sans doute de le détruire ou de le transformer par les moyens révolutionnaires, une poignée de ces désespérés qu'on appelle en Allemagne « Europamüde », ont traversé l'Atlantique et tâchent de vivre làbas, selon leurs principes, en toute liberté, sans loi ni règlement, sans Dieu ni maître. Bravo!

Voilà des gens de cœur! Je dirai plus. Voilà des hommes intelligents! Ils ont compris que l'action de déposer une marmite infernale dans un escalier ou dans une boutique de marchand de vins et de foudroyer quelques innocents n'avait rien de pratique, que la dynamite — la « purge », comme ils disent dans leur terrible argot — faisait plus de bruit que de besogne, et même que la fameuse propagande par le fait n'avait, pour résultat immédiat, que la réaction et la tyrannie. Ils ont mieux aimé — et ils ont eu grandement raison — prêcher d'exemple.

Pourquoi s'attarder dans l'antique Europe? Le sol est épuisé, la place rare et le pain cher. En route! Le monde est grand! Il y a encore, de l'autre côté de l'Équateur, des solitudes immenses, de vierges déserts, des forêts où l'on ne pénètre qu'à coups de hache, d'incultes *pampas* où galopent les chevaux sauvages. Ah! vous croyez, lâches bourgeois, qu'on ne peut se passer de religion, de patrie, de famille, ni de toute la sacrée boutique! Eh bien, nous allons faire la preuve du contraire!

Et ils sont partis, pleins de courage, les émigrants. Le Brésil leur a cédé, comme à tous les colons, un terrain sur un plateau, à neuf cents mètres d'altitude; et ils y ont fondé la colonie Cécilia, un village de vingt-deux baraques, crânement baptisé *Anarchie*, où c'en est fini de l'impôt, du service militaire, de toutes les corvées sociales, où chacun travaille selon ses forces, pour le bien de tous et non pour un humiliant salaire, où la fraternité n'est pas un mot, où tout est en commun!

Pour qui sait lire entre les lignes du récit écrit par le compagnon Cappellaro, les débuts de la colonie semblent avoir été assez difficiles. Un certain Puig Mayol s'est d'abord enfui avec le modeste magot des camarades. — Un concussionnaire! Déjà! — Mais n'importe, ils sont restés fidèles à leurs théories, et, plutôt que de donner à l'un d'eux une autorité quelconque, ils tiennent la caisse — riche ou pauvre — ouverte à tous. Ah! l'on s'est donné du mal, et les anarchistes de Parana ne sont pas des « feignants ». Sur les deux cents hectares de la concession trente déjà sont cultivés. On a planté de la vigne, s'il vous plaît! La basse-cour et le potager sont en plein rapport. Il y a deux vaches et quatre bœufs dans l'étable, une paire de chevaux à l'écurie, sans parler du troupeau de quatorze porcs, qui m'a l'air d'assurer la viande à lui tout seul. Et la récolte des pommes de terre s'annonce comme exceptionnelle!

Je l'avoue. Devant l'énumération que ces pauvres gens font, non sans orgueil, de leurs humbles ressources, j'ai deviné les efforts, les privations qu'elles leur ont déjà coûtés, et j'ai été sincèrement ému. Certes, elle est bien folle, leur

chimère d'absolue égalité, et la nature même lui
donne, à chaque instant, un démenti. Mais soyons
justes. Dans notre vieille société qu'ils ont fuie
avec horreur, ces malheureux étaient des exploi-
tés, des victimes, et sentaient affreusement le
poids de la misère. La civilisation a plus changé
les lois que les mœurs, les mots que les choses.
La science n'a pas tenu toutes ses promesses, et
le progrès est plein de mensonges. Les prolé-
taires ont beau être électeurs, — c'est-à-dire rois,
— ils sont quand même des esclaves. Depuis
longtemps, on les mène avec de grandes phrases,
comme on les menait jadis à coups de bâton. Or,
ils n'y croient plus, aux harangues. Que sont les
anarchistes? Les futurs combattants d'une guerre
servile, qui n'attend que son Spartacus. Je com-
prends l'impatience des colons de là-bas, qui ont
prétendu faire, tout de suite, l'expérience du système. C'est un si beau rêve que la liberté!

Je souhaite à la colonie Cécilia des récoltes
de Chanaan. Seulement, — oh! il y a un énorme
« seulement », — au point de vue des théories
anarchiques, je doute fort de son succès. Et pourquoi? A cause de ce paragraphe de la lettre du
compagnon Cappellaro, que je vais citer dans
son éloquente naïveté.

« Il y a bien encore des préjugés à déraciner,
« mais, que voulez-vous? on ne peut pas faire tout
« à la fois. Ce qui nous tourmente le plus, c'est

« que le libre amour n'a pas encore pénétré dans
« le cœur de nos compagnes, ce qui produit beau-
« coup d'ennui à ceux qui sont seuls... Nous serions
« bien aises que quelques femmes convaincues
« viennent nous rejoindre bientôt. »

Et, un peu plus bas, insistant sur ce désir, le
compagnon souhaite de nouveau la présence de
« plusieurs femmes émancipées des préjugés de
« la société bourgeoise ».

Je vous entends rire. Mais permettez-moi de
m'interdire ici, pour mon compte, toute ironie.
Elle ne serait pas généreuse. *Res sacra miser*. Je
ne sais parler que sérieusement de ceux qui souffrent.

Cependant, voici l'anarchie condamnée *ipso
facto*. En amour, les femmes ne veulent pas du
communisme.

Je la vois d'ici, la triste créature qui a suivi
l'émigrant. Vous la connaissez comme moi et
vous la rencontrez à chaque pas, avec son visage
de souffrance et ses haillons de misère, quand
vous flânez dans les lugubres faubourgs, dans les
banlieues navrées. Son homme a décidé qu'on
partirait pour l'Amérique, et elle n'a pas résisté,
elle a dit : « Allons ! » parce que c'est son homme,
parce qu'elle l'aime à sa manière, malgré les que-
relles et même malgré les coups, peut-être aussi
parce qu'on a eu un gosse ensemble. Elle a fait
un paquet de leurs quatre loques, qu'elle a traîné

après elle, tout en portant le mioche, sur les dures banquettes des wagons de « troisième », dans l'entrepont fétide des paquebots. Enfin, on est arrivé. C'est dur de travailler la terre, pour la Parisienne! Bah! pas plus dur que de respirer la buée du lavoir, de pédaler sur la machine à coudre. Et puis, elle est avec son amant et son petit, c'est le principal.

Et voilà maintenant qu'un beau parleur vient lui raconter qu'elle devrait aller avec tout le monde, comme une marie-couche-toi-là, et que c'est l'anarchie qui veut ça. Eh bien, elle s'en moque pas mal de l'anarchie!... Si ça ne fait pas hausser les épaules!... Qu'on ne s'avise pas de lui répéter des saletés pareilles, ou bien on aura affaire à son homme, car elle le priera de la faire respecter. On n'est pas marié devant le maire et le ratichon, c'est vrai; mais c'est tout comme. Alors, l'anarchie, ça consiste à faire son mari cocu? En voilà une sévère!... Et ne lui parlez pas des « femmes émancipées des préjugés de la société bourgeoise ». Pour elle, c'est des catins, et voilà tout... Et cet autre imbécile qui s'imagine qu'en faisant débarquer ici le personnel d'un gros numéro, il mettra d'accord tous les camarades, tandis que dans huit jours, au contraire, ils se disputeraient ces dames à coups de couteau!... Ce dont elle est bien sûre, par exemple, c'est que toutes les blagues politiques du monde

ne la décideront pas à devenir une traînée...
Colle-toi ça dans le fusil, mon p'tit!...

Elle n'est pas très bien embouchée, la femme
de l'anarchiste; mais, réfléchissez-y, compagnons
de la colonie Cécilia, cette gaillarde-là va faire
manquer votre expérience. Elle ne veut appar-
tenir qu'à son homme, et prétend qu'il aime ses
enfants. C'est grave. Car tout s'enchaîne, prenez-y
garde! Un jour que son dernier-né sera malade,
qu'elle craindra de le perdre, elle est bien capable — que sait-on? — de se rappeler un bout
de : « Notre Père qui êtes aux cieux », appris autrefois au catéchisme de Saint-Ambroise ou de
Saint-Médard. Et si son homme est plus fort et
plus intelligent que les camarades, — attention!
— elle lui conseillera de prendre de l'autorité
sur eux, ne fût-ce que pour protéger la caisse
commune contre un nouveau Puig Mayol.

Et voilà, grand Dieu! reconstitués en moins
de rien le mariage, la famille, la religion, la hié-
rarchie, tout l'ancien jeu de la bourgeoisie, toute
la vieille machine sociale!

Croyez-moi, compagnons, renoncez à votre
idée de la femme en commun. N'écoutez plus
les carabins, et même les professeurs de clinique
à rosette rouge, qui vous assurent, avec un aplomb
qui m'épouvante, que l'amour n'est qu'un besoin,
une loi pour la reproduction de l'espèce. Non, il
y a dans l'amour, comme dans toute chose, de

l'infini et du mystère. Et la plus simple des femmes le sait bien, ayant, en ces matières, plus d'instinct et de délicatesse que nous. En se refusant à l'ignoble promiscuité que vous n'avez pas honte de leur offrir, les femmes vous sauvent, colons du village *Anarchie!* Car vous êtes, là-bas, une bande de gars énergiques, dans un pays neuf et libre, et il ne serait pas impossible que, dans quinze ou vingt ans d'ici, vous fussiez les fondateurs d'une belle cité. Vos doctrines — je le déplore pour vous — n'y seraient sans doute pas appliquées dans toute leur rigueur. Si pénible que soit cette supposition, vous seriez, pour la plupart, devenus des espèces de bourgeois, ayant une famille, possédant quelque bien, consentant à subir la gêne — oh! aussi légère que possible! — d'un gouvernement. Mais enfin vous auriez du bonheur, et vous le devriez à ces femmes qui, aujourd'hui même, dès le début de votre entreprise, vous empêchent, par leur bon mouvement de pudeur, de tomber plus bas que l'état sauvage. Aussi, j'en suis certain, vous seriez reconnaissants de cet immense bienfait, et, dans votre cité naissante, tous les citoyens rivaliseraient, envers la femme, de douceur, de tendresse et de respect.

23 février 1893.

« Napoléon intime »

———

J E ne connais pas M. Arthur Lévy, mais il peut se vanter de m'avoir fait un sensible plaisir en m'envoyant gracieusement son *Napoléon intime*. Depuis une dizaine de jours, dès que j'ai une heure à moi, je la consacre à ce gros in-octavo, de plus de six cents pages, où, par un prodigieux travail, l'auteur a patiemment réuni, avec textes et preuves à l'appui, tous les témoignages favorables à la personne de l'Empereur. C'est exactement la contre-partie, c'est même, à mon humble avis, la réfutation de l'œuvre de Taine. Il ne peut être ici question, bien entendu, de comparer le grand écrivain que nous venons de perdre à un laborieux compila-

8

teur. Cependant, pour tout dire, la ressemblance existe entre les deux livres. Car Taine, dans son dernier et monumental ouvrage, *Les Origines de la France contemporaine,* et particulièrement dans le volume consacré à l'analyse du caractère de Napoléon, avait purgé son style — volontairement, j'en suis certain — d'imagination et d'éloquence, et l'avait réduit à une sécheresse toute scientifique. C'est par l'accumulation des petits faits, c'est par un tricotage — très curieux, du reste — de notules et de scolies, qu'il a soutenu son opinion, — j'allais écrire : son paradoxe, — et qu'il a représenté l'auteur du Code civil et le vainqueur d'Austerlitz sous les traits d'un atroce et funeste condottiere.

Pour nous peindre Napoléon tel qu'il le voit, c'est-à-dire comme un homme de génie, mais aussi comme un homme animé des plus nobles instincts, M. Arthur Lévy n'a pas employé d'autres procédés. Comme Taine, et avec autant d'abondance que lui, il s'est contenté de grouper des faits et des citations, et il a combattu — victorieusement, selon moi — les détracteurs de Bonaparte par la même inflexible méthode.

En vérité, un tel livre était nécessaire.

Dans les dernières années du second Empire, et surtout depuis sa chute, le courant de réaction, la poussée de dénigrement et de calomnies contre Napoléon Ier, avaient dépassé les dernières

limites de l'injustice. L'acte monstrueux de la
Commune, renversant, en présence des Allemands vainqueurs, la colonne Vendôme sur un
lit de fumier, eut un caractère symbolique. Par
une folie que l'imbécillité des passions politiques
peut seule expliquer, la France, au lendemain de
sa défaite, semblait vouloir déchirer les plus glorieuses pages de son histoire, avilir et souiller
une épopée militaire comme aucun peuple n'en
a dans ses annales. On exhuma les libelles anglais et les pamphlets de l'émigration. Bonaparte
redevint l'Ogre de Corse. Les propos de femme
rancunière, comme la Rémusat, les potins de
laquais chassé, comme ce voleur de Bourrienne,
firent autorité. Le moindre vice qu'on reprochât
à l'Empereur était l'inceste ; la seule excuse qu'on
invoquât en sa faveur était l'épilepsie. Il y eut
des Père Loriquet orléanistes et républicains, qui
travestirent les personnages et dénaturèrent les
événements à qui mieux mieux. Beaucoup de
larmes de crocodile furent répandues. Des jacobins pleurèrent le duc d'Enghien, et des royalistes
s'attendrirent sur Malet. Il fut d'ailleurs convenu
que, même comme homme de guerre, Bonaparte
avait été singulièrement surfait. Chacune de ses
victoires était due à l'un de ses lieutenants ; et
l'on dénonça avec indignation son envie et son
ingratitude envers ceux qu'il avait seulement faits
princes, ducs et maréchaux. Des stratèges de ca-

binet et de bibliothèque, des tacticiens armés
d'un simple couteau à papier, conclurent à la médiocrité de ce général, qui avait cependant com-
mandé en personne dans six cents combats et
dans quatre-vingt-cinq batailles rangées.

L'étude de Taine, que je ne confonds pas, à
coup sûr, avec tout ce fatras, mais qui n'en est
pas moins, selon moi, l'erreur d'un grand esprit,
dupe et victime de son système, l'étude de Taine,
si imposante par le talent et l'autorité de son auteur et par l'énorme labeur qu'elle représente,
semblait de nature à porter un coup décisif à la
renommée de Napoléon. Il n'en fut rien, pourtant. A partir de cette attaque, venue en dernier
lieu et certainement la plus redoutable de toutes,
l'opinion s'est brusquement retournée. Le patriotisme et aussi le besoin de justice et de vérité,
qui est une des vertus de notre race, protestèrent.
On s'aperçut que le torrent d'accusations et d'outrages avait glissé sur les gloires impériales sans
les salir, comme une averse sur l'Arc de Triomphe. De nombreuses publications, parmi les-
quelles il convient de citer au premier rang les
Mémoires du général Marbot, replacèrent la figure
de l'Empereur dans son vrai jour et furent ac-
cueillies par le public avec une faveur exceptionnelle. D'un seul coup d'aile, l'aigle de la Grande
Armée reprit sa place légitime, la plus haute.

L'œuvre de réparation, sans doute, n'est pas

complète; mais elle se fait chaque jour, et ce nouveau livre y contribuera.

M. Arthur Lévy nous présente seulement, comme l'indique le titre de son ouvrage, un Napoléon intime; et, si j'avais un reproche à lui adresser, ce serait d'avoir un peu trop insisté peut-être sur les traits de simplicité, de bonhomie presque bourgeoise, très réels cependant, qu'on trouve dans la vie privée de l'Empereur. Mais je ne fais pas ici de critique littéraire, et je me borne à causer avec mes lecteurs à propos d'une lecture qui m'a charmé. Ce qu'il y a d'excellent dans ce livre, ce qui en fait la force, c'est que l'auteur, en parlant d'un génie sans pareil, d'un météore comme il n'en a flamboyé que quatre ou cinq dans le ciel de l'histoire, n'oublie pas un seul instant qu'il parle d'un homme, soumis, dans une certaine mesure et malgré toute sa grandeur, aux mêmes fatalités de nature, aux mêmes passions, aux mêmes habitudes que les autres. En général, les ennemis de Napoléon le tiennent pour un monstre, insensible comme tous les monstres; et, à les en croire, toutes ses actions et tous ses sentiments relèvent de la tératologie. C'est vraiment trop simple, et, avec ce point de départ, on va où l'on veut. M. Arthur Lévy, au contraire, s'efforce de démontrer — et par d'innombrables preuves — que Napoléon est un homme, exceptionnel sans doute, doué comme personne peut-être ne le fut jamais, mais un homme qui, dans l'existence de chaque jour, a souffert et joui comme le premier venu. C'est un réaliste, au fond, que M. Lévy; mais un bon peintre de portraits doit toujours être un peu réaliste. Ce portrait de l'Empereur est très ressemblant, parce qu'il est très humain.

Ne me dites pas que mon goût pour le livre de M. Lévy est suspect parce que vous savez que je suis un admirateur passionné de Napoléon et que, dans mes promenades suburbaines, je vais tout droit aux étalages de bric-à-brac où j'aperçois le *Bivouac d'Austerlitz* et les *Adieux de Fontainebleau*. Non, je ne suis pas aveugle. Lisez ce *Napoléon intime,* et quelle que soit votre opinion sur le modèle, vous rendrez justice à l'artiste, et vous admirerez, dans ces pages, l'esprit d'ordre, le calme, la conscience, et surtout le haut sentiment d'impartialité, qui caractérisent le véritable historien.

Cependant, en fermant le livre, je n'ai pu me défendre d'une mélancolie.

Qu'ils sont vains, nos efforts vers la vérité! En toute chose, et même en histoire! Dans le lointain passé, quelles ténèbres! Que savons-nous? Voici, par exemple, ces premiers Césars de la Rome impériale. Ils nous apparaissaient tous comme des scélérats. Mais qui nous l'a dit? Tacite, Suétone, Juvénal. Nous n'avons, pour les

condamner, que le témoignage de leurs ennemis.
Plus tard, quand les documents sont nombreux
et multipliés par l'imprimerie, c'est leur abondance même qui fait que la postérité hésite à
rendre un verdict. Et puis, que de contradictions!
Un savant n'a-t-il pas expliqué assez récemment
la mission de Jeanne d'Arc par des accidents hys-
tériques? Qui donc a prétendu que Lucrèce
Borgia était inceste et empoisonneuse? Voici cet
autre docteur en *us* qui accourt, les mains pleines
de paperasses, et me donne la preuve du contraire. Je connais donc bien mal ma Révolution
française que Marat me semble un tigre! On l'a
comparé à Jésus et, pour beaucoup, il fait encore
partie du « bloc ». Défense d'y toucher! Si j'ouvre ces deux journaux qui traînent sur la table
du cercle, Thiers est en même temps le fonda-
teur de la République et le sinistre vieillard aux
mains sanglantes. — Quel désordre! Quel gâchis!...

La vérité, — qu'on pardonne ceci à un poète,
— elle est, je crois, dans la légende. Et, pour le
grand Empereur, puisque nous parlons de lui, —
elle est, tenez! dans cette émouvante lithographie
de Raffet, que j'ai là sur ma muraille.

Sous une lourde pluie, les grenadiers de la
garde défilent par sections, courbés de fatigue,
les pieds boueux et pesants, protégeant, d'un
pan de leur capote, la batterie du fusil. Nous

sommes, évidemment, aux derniers jours de la
campagne de France, quelque part en Champagne. Dans le fuligineux paysage, rien que le
vague squelette d'un moulin à vent, et, partout,
le moutonnement des bonnets à poil. Sur la
gauche, s'éloigne l'Empereur, à cheval, et tous
ont le regard tourné vers son gros dos, voûté et
soucieux. Tous pensent à lui, mais lui ne songe
qu'à son affaire, qu'à sa bataille de demain ou de
tout à l'heure. Et sur les visages des soldats du
premier plan éclate un drame sublime de souffrance et de fidélité.

Et l'artiste, sous cette pathétique image, a
tracé un mot qui résume toute la noble folie des
grenadiers pour leur Empereur et des Français
pour la gloire :

« Ils grognaient... et le suivaient toujours. »

9 mars 1893.

Mes Chiennes

—

MA foi! il faisait trop beau. Je me suis sauvé à la campagne. J'en ai été quitte pour me dégager d'un dîner en ville pendant lequel, depuis le potage jusqu'aux petits fours, on n'aurait fait que parler de politique, c'est-à-dire de Canaille et Cie. Des intérêts plus graves m'appelaient à Mandres. D'abord, j'étais sûr d'y trouver des primevères; et puis, mon jardinier m'ayant écrit des détails inquiétants sur l'état des gouttières de la maison, j'avais à causer sérieusement avec le plombier. Mais, avant tout, je me promettais — et je n'ai pas été déçu — un plaisir sentimental, celui de revoir mes deux chiennes, après plusieurs mois de séparation.

Permettez-moi de vous les présenter.

Ce sont deux jeunes personnes déjà nubiles, mais qui pourraient encore, l'une et l'autre, faire l'ornement d'un collège de vestales.

Flora, au mois de juin prochain, aura deux ans. Elle est d'une race un peu bâtarde qu'on a obtenue par le croisement d'un lévrier du Caucase et d'une chienne de berger. Mais n'allez pas croire qu'elle soit, pour cela, une bête de hasard et sans valeur,

D'origine quelconque et de sang peu prouvé.

La famille de Flora, qui habite à trois kilomètres de chez moi, est célèbre dans le pays, et ses produits sont très recherchés dans tous les villages voisins pour y remplir les fonctions de chien de garde. C'est même à ce titre que la jeune Flora me fut offerte. Mais, pour développer son génie spécial, il aurait fallu l'enchaîner tout le jour, et je n'y pus consentir. Dès l'âge le plus tendre, Flora manifesta, d'une façon énergique, son désir d'entrer dans la maison, principalement à l'heure des repas. Quand je me mettais à table, elle se dressait, s'appuyant sur ses deux pattes de devant aux carreaux de la fenêtre qui donne sur la cour, avec des regards si suppliants et des soupirs si plaintifs que je finissais toujours par ouvrir. Maintenant, abusant de ma faiblesse, elle s'installe auprès de moi, dès le commencement du dîner, correcte-

ment assise sur son derrière, et pose de temps en
temps sa tête sur ma cuisse, afin que je n'oublie
pas de lui donner un peu de ce que j'ai sur mon
assiette. Ce sont là, j'en conviens, de ma part et
de la sienne, des habitudes assez inélégantes.
Mais, que voulez-vous? J'aime tant les animaux
que je les admets tout de suite dans mon intimité.
Entre nous, je me suis même quelquefois surpris
à regretter qu'il n'y ait pas d'éléphants d'intérieur
et de girafes d'appartement.

Flora est pourtant déjà pas mal encombrante.
Elle a atteint la taille d'un jeune veau. Mais je
dois lui rendre cette justice qu'elle est discrète et
n'aboie que rarement. C'est, d'ailleurs, une fort
belle bête. De son ancêtre, le sloughi, elle a le
corps svelte, les hautes jambes, les souples bon-
dissements, et son aïeule, la chienne de berger,
lui a légué son poil fauve et rude, ses yeux d'or,
et une paire de moustaches retombantes qui lui
donne parfois l'air bonhomme et martial, tout
ensemble, d'un vieux gardien de square. Par
exemple, en été, quand elle est tondue de près,
elle redevient le lévrier-type, le chien de blason,
aristocratique et lamartinien. J'aurais peut-être
dû l'appeler Elvire.

Truffe, sa compagne, n'évoque pas de souvenirs littéraires aussi distingués. Elle ferait plutôt
songer au refrain populaire d'Aristide Bruant:

I' vous avait un chien d' bouvier
Avec un' gross' gueul' de terrier.
On n' peut pas s' payer un' levrette
À la Villette.

N'exagérons pas, cependant. La très jeune Truffe — quinze mois — n'a rien du monstrueux dogue de Bordeaux, au mufle écrasé, aux yeux sanglants et féroces, aux deux crocs retroussant les babines. Truffe est un « bull » anglais de l'espèce la plus pure, et vous trouverez, autour de son cou, les cinq grains de beauté aux bouquets de poils rigides qui sont ses preuves de noblesse. Sa peau — autre signe de race — n'adhère point à sa chair, et, quand elle était toute petite, c'était un de mes amusements de la tripoter, en constatant qu'il y avait en elle beaucoup de peau et très peu de chien.

Propriétaire d'un animal rare et bien né, j'ai eu quelquefois le vaniteux désir de l'envoyer à l'exposition canine des Tuileries. Truffe y aurait reçu — avec indifférence, j'en ai peur — la visite de M. le président de la République; mais, moi, j'aurais peut-être obtenu — car je connais des gens qui ont le bras long — une médaille de bronze dont j'aurais orné son collier; ce qui eût été flatteur. Néanmoins, toute réflexion faite, je n'ai pas voulu infliger cet exil momentané à la pauvre bête.

Truffe est charmante, je vous assure. Sans

doute, sa face est camuse, et quand elle ouvre la gueule, elle ressemble un peu à la grenouille chimérique des jeux de tonneau. Mais tel est son genre de beauté; et, sans remonter jusqu'à la fameuse Roxelane, combien de femmes au nez audacieux et à la frimousse chiffonnée sont capables d'inspirer des caprices et même des passions! On comprendra donc mon goût pour cette aimable doguesse, si bien faite, si robuste, si vive d'allure, à la robe noire et lustrée, — sauf une large tache blanche sur le poitrail, — et qui, dans une grimace qui est peut-être son sourire, laisse toujours voir deux adorables petites quenottes.

Mes deux chiennes présentent un contraste remarquable. Truffe, c'est ce que nos pères appelaient la brune piquante; Flora, c'est la blonde vaporeuse et romanesque. Tout, dans Truffe, jusqu'à sa manière de faire frétiller son bout de queue, exprime l'espièglerie. Les regards de Flora sont éperdus de tendresse. Entre les deux mon cœur balance ou plutôt s'élargit pour un double sentiment.

Ces excellentes bêtes, que je n'avais pas vues depuis la Toussaint, m'ont accueilli par les manifestations les plus touchantes. Truffe s'est roulée à mes pieds en grognant de plaisir, et Flora m'a sauté au visage en pleurant de joie. On n'y fait plus attention, on en a l'habitude; mais, vraiment, ce fidèle souvenir du chien pour son maître ab-

9

sent est une chose merveilleuse et attendrissante.
Et cela ne rate jamais, cela n'a pas bronché depuis
l'Odyssée et le retour d'Ulysse.

L'autre jour, dans une compagnie, — et dans
une très bonne compagnie, s'il vous plaît, — j'ai
vu un gros personnage politique, récemment
écroulé, qui demandait l'aumône des sympathies, qui mendiait des poignées de main. Il en
récoltait peu, même parmi ceux qui naguère
s'empressaient autour de lui; et le spectacle
n'était pas beau. Cet ambitieux foudroyé ne
m'inspire qu'une commisération médiocre. Mais
soyons humains. Je souhaite que ce malheureux
ait quelque part un vieux chien, qui accueille son
retour par de folles caresses, et qui lui lèche la
main que ses courtisans d'hier évitent de toucher.

Ce qui me charme chez les animaux, c'est leur
candeur, c'est la franchise parfaite avec laquelle
ils expriment leurs sensations et obéissent à leur
nature. C'est superbe, un ministre à la tribune
qui repousse les calomnies et les outrages de la
minorité; mais j'aime mieux voir un chien secouer
ses puces : il s'y prend plus simplement, et il est
plus sincère. Les bêtes me reposent, me consolent
de la société des hommes où je suis trop souvent
indigné et dégoûté par le mensonge et l'hypo-
crisie.

Parbleu! je ne demande pas que nous nous

remettions à grimper dans les arbres ou à marcher à quatre pattes. Mais, vraiment, ne sommes-nous pas épuisés par un excès de civilisation, anémiés par trop de culture intellectuelle? Oh! l'abus de l'intelligence! Qui dira combien il nous empêche d'être heureux, et surtout d'être bons? C'est par les plus délicates opérations de l'esprit, c'est par des raisonnements et des sophismes, qu'on arrive à comprendre, à excuser, à commettre toutes les trahisons et toutes les lâchetés. C'est par instinct, au contraire, qu'on accomplit, presque toujours, les devoirs essentiels, qu'on se dévoue pour une femme, qu'on fonde une famille, qu'on travaille pour les siens, qu'on se fait tuer pour son pays!

J'ai passé dans ma modeste maison des champs les deux admirables journées de samedi et de dimanche, jours de clarté, de soleil et d'azur, délicieuse et rare surprise que l'avant-printemps a bien voulu nous donner une fois par hasard. Le plombier me menace d'une note assez salée. Mais, tant pis! Ce ne sera pas payer trop cher le plaisir que j'ai eu à flâner le long de mes charmilles déjà verdoyantes et sous les arbres de mon petit parc, où l'herbe est criblée de coucous, de violettes et de pervenches. Si le mois de mars nous accorde encore un de ces jours enchanteurs, entre deux périodes de giboulées, n'hésitez pas. Prenez un jour de congé et allez vite jouir de cette première émotion de la nature. C'est exquis comme le réveil d'un enfant.

Je rentre à Paris, hélas ! pour y voir fonctionner de nouveau l'inépuisable pompe à fange du Panama. Mais la campagne m'a donné un regain de jeunesse, et, dans ma reconnaissance pour tout ce qui m'a rafraîchi l'esprit et le cœur, je n'oublie pas les deux bonnes bêtes qui m'accompagnaient dans mes promenades et qui interrompaient à chaque instant leurs gambades joyeuses pour tourner vers moi leurs yeux tendres et ingénus.

15 mars 1893.

Le Bon Dieu au théâtre

ALLEZ-VOUS encore beaucoup au théâtre?
Moi pas. Je l'ai passionnément aimé
autrefois et, vieux gamin de Paris que
je suis, j'ai fait la queue dès quatre heures de
l'après-midi, avec du pain et du saucisson dans
ma poche, et j'ai occupé ma place au poulailler,
bien avant qu'on accordât les violons. Mais, depuis lors, je fus auteur, et aussi critique dramatique, et je me suis blasé sur ce genre d'illusions.
Je le regrette. C'est un plaisir de moins. Mais,
pour parler franc, je ne puis plus me souffrir
dans une salle de spectacle. A peine vais-je encore quelquefois tuer ma soirée au café-concert.
On y peut fumer, causer avec son camarade; on

y peut surtout penser à autre chose qu'à ce qui se
passe sur la scène, et se laisser bercer par une
vague musique. La plus détestable chansonnette
a du moins ce mérite : elle ne dure qu'un instant.
Tandis qu'une pièce en cinq actes qui commence
à vous ennuyer dès la scène I, voilà quelque
chose de terrible! Et puis, nos théâtres sont, en
vérité, trop inconfortables. On y étouffe. A partir
du troisième acte, ils ne sentent nullement la rose
ou l'œillet. On y voit aussi trop de visages anti-
pathiques, trop d'oisifs et de jouisseurs aux faces
assouvies. Quelquefois je me suis dit qu'on pourrait appliquer au théâtre la fameuse définition de
l'enfer par sainte Thérèse : « C'est un lieu où il
pue et où l'on n'aime point. »

Ayant donc perdu l'habitude de m'asseoir
dans les fauteuils d'orchestre, je n'ai vu aucun de
ces drames sacrés, de ces « mystères » au goût
du jour, qu'on nous donne, depuis quelques années, dans les environs de la Semaine Sainte. Au
point de vue littéraire, j'ai eu tort, certainement.
Armand Silvestre, Haraucourt, Grandmougin,
sont de bons poètes, et leurs beaux vers m'eussent
réjoui le cœur. Quant au spectacle en lui-même,
je crois qu'il m'aurait choqué. Traitez-moi de
clérical, de calotin, de jésuite. Mais je sens qu'il
me serait très désagréable de reconnaître en
Jésus-Christ un « m'as-tu vu? » quelconque, qui,
tout à l'heure, au café, devant les apéritifs, par-

lait prétentieusement de ses moyens et de son
physique; et j'aurais un véritable dégoût à retrouver, sous les voiles de la Vierge Marie, une
demoiselle avec qui vous pourriez souper pour
vingt-cinq louis, et même moins.

Hélas! je n'ai plus la foi, et je le déplore, du
reste, chaque jour plus amèrement. Mais j'envie
ceux qui ont le bonheur de la posséder, et je respecte profondément les religions, toutes les religions. Elles sont les émanations les plus belles,
les plus nobles, les plus pures, de l'âme humaine,
et tout ce qui les avilit est indécent à mes yeux.

Or, il n'y a pas à dire le contraire, on aura
beau décorer les jeunes premiers et donner les
palmes académiques aux soubrettes, le théâtre,
tel que le voilà dans la société moderne, garde
toujours un fond d'impureté, et, dans tous les cas,
n'est pas un lieu d'édification. Et qu'on ne me
parle pas du Moyen-Age ni des paysans d'Obe-
renmergau, lesquels, si j'en crois de fidèles té-
moins, sont atteints déjà de cabotinage. Les mystères d'autrefois étaient joués — ainsi que peuvent
l'être les spectacles où survit un peu de leur tradition — par des acteurs et devant un public qu'en-
flammait la piété la plus naïve. Personne n'osera
soutenir qu'il en soit de même aujourd'hui.

Il souffle, en ce moment, je le veux bien, on
ne sait quel vent de dilettantisme religieux, qui
n'a aucun rapport avec la foi et qui n'est, à mon

avis, que la réaction des esprits délicats contre l'intolérance et la grossièreté de la libre-pensée officielle. Les auteurs des nouveaux drames sacrés me font l'effet de gens fort avisés qui, constatant que le mysticisme est à la mode, ont pensé, avec raison, que le théâtre leur offrait le meilleur moyen de flatter ce caprice du public. Je n'ai pas vu jouer leurs ouvrages; mais j'en ai lu quelques-uns, et, de tous, je connais des fragments. Il y a du talent, soit. Par malheur, ce qui d'abord saute aux yeux, c'est le manque de sincérité. L'évangile n'a été, pour ces habiles rimeurs, qu'un canevas, qu'une « matière » à mettre en alexandrins.

Allons, allons, nous avons affaire ici à des sceptiques qui ont surtout rêvé aux droits d'auteur en versifiant le sermon sur la montagne. Sceptiques aussi, les comédiens qui jouent la pièce. Après sa tirade, saint Pierre songe au billet à ordre qu'il ne pourra pas payer demain matin, et Marie-Madeleine fait de l'œil aux avant-scènes. Sceptiques surtout, les spectateurs. Malgré ces prunelles en extase et ces mines recueillies, il y a là, je le parierais, pas mal de coquins et de farceuses, qui ont oublié depuis longtemps leur catéchisme et qui ne vivent nullement selon la morale du Christ.

Je ne voudrais pas que mes expressions dépassassent ma pensée. Je ne suis pas si sévère. On peut considérer, après tout, ce genre de spec-

tacle comme un hommage d'admiration rendu
par le poète, par les interprètes et par la foule, à
des légendes qui — fausses ou vraies — sont sublimes. N'importe, une instinctive répugnance
persiste en moi.

Et puis, je prévois les conséquences. Qu'un de
ces drames tombe à plat, fasse « four ». Voyez
d'ici l'acte du Calvaire sifflé et le Bon Dieu acca-
blé de pommes cuites! — Autre danger. Pour le
moment, nous sommes néo-chrétiens des pieds à
la tête. Rien n'est mieux porté. A merveille! Mais
que, demain, le vent tourne, que nous redeve-
nions impies et voltairiens, ce qui n'a rien d'impossible. Alors, comme on aura pris l'habitude
de montrer sur la scène des personnages sacrés,
quelques polissons — il s'en trouvera, soyez tranquilles — nous arrangeront l'Écriture Sainte en
opérettes et nous serviront d'ignobles parodies.
Ne dites pas non. Ne vous tordiez-vous pas de
rire, il n'y a pas si longtemps, quand on vous
jouait *Orphée aux Enfers?* C'étaient d'autres dieux
que le nôtre, mais c'étaient des dieux tout de
même qu'on bafouait pour vous divertir.

Ah! je suis logique et je pousse jusqu'au bout
le scrupule. Je salue dans les dieux de l'Olympe
des majestés tombées, et il me déplaît que d'irré-
vérencieux vaudevillistes les vilipendent dans
leurs bouffonneries. Quand on me montre Jupiter
représenté par un queue-rouge et quand je l'en-

9.

tends s'écrier : « Ous' qu'est ma foudre? » je n'ai
aucune envie de rire. Ce sont là farces d'anciens
collégiens, ayant conservé la rancune des pen-
sums d'autrefois. Les caricatures de Daumier, où
Vénus devient une grosse dondon et où Mars
porte sur l'oreille un casque à chenille de pom-
pier de banlieue, ne me dérident pas davantage;
et j'ai vu disparaître sans regret la mascarade du
Bœuf Gras et sa charrette de filles travesties en
déesses, que le vieux Kronos, avec des ailes en
carton et une barbe d'étoupe, conduisait en fumant sa pipe.

Les divinités d'Hellas n'ont plus d'autels ni
d'adorateurs. Raison de plus pour ne pas les in-
sulter. Respect aux vaincus!

Pour revenir aux modernes « mystères », ren-
dons-leur bien vite cette justice qu'ils sont tous
conçus et écrits dans les intentions les plus loua-
bles et exécutés avec tout le respect possible.
Néanmoins, je n'irai pas m'édifier au Vaudeville
ou à la Bodinière. Il y a, dans ces représentations,
un je ne sais quoi qui blesse, au fond de mon
cœur, le sentiment religieux.

Car il y est encore, comme chez tous les
hommes. Personne n'est absolument athée, tout
à fait matérialiste. Combien de fois, assistant à
des enterrements civils, n'ai-je pas retenu un ironique sourire en voyant les libres-penseurs jeter sur
le cercueil ces fleurs d'immortelles, dont le nom

seul donnait un démenti à leurs négations ? En vain nous faisons les esprits forts. Nous ne sommes sûrs de rien, et les plus heureux d'entre nous — je n'en suis pas — sont ceux qui peuvent s'endormir doucement sur l'oreiller du doute. L'inconnu qui nous entoure, le mystère de la vie et de la mort sont si effrayants !...

Mais pour finir sur de moins sombres impressions, je me rappelle un fait assez gai, qui confirme, d'ailleurs, mon avis sur le respect dû à toutes les divinités.

Dans ma prime jeunesse, au quartier Latin, j'ai connu un jeune Polonais qui, en se livrant à l'étude des langues orientales, était devenu bouddhiste. Dans un jour de richesse relative, il avait même acheté, chez un marchand de bric-à-brac, une image de Bouddha, en argent, qui trônait sur la cheminée de sa chambre garnie et devant laquelle mon Polonais passait de longues heures, plongé dans une méditation qui ressemblait à de la prière.

Seulement, l'étudiant était pauvre, et il lui arrivait quelquefois, à des fins de mois trop difficiles, de mettre son bon Dieu « chez ma tante ». Mais, dès qu'il avait commis ce sacrilège, sa vie devenait affreuse. C'étaient des troubles, des inquiétudes, des remords, dont je recevais la confidence ; et je lui ai même une fois prêté cent sous pour renouveler l'engagement de son idole.

J'ai perdu de vue le Polonais, qui me doit encore mon écu. Mais je ne le regrette pas, et j'espère que cet homme religieux aura fini par retirer définitivement son Bouddha du Mont-de-Piété. Car il ne faut pas offenser les dieux; et trouvez-m'en un, s'il vous plaît, plus puissant que ce Çakia-Mouni dont, à l'heure où nous parlons, la doctrine console et satisfait encore près de cinq cents millions d'âmes.

23 mars 1893.

Printemps de Paris

L E printemps nous gâte, cette année. Il y a une quinzaine, quand je suis allé à la campagne, les sentiers sous bois étaient azurés de violettes, et, parmi les branches, une fumée de verdure flottait déjà. Et cela dure. « Tout part! » comme disent Bouvard et Pécuchet, en extase devant leurs salades.

Les arbres parisiens se couvrent d'un feuillage frais et tendre qui fait songer à la première barbe d'un éphèbe. Seuls, les jardiniers, grands pessimistes, sont inquiets, hochent sinistrement la tête. « Gare aux gelées! disent-ils. Les vergers ont déjà souffert. Il n'y aura pas d'abricots, cette année. » Mais, depuis un demi-siècle que je suis au monde, j'ai toujours entendu annoncer qu'il n'y aurait pas d'abricots. Vous pourrez tout de même, cet été, en demander, quand vous dînerez au restaurant, et, entre nous, c'est un fruit insignifiant, qui laisse souvent un arrière-goût de pommade. Donc, laissons gémir les jardiniers et, puisque les capucins des baromètres continuent de montrer leur tonsure, jouissons des beaux jours.

Ces printemps de Paris, toujours précoces, — et si courts, hélas! — ont un charme ineffable. Car la merveilleuse cité est, par excellence, la ville des arbres. Toutes nos avenues, tous nos boulevards sont plantés. Les Tuileries, les Champs-Élysées, le Luxembourg, le Jardin des Plantes, sont des parcs d'une ordonnance et d'une majesté royales. Pas de coin libre où l'on n'entretienne un square coquet. Certains quartiers, surtout sur la rive gauche, ne sont que jardins. Un de mes amis, qui a fait une ascension en aérostat, m'assurait qu'à une certaine hauteur, au-dessus du faubourg Saint-Germain, on croit planer sur une forêt. Dès les premiers soleils, — tandis que là-bas, à la campagne, les bois restent encore à l'état de squelettes noirs, — dès les premiers souffles un peu tièdes, toute cette verdure citadine montre joyeusement le bout de son nez. En quelques jours, presque à vue d'œil, les bourgeons de bronze se gonflent, éclatent, laissent voir d'abord leur ouate blanche; et, tout de suite,

les feuilles jaillissent, pâles, couleur vert d'eau.
Ces premières pousses sont frileuses, comme les
enfants nouveau-nés. Leur fragilité donne la surprise d'une primeur, et aussi l'inquiétude instinctive qu'on éprouve en présence d'êtres trop délicats, dont un rien menace l'existence.

Puis, après les premières pousses, voici les
toutes premières fleurs, celles qui s'ouvrent avant
même l'adorable neige des arbres fruitiers. Voici
surtout, dans les jardins publics, mes belles
amies, les tulipes. Certes, elles sont admirables
en massif, surtout celles qui sont lamées de jaune
et de rouge, comme des lansquenets; mais je les
aime encore mieux le long d'une plate-bande,
isolées sur leur tige, espacées les unes des autres,
raides dans leurs robes d'apparat, comme les in-
fantes de Castille un jour de baise-main. Je goûte
mieux ainsi l'aristocratique beauté de chacune
d'elles. Je ne dis pas de mal de vous, ô jacinthes!
bien que je trouve un peu lourdes de forme vos
grappes parfumées, et je ne vous oublie pas non
plus, primevères et jonquilles, qui n'êtes pas des
parisiennes, mais qui nous apportez, sur les éven-
taires et les petites charrettes à bras, de si douces
nouvelles des bois et des champs. Cependant, je
l'avoue, la splendide, la triomphante tulipe
m'éblouit entre toutes. Vous êtes, fleurs campa-
gnardes, la grâce du renouveau; les tulipes en
sont la gloire.

Je dis le renouveau, et c'est à dessein, et je
voudrais qu'il y eût un meilleur mot, un mot spécial, pour bien exprimer le prime retour de la
belle saison. Bientôt, ce sera le printemps proprement dit. Les arbres auront leurs frondaisons,
les lilas seront fleuris, les marronniers de nos quin-
conces se couvriront de leurs pyramides blanches. Alors, la nature sera tout à fait parée —
et toujours délicieuse. Mais ce ne sera déjà plus
ce printemps de mars, ce printemps d'avant les
hirondelles. Journées exquises, ordinairement
troublées par les grêles et les bourrasques, qui,
par bonheur, cette année, nous donnent tout leur
charme de réveil et d'enfance, et dont nous jouissons d'autant plus voluptueusement qu'elles sont
si fugitives !

C'est le bon moment pour la promenade, et
quand je puis dérober une heure à la « copie »,
je flâne par le faubourg et par les boulevards
suburbains. Un de mes amusements est d'y saisir
au vol un bout du dialogue des jeunes femmes
qui s'en vont par couples. Et, à ce propos, je vous
soumets cette observation d'un vieux badaud qui
aime beaucoup à coudoyer la foule et qui n'est
autre que votre serviteur.

Quand deux femmes passent en causant, elles
rient ou elles sont sérieuses, n'est-ce pas ? Écoutez
ce qu'elles disent. Si elles rient, c'est qu'il n'est
question entre elles que de choses frivoles ; c'est,

par exemple, qu'elles médisent d'une camarade ou se moquent d'un amoureux. Mais, si elles sont sérieuses, si leur physionomie marque un intérêt passionné, — n'en doutez pas, — c'est qu'elles parlent toilette.

Eh bien, par ces belles journées, elles ne plaisantent pas, les petites amies, je vous prie de le croire! Effet du printemps. Elles ne songent qu'à imiter la nature et à se faire belles. Les mots que j'entends le plus souvent prononcer au passage sont les mots « Louvre » et « Bon Marché »; et les phrases sont du genre de celles-ci : « Je t'assure, ma chère, une occasion... » ou bien : « Tu verras, ma petite... un « ottoman » superbe... »

Ne voyez dans ces lignes aucune intention malicieuse, gentilles passantes, et vous surtout, pauvres fillettes pour qui c'est une si grosse affaire, à la saison nouvelle, de vous procurer un chapeau frais, une modeste robe, une petite « confection ». Combien vous avez raison, au contraire, de vouloir être aussi bien mises que le permet votre boursicot, maintenant que vous êtes jolies! Car votre jeunesse sera brève et ne durera pas plus que cet avant-printemps qui, demain peut-être, sera grillé par la lune rousse.

On raconte que lord Byron disait, en parlant d'une dame de vingt-cinq ans, célèbre par sa beauté : « Lady Une Telle est encore très bien conservée. » Et je crois que, ce jour-là, lord Byron

se moquait du monde. Mais ce qui est faux pour
la femme riche et oisive, sans cesse occupée de
soigner sa personne, est vrai pour les filles du
peuple. Le travail, les privations, et, si elles se
marient, les soins du ménage, les fanent très rapidement. Elles n'ont guère, pour aimer et pour
plaire, que deux ou trois avrils, de même que
leur toilette économique ne garde sa fraîcheur
que pour peu de dimanches. Quelle mélancolie
dans ces deux expressions populaires, qui pei-
gnent si bien la grisette et sa robe d'un jour :
« Beauté du diable!... Déjeuner de soleil! »

Ces fâcheuses pensées m'obsèdent, malgré le
ciel d'azur et le chant des oiseaux, à chaque
svelte trottin qui passe, son carton sous le bras,
ou même devant la robuste et saine blanchisseuse,
hanchant du côté de son lourd panier. Car, décidément, j'aime le petit monde.

Je suis du peuple, ainsi que mes amours,

comme chante le vieux Béranger, dont la rhétorique est passée de mode, mais qui a tout de
même jeté, par-ci par-là, de vrais cris de poète;
et j'ai le cœur barbouillé quand je songe tout à
coup que la jeune modiste deviendra peut-être,
dans quelques années d'ici, une de ces filles lugubres qui rôdent le soir, et quand je m'imagine
déjà l'autre pauvre créature transformée en une
laveuse aux bras rouges, qui s'échappe du lavoir,

cottes troussées et sabots claquants, pour courir s'enfiler un verre de « raide » chez le mastroquet d'en face.

Telle est, pourtant, l'affreuse destinée de beaucoup d'entre elles. Ah! du moins, par ces beaux jours printaniers, qu'elles profitent de leur jeunesse! Qu'elles en profitent, pendant qu'elles ont encore les yeux éclatants et les lèvres pures, pendant qu'elles ont encore un rêve sous le chapeau fleuri et un petit sentiment dans le corset! C'est si triste — j'en sais quelque chose — le jour où l'on s'aperçoit que c'est bien fini, qu'on n'est plus jeune, qu'on n'a plus grand'chose à attendre de la vie, et qu'il n'y a pas de pharmacien qui vende des fioles d'illusion et de l'espérance en pilules!

30 mars 1893.

Boniments électoraux

VIEUX rôdeur des rues de Paris, j'aime les affiches, et je me suis vivement intéressé, vous n'en doutez pas, au très curieux mouvement d'art qui s'est produit là, dans ces derniers quinze ans. Je suis au courant de la question. Je sais les mérites de Chéret et de Lautrec. Il y a trop d'expositions : celle des Indépendants, celle des Symbolistes, celle des Mages. On ne peut pas aller partout. Tant pis ! J'y renonce, et je me contente du Salon mural. Ce qui me séduit encore dans l'affichage moderne, — permettez-moi d'avouer ma faiblesse, — c'est que de belles personnes y sont représentées. Je fus longtemps très amoureux de l'opulente et

blonde toison de miss Allen, qui recommandait
une teinture, si je ne me trompe. Je ne parle pas
de l'image, petit format, qu'on trouve chez quelques coiffeurs. Je n'étais épris que de l'immense
affiche peinte, qui s'élevait, parfois, sur un côté
de maison, jusqu'à la hauteur du cinquième
étage. Oh! la robuste et plantureuse créature! Je
ne la voyais jamais sans me murmurer le beau
sonnet de Beaudelaire, et, moi aussi, dans mon
admiration pour la géante américaine, je dési-
rais :

Dormir nonchalamment à l'ombre de ses seins
Comme un hameau paisible au pied d'une montagne.

Plus récemment, devant la jeune et charmante
dame qui apporte une lampe — c'est une réclame
pour je ne sais plus quelle huile de pétrole — j'ai
rêvé d'heureux ménage et de foyer paisible, et,
Dieu me pardonne, j'ai regretté d'être célibataire.
Et, l'autre jour encore, — après tout, on n'est pas
de bois, — je n'ai pu me défendre d'un certain
trouble à l'aspect de la grosse blonde qui triomphe
sur une bicyclette.

Eh bien, mes chères et amusantes murailles
de Paris, dans ce moment-ci, on me les gâte!
Oui, voilà quinze jours — et nous en avons encore pour toute cette semaine, à cause des ballot-
tages — qu'elles sont souillées par la prose des
candidats aux élections municipales, et je suis

fort mécontent. Car cela tire l'œil tout de même,
on ne peut pas s'empêcher de lire, et, en vérité,
c'est écœurant. Ohé! les badigeonneurs! soyez
exacts, lundi prochain. Grattez, lavez, arrachez-
nous tout ce style glaireux et toutes ces phrases
mucilagineuses, et placardez-nous bien vite des
portraits de jolies filles à la place. Débarrassez-
nous de tous ces « raseurs » politiques. On les a
assez vus, n'est-ce pas?

Chaque fois qu'on recommence la farce électorale, la même comparaison grossière, mais
juste, s'impose à mon esprit; et toutes ces professions de foi me rappellent les malheureuses
qui font le trottoir. « Viens donc chez moi!... Je
serai bien aimable, » semblent me dire au passage
tous les candidats, depuis le toqué qui prétend
changer la face du monde, s'il est nommé conseiller du quartier de la Goutte-d'Or, jusqu'au
spécialiste, à idée fixe, qui se cantonne dans
l'unique question des pissotières. « J'ai du bon
feu, » me souffle à l'oreille celui-ci, qui veut
abaisser le prix du gaz; et cet autre, qui me promet toutes sortes d'embellissements pour la capitale, ajoute à voix basse : « Tu verras comme je
suis bien faite. »

Fi, les vilains! avez-vous bientôt fini de nous
raccrocher!

J'éprouve encore une surprise, à la fois attris-
tante et comique, devant les noms, presque tous

absolument obscurs, quelques-uns grotesques, de ces bourgeois quelconques qui prétendent représenter la première ville du monde civilisé. Pas une illustration, pas un homme de science et de pensée, pas un artiste! Et ne soyez pas dupes de leurs faux airs de modestie, des humbles attitudes qu'ils prennent dans leurs programmes. Au fond, tout ce monde-là étouffe d'ambition et d'orgueil. Il suffit de voir, pour obtenir la preuve, comment on se traite entre adversaires et quel pompeux éloge de soi-même on se fait décerner par les compères de son comité. Et quel patois! quel ramassis de clichés en loques et de métaphores éculées! Sur plusieurs de ces affiches, j'ai retrouvé, avec un plaisir d'ironie, les « bouches autorisées », les « nuances du clavier républicain », toute la rhétorique de Joseph Prudhomme.

Je voudrais bien aussi qu'on renonçât à se vanter, dans les réclames électorales, « d'avoir lutté pour la République ». Passe pour les vieilles barbes, qui ont été de l'opposition, sous l'Empire. Mais, depuis de longues années, la République est un gouvernement établi, qui fut gêné, sans doute, comme tous les gouvernements, par les partis adverses, mais qu'on n'a jamais eu besoin de défendre — et c'est même son éloge — que par des moyens légaux et pacifiques. Nul ne court aucun danger, que je sache, à voter selon son opinion, surtout quand elle triomphe, et il n'y a

point d'héroïsme à se ranger du côté de la majorité. J'en demande pardon aux « lutteurs », mais
ce titre ne signifie plus rien, à moins qu'ils n'entendent par là — comme j'en ai peur, pour beaucoup d'entre eux — une « lutte » qui consiste à
solliciter et à obtenir une bonne place, une part
du pouvoir, ou toute autre faveur.

Non, plus je vais, plus toute cette bande de
quémandeurs de votes m'est suspecte et antipa-
thique. A chaque nouvelle période d'élections,
je constate bien qu'on se lasse d'eux, qu'on s'arrête moins devant leurs parades, que la froideur
et même le dégoût des gens raisonnables sont,
à leur égard, de plus en plus manifestes. On
pourrait même croire que nous en arrivons tout
doucement à l'état d'esprit des Américains, qui
traitent ces farceurs-là — le « politician people »,
comme ils disent — avec un parfait dédain, et
les mettent, pour ainsi parler, au ban de la société. Par malheur, cette indifférence ne nous est
pas permise; elle serait même, de notre part,
dangereuse et coupable, attendu que nous
sommes, dans la vieille Europe, entourés d'ennemis armés jusqu'aux dents, et que ce n'est point
l'Océan Atlantique qui borne notre frontière de
l'Est.

C'est donc pour nous un devoir patriotique de
surveiller d'un œil inquiet les excentricités et les
folies de cette force confuse, de cet instrument

brutal qu'on appelle le suffrage universel...
Non, statue de Ledru-Rollin, malgré ton urne et
ton pantalon à sous-pieds de bronze, tu ne m'in-
timides pas, et je proclamerai ce que je pense, à
savoir que la tyrannie du nombre, substituée à
celle d'un seul ou de quelques-uns, est quand
même une tyrannie, et que la monarchie, l'oli-
garchie ou la démocratie, tout cela est « kif-kif »...
Et dire que, pour la sottise dont tu fus le père, ô
Ledru, et qui nous a coûté si cher depuis 1848,
nos voisins les Belges sont en train de s'assommer
et de s'égorger les uns les autres! Infortunés, qui
ne connaissent pas leur bonheur! Car vous allez
voir cela : ils feront leur révolution, à l'instar de
Paris, un de ces quatre matins.

Ils ont pourtant, là-bas, le député de Louvain,
un nommé Nyssens, qui me paraît avoir trouvé,
pour apaiser les fureurs, quelque chose d'assez
ingénieux, le vote *plural* des pères de famille et
des *capacitaires*. Je ne défends pas les expressions. Dès qu'il s'agit de politique, on tombe
immédiatement dans un abject charabia. Mais
enfin, sous ces barbarismes, il y a un peu de sagesse, il y a cette idée juste que l'opinion d'un
citoyen respectable, d'un homme éclairé, devrait
peut-être avoir plus d'influence sur les destinées
d'une nation que le caprice du premier pochard
venu. Eh bien, si vous voulez voir quelqu'un
d'étonné, faites-moi le plaisir de votre visite, le

jour où l'on adoptera la proposition Nyssens! Et,
quand même on l'adopterait, le pochard serait
hors de lui et réclamerait, au nom de l'égalité.

Car je connais les Belges. Ils sont terribles.
Ils veulent toujours être dans le mouvement.
Songez donc que, à l'heure où nous parlons, ils
sont déjà mieux fournis que nous en grévistes et
poètes décadents! Pour avoir comme nous
autres, enfants de la France, le droit délicieux de
déposer un morceau de papier plié en quatre
dans une boîte à sel, ils se conduiront comme
des héros, déchaîneront la révolution dans leur
pays, se mettront dans la misère, sans compter
que, par-dessus le marché, ils seront peut-être
cause que la guerre éclatera et qu'il y aura le feu
à tous les coins de l'Europe.

Eh! dites donc, les voisins!... Vous devenez
gênants, savez-vous?

... Car, au fond, — soyons sincères, — il n'y
a qu'une pensée qui nous fasse sauter le cœur
dans la poitrine : la guerre future. Non qu'elle
nous épouvante, je l'espère bien! Nous avons
encore notre sang militaire, la vieille vertu de
notre race; et devant le torrent de décadence qui
nous entraîne, plus d'un, parmi nous, songe avec
mélancolie qu'une seule force, la victoire, pourrait l'arrêter. Mais cette guerre, en quel état nous
surprendrait-elle? Hélas! j'ai commencé cette
page la plaisanterie aux lèvres; je la finis en

rougissant de nos hontes d'hier. Oui, si la guerre
éclatait, où seraient les chefs, les hommes ayant
la confiance du pays? Vous n'avez pas su nous
en donner un seul, mendiants de suffrages, courtisans du peuple, signataires de toutes ces affiches
de mensonge où le mot « Patrie », qu'on y lit
encore quelquefois, fait peine à voir, comme un
lys dans le ruisseau !

19 avril 1893.

Un Discours à la Jeunesse

L A nécessité d'une *Ligue démocratique de la Jeunesse des Écoles* se faisait-elle vivement sentir? Je l'ignore et je ne discuterai pas cette grave question. Mais je sais bien que si j'avais l'aimable âge des étudiants, je raterais, par ce beau mois d'avril, toutes les séances de la Ligue, pour aller courir les bois avec une petite amie. Cueillir un bouquet d'aubépines en compagnie d'une jeune personne, et lui offrir, sous quelque tonnelle, vers le coucher du soleil, une friture et mon cœur, me paraîtrait, je l'avoue, bien plus agréable que de rester, pendant une heure et demie, assis devant un monsieur en habit noir qui me vanterait les bienfaits de la Révolution.

Croyez-moi, jeunes gens, et ne me considérez pas comme un particulier trop frivole. Les conquêtes de nos aïeux « les géants de 89 » ne sont nullement menacées. Personne ne songe sérieusement à rétablir le comte de Paris ou le prince Victor sur le trône, et nous sommes républicains que c'en est effrayant. Vous verrez cela aux prochaines élections. Il suffira d'avoir été compromis dans l'affaire du Panama pour être nommé au premier tour. Les candidats qui, naguère, auront bénéficié d'une ordonnance de non-lieu, et ceux qui auront été acquittés par le jury de la Seine, obtiendront même, peut-être, les plus imposantes majorités. Ce genre de malheur s'appellera, dans les professions de foi, « avoir été calomnié, avoir souffert pour la République ». Soyez tranquilles, on ne touchera pas au « bloc », et votre Ligue est superflue. O naïfs ! elle n'aura d'utilité, je vous assure, que pour quelques petits ambitieux et quelques « fils à papa », graine de députés et de préfets.

Donc, entre une conférence de M. Aulard et une partie de campagne avec une jolie fille, n'hésitez pas, filez sur Bougival ou sur Robinson. La République est solide comme le Pont Neuf, tandis que la jeunesse n'a qu'un temps.

Hélas ! la mienne est loin, et, moins heureux que vous, écoliers de vingt ans, je ne sais parfois comment tuer les heures. C'est pourquoi j'ai lu

10.

le discours de M. Aulard. Je ne m'en repens pas.
Car il est bien, ce discours, et je commence par
déclarer que je serais incapable d'en faire un pareil. Ces professeurs sont étonnants. Ce qu'ils
vous tripotent avec aisance les mots et les phrases! Ils trouvent, tout de suite, ce que Figaro
cherche pour sa chanson, dans le *Barbier de Sé-*
ville : « quelque chose qui ait l'air d'une pensée ».
Par exemple, M. Aulard a découvert que les diffi-
cultés économiques n'étaient pas les mêmes en 89
que de nos jours. Au premier abord, n'est-ce pas ?
on songe à M. de La Palice. Eh bien, voyez le texte !
Je vous réponds que ce n'est pas mal du tout.

Ce qui me plaît encore, dans le morceau d'éloquence de M. Aulard, c'est que sur certains
points je suis de son avis. Il raille l'esprit et les sentiments bourgeois. Approuvé l'écriture. La bourgeoisie, qui a triomphé il y a un siècle, a fait preuve,
en effet, du plus aveugle égoïsme. Il envisage
aussi d'un œil calme, que dis-je ? il prévoit, il désire des réformes sociales. Parfait! De sa suite, j'en
suis, et j'appelle de tous mes vœux une plus juste
répartition des biens de ce monde. Seulement, je
demande à poser une question indiscrète au savant maître en Sorbonne. Il admire la Révolution dur comme fer et l'accepte de long en large ;
il a toujours devant les yeux le fameux « bloc »,
— plan, coupe et élévation. Or, qu'a-t-on imaginé, au temps du « bloc », comme première

tentative de liquidation sociale? La confiscation
et la vente au rabais de la dépouille des vaincus.
C'est bien sommaire et bien brutal. M. Aulard
ne connaît pas — ni moi non plus — le moyen
légal et pacifique de régler, d'une façon un peu
durable, les rapports du capital et du salariat. On
les étudie depuis longtemps et l'on n'a encore
rien trouvé de pratique. M. Aulard osera-t-il proposer la solution révolutionnaire à son auditoire
de ligueurs, qui sont, pour la plupart, des fils de
bourgeois et de propriétaires? Je ne le lui conseille pas.

De plus, puisque M. Aulard est si socialiste,
pourquoi donc manifeste-t-il une telle hostilité
contre le christianisme et contre le courant d'opinion qui ramène aujourd'hui tant de jeunes et
généreux esprits, non vers la foi chrétienne, mais
vers l'idéal chrétien et la morale de l'Évangile?
Que le conférencier — qui doit rêver de jouer un
rôle politique — entonne, encore une fois, le
vieil air de bravoure contre le cléricalisme, je me
l'explique. C'est l'ordinaire « raplapla » des candidats futurs. Il n'émeut plus personne, pas même
les prêtres, convaincus qu'ils en ont encore pour
quelques siècles à jouir d'une certaine influence,
mais ce boniment est indispensable. Ce qui me
choque de la part d'un démocrate, d'un ami du
peuple, ce sont ses faciles railleries contre les
hommes de bonne volonté qui, en dehors de tout

dogme religieux, s'efforcent de ranimer la charité dans les âmes. Oh! je sais bien qu'elle n'est pas en faveur chez les économistes contemporains; ils ont imaginé cette jolie chose, que l'aumône souille la main qui la reçoit, qu'elle est dégradante. Excellent prétexte pour les cœurs durs. La charité étant dénoncée comme funeste, on ne la fait plus. « Tu meurs de faim, mendiant, et tu me poursuis de ta plainte importune. Tu as tort. Mon devoir est de ne pas encourager la mendicité. Dans un avenir prochain, — compte là-dessus et bois de l'eau, — nous aurons réformé le pacte social, et tu passeras à la caisse. Pour patienter, procure-toi, chez Germer-Baillière, plusieurs in-octavo à sept francs cinquante centimes (prix fort), où les auteurs démontrent victorieusement qu'il serait immoral que je te donnasse deux sous. Adieu. Le temps me presse; car je suis attendu dans une Commission parlementaire qui s'occupe, depuis cinquante ans à peine, de l'extinction du paupérisme. » — Eh bien, franchement, j'aime mieux le Sermon sur la Montagne, et je ne crois pas encore venu le moment d'abolir la morale évangélique. Sans compter, ô monsieur Aulard, que le sans-culotte Jésus, comme l'appelait Camille Desmoulins, fut, en fait de socialisme, un illustre précurseur, et que la parabole des ouvriers de la dernière heure est autrement radicale que la théorie des trois-huit.

Dans ce discours, adressé à la jeunesse, l'orateur a parlé aussi de l'idée de patrie et a exécuté quelques variations sur l'air connu : « Les peuples sont pour nous des frères. » En servant notre nation, nous devons songer, selon le docte professeur, à servir non seulement l'Europe, mais aussi l'humanité; et le sentiment national qui s'exaspère à la suite d'un affront subi est qualifié par M. Aulard de « chauvinisme étroit, violent, inintelligent ».

Vous avez raison, monsieur Aulard. Quoi de plus inintelligent que de mourir pour sa patrie ?

Hum ! voilà tout de même une pilule un peu lourde à digérer.

Ainsi, en bonne logique, il faudrait passer l'éponge sur la perte de l'Alsace et de la Lorraine et tendre les bras aux Allemands. Je suis sans doute un chauvin stupide, mais je ne saurais m'y résoudre. Comme brave homme, comme chrétien, — lâchons le mot, bien qu'il déplaise à M. Aulard, — j'ai le devoir de pardonner à mes ennemis; mais, comme Français, je ne me reconnais pas le droit d'oublier le mal qu'on a fait à mon pays. Et puis, l'amour de l'humanité, cela sonne bien dans une période; mais, franchement, n'est-ce pas là un sentiment vague, abstrait, peu satisfaisant pour le cœur ?

J'ai cependant connu autrefois une personne qui l'éprouvait avec une extrême vivacité. C'était

une femme du monde, qui tenait un salon politique. Je l'ai vue répandre des larmes, de vraies
larmes, en faveur de l'Irlande et de la Pologne;
mais la mort de son fils l'émut à peine, et, trois
jours après, elle s'indignait de nouveau, devant
les tasses de thé, au souvenir des nations oppri-
mées. Elle m'a fait horreur, ce jour-là, je l'avoue.
Mais qui sait? J'avais peut-être tort. Car chacun de
nous n'a qu'une certaine somme de sensibilité à
dépenser, et cette dame avait tant versé de pleurs
sur les peuples malheureux qu'il ne lui en restait plus pour le cercueil de son enfant.

Je supplie la jeunesse française — démocratique ou non — de conserver tout son respect,
toute sa tendresse, tout son dévouement, pour la
chère France qui a subi un grand outrage et qui
en souffre encore. J'adjure la jeunesse française
de n'en jamais perdre le souvenir. En le conser-
vant avec fidélité, nous donnons la consolation
et l'espoir à nos frères, que jadis, hélas! nous
n'avons pas su défendre, et nous sauvegardons
aussi notre honneur de vaincus. Loin de moi la
pensée de conseiller à la généreuse jeunesse l'indifférence devant les infortunes des autres peuples. Mais les phrases de M. Aulard reviennent à
dire que toutes les nations se valent et qu'il ne
faut pas être trop patriote. Eh bien, non! Cette
doctrine peut satisfaire la raison, mais chez quiconque a le cœur à sa place, un instinct proteste.

Non! qui ne préfère pas n'aime pas ; certains sentiments — et le sentiment national est de ceux-là
— ne sont suffisants que s'ils sont excessifs.

Ah! mon pauvre monsieur Aulard, qui ensei-
gnez la Révolution française, — un drôle de métier, entre nous, — il ne s'agit pas ici de politique. Il s'agit de patrie, et un petit enfant pourrait
vous donner des leçons. Assez causé! On n'aime
jamais trop sa maman.

27 avril 1893.

Théophile Gautier

L'AN dernier, quelques jeunes poètes — ceux de l'avant-garde — eurent l'heureuse pensée d'ériger, en l'honneur de Charles Baudelaire, un petit monument. Il s'agissait, je crois, d'un buste dans le Luxembourg. J'ai souscrit, et avec plaisir. Les promoteurs de la souscription étaient, pour la plupart, des décadents et des symbolistes. Je leur demande pardon, si je les désigne mal. Les écoles et les cénacles changent maintenant de nom tous les huit jours ; il n'y a plus moyen de s'y reconnaître. Décadents ou non, leur intention était et reste louable. Car, pour rappeler un mot de Victor Hugo, — qu'ils méprisent d'ailleurs, — Baudelaire a trouvé, en art, un « frisson nouveau ». J'espère donc qu'ils réaliseront leur projet. Je serais charmé que, bientôt, l'image de l'auteur des *Fleurs du Mal* triomphât parmi les roses. Baudelaire, s'il était consulté, préférerait, je crois, de bizarres orchidées. Mais l'essentiel, c'est l'hommage rendu.

Ces jeunes gens eurent donc une excellente et pieuse inspiration, et je les remercie de m'y avoir associé. Je leur en suis d'autant plus reconnaissant que je sais qu'ils me considèrent, en général, comme un bonhomme désuet et suranné. Cela s'explique. Si j'avais leur âge, je serais peut-être partisan de l'assonance et du vers disloqué, et je traiterais les Parnassiens du haut en bas.

Lorsqu'il fut question de dresser ce monument à Baudelaire, un critique d'importance, M. Ferdinand Brunetière, se fâcha tout rouge. Il eut tort. Le marbre d'un poète, se détachant, dans un jardin public, sur un massif de lilas, cela ne fait de mal à personne. Que ne s'indignait-il plutôt contre cette statue de Grévy, qu'on va inaugurer, si ce n'est déjà fait, et pour laquelle j'ai, depuis longtemps, proposé ce sujet de bas-relief : « M. Wilson restituant au Trésor quarante mille francs de timbres-poste » ?

Mais M. Brunetière est un homme passionné. Il protesta contre le buste et fut fort moqué, dans cette aventure. On le chansonna. Beaucoup de plaisanteries et de scurrilités, bonnes et mauvaises, furent imprimées contre son œuvre et contre sa personne. Un instant même on courut aux épées. Admirateur de Baudelaire, je me suis alors amusé de ces polémiques. Je me le reproche quelquefois. L'éminent rédacteur de la *Revue des Deux-Mondes* avait, comme c'était son droit, exprimé son sentiment et donné ses raisons. Homme de talent et de bonne foi, il pouvait s'attendre à plus d'égards. Cela dit sans trop blâmer non plus les vivacités de ses adversaires, qui étaient jeunes et qui défendaient, après tout, un des poètes les plus pénétrants et les plus intenses de notre temps.

Or, moi qui ne suis plus un cadet et qui m'en voulais un peu — pas trop — d'avoir été injuste pour M. Brunetière, voici que je trouve une occasion de lui faire amende honorable, et, ma foi! je la saisis. Je lis, dans la *Revue bleue,* le cours qu'il fait, à la Sorbonne, sur la poésie lyrique au XIXe siècle. Eh bien, savez-vous — messieurs et dames, la compagnie — que sa sixième leçon, sur Théophile Gautier, est excellente? Parbleu! je vois les défauts. Toujours trop de *si,* de *car* et de *mais.* Toujours ce fond de mauvaise humeur contre la littérature contemporaine; et il est certain que M. Brunetière comprend plus la poésie qu'il ne la sent. N'importe, son étude sur Gautier est remarquable.

L'auteur des *Émaux et Camées* ne lui est pas

apparu, ainsi qu'aux esprits superficiels, seulement comme un pur et impassible artiste, parfait ciseleur de phrases et maître impeccable au noble jeu des rimes. Le clairvoyant critique a su discerner la noble et hautaine mélancolie, le dégoût devant la médiocrité de la vie, qui poussèrent Gautier à se réfugier dans la poésie impersonnelle et dans le culte de la beauté. M. Brunetière a loué, dans les termes qu'il fallait, l'admirable poète, et l'a mis à la place qu'il doit occuper dans les lettres modernes, c'est-à-dire au premier rang.

Un bon point à M. Brunetière.

J'ai eu le bonheur de connaître et d'approcher souvent Théophile Gautier. Je l'ai beaucoup aimé, et j'ai le regret de ne pas le lui avoir assez dit, retenu que j'étais alors par ma timidité d'apprenti devant le patron. Je lui garde une admiration sincère et fidèle. Or, depuis quelque temps, une brume d'oubli semble obscurcir sa gloire. Je n'entends plus que rarement prononcer son nom, et c'est un véritable chagrin pour moi. Sans parler des jeunes iconoclastes qui ne veulent plus de personne, disent ce « pauvre Hugo » et traitent Musset de vieux dandy, toutes les admirations vont vers Alfred de Vigny, qui est grand, certes, mais dont, il faut le noter, certaines inspirations amères et désespérées flattent particulièrement le pessimisme à la mode.

Ce dédaigneux silence qui pèse sur la mémoire de Théophile Gautier m'est d'autant plus pénible que, de son vivant, il n'a pas été, non plus, traité selon son mérite.

Pour tout dire, sa destinée fut fort triste. Je le revois encore, alourdi moins par l'âge que par le poids de quarante années de « copie », et fendant avec peine la cohue des badauds et des snobs qui composent le fameux public des « premières ». Il s'écroulait dans son fauteuil d'orchestre, les deux mains appuyées sur son jonc au pommeau d'argent, où Froment Meurice, dans les temps romantiques, avait ciselé un groupe de singes, et là il assistait, dans un état de somnolence résignée, au vaudeville ou au « mélo » quelconque sur lequel il devait écrire, le lendemain, des pages éblouissantes. Car voilà tout ce qu'on avait su faire du pauvre grand poète : un feuilletoniste. Ceci se passait sous le second Empire, et, vu le petit nombre des journaux, le rez-de-chaussée du *Moniteur* était un poste très convoité. Pour gagner le prix de ses biftecks, celui qui avait le don d'évoquer toute une civilisation disparue, comme dans le *Roman de la Momie*, ou d'écrire des vers immortels, en était réduit à raconter les médiocres fables des industriels dramatiques et à décrire les grimaces des histrions.

Il s'acquittait de sa besogne avec une conscience et une exactitude attendrissantes, et, s'échappant, chaque fois qu'il le pouvait, par la tangente, il dépensait en prodigue, à propos de la première pauvreté venue, la verve, l'esprit, l'imagination, la fantaisie et le savoir, jetant à la vanvole, pour gagner quelques gros sous, des poignées d'étoiles. Lisez son *Histoire de l'Art dramatique en France*, qui ne donne pas le tiers de ses feuilletons, mais seulement la série de 1837 à 1852. Ouvrez n'importe lequel de ces six tomes, à n'importe quelle page ; vous êtes certain d'y rencontrer un aperçu ingénieux et nouveau, une boutade humoristique, un tableau saisissant, une phrase de grand écrivain. L'ouvrage — aujourd'hui introuvable en librairie — n'a pas été réimprimé. Que de trésors enfouis et perdus !

Théophile Gautier — il me l'a dit vingt fois — souffrait de gaspiller ainsi son temps et sa sève. Il aspirait non pas au repos, mais au loisir, qui lui eût permis de revenir à la chère poésie, forcément négligée, d'entreprendre une œuvre de longue haleine. Assez bien en cour, reçu familièrement chez les puissants d'alors, notamment chez la princesse Mathilde, qui fut pour lui la meilleure des amies, il rêvait d'obtenir, à la longue, · quelque canonicat, — par exemple un siège de sénateur. Le titre d'Immortel n'eût pas nui à la réalisation de son désir. Mais la légende du gilet rouge et sa chevelure mérovingienne lui faisaient tort ; et sa candidature fut repoussée — deux fois,

si je ne me trompe — par l'Académie Française,
qui fera quelque jour, comme pour Balzac, son
Meâ culpâ de cette injustice et donnera le nom
et l'œuvre de Théophile Gautier comme sujet du
prix d'éloquence. Enfin la guerre éclata, empor-
tant toutes les espérances du pauvre homme, et,
presque au lendemain de la tourmente, il mourut,
la plume à la main, dans un état voisin de la
misère.

Plus j'y songe, plus je trouve que la fortune
fut marâtre pour Théophile Gautier. Non seulement elle n'accorda à ce poète, épris de luxe et
d'art, que de très maigres ressources; mais elle lui
ménagea et elle lui marchande encore jusqu'au
laurier, qui cependant est gratuit. Hélas! il eut
un grand défaut, qui empêcha presque toujours
de conquérir les marques apparentes de la gloire.
Il ne fut pas solennel. Avec la bonhomie et la naïveté de l'ouvrier, il montrait aux autres ses outils
de travail, ses procédés de style, qu'il appelait si
drôlement ses gaufriers, et il ne s'enveloppait
point de pédanterie. Sans vanité aucune, il ne
prenait jamais l'air grand homme; et il se laissait
traiter en camarade par des inférieurs, tandis qu'il
gardait l'attitude d'un disciple devant ceux qu'il
tenait pour ses maîtres. A ce point de vue, il était
touchant à voir en présence de Victor Hugo.

Jeunes gens, voulez-vous un conseil? Ne soyez
pas modestes; on vous prendrait au mot. Il est

dangereux aussi de se montrer naturel et bon enfant. Un homme d'esprit a dit que personne n'avait vécu dans la familiarité d'Alfred de Vigny, pas même lui; et ce mystificateur de Baudelaire s'entourait volontairement de mystère. Leur renommée en a profité, croyez-moi. Quant au simple et excellent Gautier, qui s'est contenté d'être un parfait poète et un écrivain incomparable, voyez! vous ne songez même pas, dans vos cénacles, à lui ériger un buste au Luxembourg.

Eh bien, tout cela n'est pas équitable; et c'est pourquoi la récente étude de M. Brunetière — avec qui je ne suis pas souvent d'accord — m'a fait plaisir! Je le félicite donc encore une fois d'avoir parlé, hautement et gravement, de Théophile Gautier; car l'éclipse qui rend son nom moins éclatant ne peut être que passagère, et, tôt ou tard, il prendra place — du moins pour une grande partie de son œuvre — parmi les classiques français.

4 mai 1893.

Georges d'Esparbès

E l'ai surnommé « d'Esparbès des Batailles », et ce serait une fierté pour moi que le public lui maintînt ce sobriquet martial, après avoir lu la *Légende de l'Aigle*, qui paraîtra, chez Dentu, dans trois ou quatre jours.

Le Journal n'avait que peu de semaines d'existence, et j'y commençais seulement, sans projets d'avenir, et pour céder au caprice de l'aimable Fernand Xau, ces causeries auxquelles j'ai pris goût et où je m'amuse beaucoup, maintenant, à parler en liberté, à penser tout haut. Deux ou trois scènes militaires, signées Georges d'Esparbès, me firent tout de suite dresser l'oreille. At-

tention! Voilà du talent! Et puis, cela sentait la
poudre et flattait mes passions de vieux cocardier. Je le déclarai, de bon cœur, dans un de
mes articles; et, dès le lendemain, le jeune conteur vint me remercier, avec des émotions et des
timidités de conscrit devant son colonel. Mais il
n'y a, dans la profession littéraire, ni galons, ni
graines d'épinards, et j'espère bien que d'Esparbès m'aime aujourd'hui comme son vieux camarade. Je ne lui demande que la nuance de défé-
rence de la recrue pour le vétéran. Car, hélas!
j'ai mes trois brisques.

Voulez-vous son signalement? Allons, gamin,
c'est ici le conseil de revision. Ne te déshabille
pas, — il y a des dames, — mais campe-toi tout
de même sous la toise. Un peu petit. Taille de
voltigeur. Qu'importe? C'étaient les contingents
de Tarbes et de Toulouse, c'étaient des Gascons
hauts comme une botte, ceux d'Arcole et de Mil-
lesimo. Et les lauriers ne poussent pas seulement
pour les tambours-majors. Petit, mais robuste et
bien fait, avec un franc et charmant visage. Et
comme j'aime ces yeux pâles, couleur de ciel,
quand y flotte une douce pensée, et qui doivent
devenir couleur d'acier pendant l'inspiration héroïque. Enlevez, c'est pesé, jeune homme! Bon
pour le service et pour la gloire!

Ajoutons qu'il a, dans l'âme, une fleur de modestie, et qu'il rougit comme une fille quand on

11.

lui adresse un compliment. Et pas un clampin,
vous savez! Un brave cœur, qui fait vivre toute
une famille avec sa plume, tels que ces officiers
de fortune, sortis du rang, à qui presque plus rien
ne reste de leur solde lorsqu'ils ont payé leur
pension et donné un acompte au maître-tailleur,
et qui trouvent encore moyen d'envoyer, tous les
mois, une couple d'écus au vieux père ou à la
maman. — Ah! mon cher enfant, je souhaite, très
ardemment, un grand succès à votre beau livre.

Les lecteurs du *Journal* savent bien qu'elle est
admirable, cette *Légende de l'Aigle,* à laquelle
son auteur à pu légitimement donner pour sous-
titre : « Poème épique en vingt contes. » Vous
savez que, battant le rappel des morts et pareil
au tambour-fantôme de Raffet, Georges d'Esparbès les a tous ressuscités, les glorieux ancêtres,
depuis ceux de Valmy jusqu'à ceux de Waterloo.
Il a évoqué devant vous, avec son étrange puissance de visionnaire, les loqueteuses demi-bri-
gades de 92 et les régiments chamarrés de 1806.
A lire ces récits militaires, que traverse un si
furieux souffle, votre sang gaulois, j'en suis sûr,
a congestionné vos oreilles, et votre cœur a été
secoué et a résonné comme un fusil à l'exercice
dans les mains d'un vieux grenadier. Vous avez
vu par l'imagination moutonner les bonnets à
poil, palpiter les plumets, s'écheveler les casques
de la Grande Armée.

Vous avez reconnu les uniformes légendaires,
le colback enfoncé jusqu'aux yeux de l'artilleur,
le schapska du lancier rouge, le large étrier du
mameluck, la guêtre montant à mi-cuisse du petit
fantassin tout blanc. Précédé de son escorte de
guides sur leurs chevaux aux pieds dansants, il
vous est apparu, l'Homme du destin, coiffé en
bataille du fameux petit chapeau, — lequel, entre
parenthèses, était gigantesque, — et laissant
traîner les pans de sa houppelande grise sur la
selle d'or et de velours cramoisi; et derrière lui,
dans l'éblouissant état-major, vous avez reconnu
les demi-dieux de l'Iliade moderne : Murat sous
les panaches, Ney avec son mufle de lion et ses
favoris en crosse de pistolet, et le grand Lannes,
et ce sabreur de Lasalle, en houzard, son chapeau
de général de travers et fumant sa courte pipe, et
Bessières, toujours correct et à l'ordonnance, et
les vieux, comme Moncey et Kellermann, avec
leurs ailes de pigeon et leur queue d'ancien régime.

Vous avez frémi d'enthousiasme au spectacle
de ce passé qui date d'hier et qui est si grand que
tout y semble glorieux, même la défaite; et vous
avez été reconnaissant pour ce jeune conteur
qui, avec une feuille de papier et un trognon de
plume, fait revivre cette splendeur de notre histoire nationale, et l'Épopée dans tous ses sublimes
détails, et la Garde impassible sous l'averse de

fer, et les aigles hérissant au soleil leurs ailes d'or,
tout cela dans une lueur d'apothéose et dans une
clameur où les cris des mourants et des blessés,
les « garde à vous » des chefs, les aboiements
des bouches à feu, la mousqueterie crépitante,
tous les bruits de la bataille, sont dominés par
une huée continuelle et immense de : « Vive
l'Empereur ! »

Quelle époque ! Je ne puis y penser sans que
le cœur me saute dans le coffre. Rien de compa-
rable dans l'histoire du monde. Et comme elle est
bien trouvée, cette épigraphe, que, par une gen-
tille gaminerie, Georges d'Esparbès a écrite sur
la première page de son livre : « Ohé, les Grecs !
ohé, les Romains ! faudrait voir ! »

Oui, il faudrait voir, et il faudrait s'habituer
surtout à considérer l'épopée napoléonienne à
un point de vue plus juste et moins étroit que
celui de la politique. Il ne faudrait plus faire la
moue à Marengo, à Austerlitz et à Iéna, sous prétexte qu'il y a un prétendant à Bruxelles. Certes,
l'Empereur a commis des fautes, fut cause de bien
des malheurs. Mais que pensez-vous de la Terreur et de ses échafauds ? Pourtant, un cours public a été ouvert, à la Sorbonne, où l'on enseigne
la Révolution. Eh bien, je demande qu'on fonde
une chaire de Consulat et d'Empire ! Comparez
Mirabeau à Démosthène et Vergniaud à Cicéron.
Je n'y contredis pas. Mais je voudrais aussi, mes-

sieurs les professeurs, votre avis sur un certain personnage de nos annales contemporaines, qui ne le cède, en grandeur, ni à Alexandre, ni à César, ni à Charlemagne. Nous avons cela dans notre histoire et nous n'en parlons pas assez. Soyons plus fiers, sabredieu!

Du reste, un courant s'établit et s'accentue davantage chaque jour dans le sens que j'indique. Bientôt je compte vous parler du si dramatique et si passionnant *1815* de Henry Houssaye, où est dite, avec tant de science et d'art, la prodigieuse aventure du retour de l'île d'Elbe! Mais, aujourd'hui, je suis tout au livre de mon poète en prose, de mon d'Esparbès.

Il a, ce beau livre, un mérite bien rare, par le temps qui court. Il exalte. Depuis longtemps je n'ai rien lu de si ardent, ni de si français. Et notez que l'auteur n'est nullement un chauvin. Il nous montre, au contraire, toutes les horreurs, toutes les cruautés de la guerre. La plupart des épisodes qu'il nous raconte sont affreux et rappellent les sublimes et épouvantables planches de Goya. N'importe, dans ces pages d'une tragique beauté on sent partout circuler la grande vertu et la grande folie de notre race : le courage militaire et l'amour de la gloire.

Georges d'Esparbès adore le soldat français et le connaît à fond. Il le dessine d'un seul trait, avec un étonnant relief; il reproduit, avec une

vérité parfaite, son langage héroïquement enfan-
tin. Mais, surtout, il fait sentir la persistance,
l'éternité du type. Tel il fut, ce soldat, dans les
bataillons de Diomèdes et dans les escadrons
d'Idoménées du Premier Empire, tel il était, hier
encore, certainement, sous les ordres de Dodds,
au Dahomey. Et dans les grognards de la *Légende
de l'Aigle* je retrouve les joyeux sauvages aux
cheveux longs qui suivaient Brennus et Vercin-
gétorix, et qui, dans leur ivresse guerrière, se
mettaient nus pour combattre.

Et, maintenant, sors du rang, mon petit d'Esparbès! Sors du rang, pour que celui que tu veux
bien traiter comme un chef t'embrasse et te dé-
core devant le front de la compagnie! Va, ton
livre est bon. Fais-en d'autres, et fais-en de pareils.
Ils réjouissent l'âme de tous ceux que le mot
« gloire » grise encore; et pour que les éditions
se multiplient, sois tranquille, tu pourras te passer
de la souscription du Conseil municipal de Marseille.

11 mai 1893.

Miousic

'EST en tremblant presque, parole d'hon-neur! que je prends aujourd'hui la plume, et je sens que je vais m'exposer aux plus grands périls. Mais tant pis! J'ai besoin de déclarer que le débordement de snobisme auquel nous assistons depuis la représentation de la *Walkyrie,* me porte furieusement sur les nerfs.

On peut appliquer, d'une façon générale, au citoyen français, le fameux vers de Sosie dans *Amphitryon :*

Cet homme, assurément, n'aime pas la musique.

Il est, du moins, assez mal organisé sous ce

rapport. Presque toujours, nos orphéons chantent faux, et nos fanfares, malgré leurs médailles, écorchent les oreilles. — Entre parenthèses, je voudrais bien rencontrer, une fois dans ma vie, une bannière d'orphéon ou de fanfare qui ne fût pas médaillée. Mais c'est un rêve; autant demander à voir, n'est-ce pas? l'enseigne d'une sage-femme qui ne serait pas de première classe. — Nos théâtres lyriques, j'entends ceux où l'on fait de la vraie musique, ne subsistent qu'à coups de grosses subventions. L'Opéra-Comique lui-même, bien que la bourgeoisie n'ait point perdu l'habitude d'y faire des entrevues matrimoniales et bien qu'on n'y entende, les trois quarts du temps, que les airs de serinette de l'ancien répertoire, du « genre éminemment national », l'Opéra-Comique ne prospère qu'à demi. Cependant, les cafés-concerts regorgent, et quand un régiment passe, les gamins emboîtent le pas, au rhythme lourd des cuivres militaires. Pour qu'une mélodie fasse fortune, chez nous, il faut qu'elle soit carrée, bien vulgaire, facile à retenir. Comme éducation musicale, nous en sommes, vous dis-je, à la première enfance.

Eh bien, convenez que les partisans de Wagner sont très forts; car ils sont arrivés à convaincre une bonne part du public français qu'elle comprenait et qu'elle aimait cette musique-là, bien plus, qu'elle n'en aimait et n'en comprenait plus d'autre! Bien sûr, c'est faux, archifaux. Il ne serait pas plus déraisonnable d'exiger d'un élève des écoles primaires la solution d'un problème de hautes mathématiques. Soyez persuadés que, sur dix auditeurs qui font des yeux de carpe pâmée, dans ce moment-ci, à la *Walkyrie*, il y en a neuf qui n'y entendent goutte et qui s'ennuient à vingt francs de l'heure. Mais personne ne bronche. C'est une véritable terreur. L'admiration ou la mort! et pas une réserve, pas une hésitation, vous savez, si vous ne voulez pas être traité comme un Philistin abject et ridicule.

Notez que, pour ma part, cela me serait égal. Je ne sais pas la musique. Je suis un fort médiocre dilettante. Depuis longtemps, je ne suis plus capable de supporter deux heures d'opéra. J'ai entendu, de Wagner, des choses qui m'ont paru fort belles, à moi profane, et je veux bien l'accepter de confiance pour un homme de génie. Non, ce qui m'énerve, c'est de voir toute la presse et tout le public, couchés en joue par les escopettes wagnériennes, s'aplatir dans une adoration qui, j'en suis certain, n'est pas sincère, au moins chez la plupart.

Ah! on nous la fait durement expier, notre ancienne erreur, à propos du *Tannhauser*. On l'a sifflé; on a eu tort. Mais est-ce donc la seule fois que le public se soit trompé? Le *Misanthrope* fut un « four ». *Phèdre* n'obtint qu'un demi-

succès. *Hernani* souleva des tempêtes. Et il s'agissait de littérature et de poésie, où nous avons le
goût bien plus sûr qu'en musique. Le temps ré-
pare assez vite ces sortes d'injustices, et c'est ce
qui arriva pour Richard Wagner, en somme, qui
obtint assez rapidement un succès universel et
compta même, en France, dès le lendemain du
Tannhauser, des admirateurs nombreux et ardents.
Il souffrit, soit, mais pas plus que bien d'autres,
moins que notre Berlioz, par exemple, qui mourut avec l'amertume affreuse de se sentir mé-
connu dans son pays. Avons-nous suffisamment
consolé sa mémoire, à celui-ci? L'avons-nous
remis, dans l'opinion, à la place qu'il mérite? Je
n'en suis pas bien sûr.

Et nous nous roulons devant Wagner. Nous
faisons pour lui ce que nous n'avons fait pour
aucun de nos génies nationaux. Nous ne per-
mettons pas la discussion sur son compte, nous
l'acceptons tout entier, les yeux fermés, comme
un dogme.

Je sais bien, hélas! que c'est la tendance moderne, et que jamais on n'a jugé les hommes et
les choses avec plus d'intolérance et d'exclusi-
visme. Écoutez les conversations. Un Tel seul a
du talent; tous les autres sont des imbéciles.
Mme Une Telle seule est jolie; toutes les autres
sont laides comme la vertu. Enthousiasmes de
décadents, engouements de névrosés, qui durent

peu et se dissipent comme l'ivresse d'un verre
d'absinthe ou d'une piqûre de morphine. Et si
l'idole choisie par notre caprice éphémère, si le
joujou à la mode, sont exotiques, ils nous plaisent alors bien davantage, car nous avons de
nous-mêmes le triste dégoût des vaincus.

Naguère, c'était Tolstoï, qui, à lui tout seul,
avait inventé la pitié; et devant le Raskolnikoff
de Dostoïewski embrassant Sonia la prostituée,
nous ne nous sommes pas même souvenus du
baiser de Jean Valjan à Fantine morte, Victor
Hugo ayant le tort de n'être pas Russe. Hier,
nous étions de feu pour les drames d'Ibsen, où
je sens bien de la puissance, mais qui, de bonne
foi, sont tout de même informes et obscurs. Aujourd'hui, les rêveries vaguement atroces de
Nietzche nous passionnent, et nous avons, grâce
à lui, quelques anarchistes de salon. Depuis de
longues années déjà, nous suivons avec peine,
chez quelques poètes, les ravages d'une sorte de
maladie de nos rhythmes et de notre langue, et,
là encore, nous reconnaissons une influence étran-
gère. Car rien de tout cela n'est latin, n'est français, ne jaillit de notre sol, de notre inspiration
nationale. Une brume germanique nous envahit
et nous conquiert, et j'en suis désolé. Que voulez-vous? je n'aime pas ce vent d'Est qui nous
apporte, cette année, la sécheresse et la famine,
et qui, si les choses se gâtaient par trop, là-bas,

en Allemagne, pourrait nous amener quelque
chose de pire encore.

Excusez ma mauvaise humeur. Mais l'incroyable
oubli de nos récentes hontes, le triomphe à peu
près assuré, aux prochaines élections, de nos Jacobins véreux, ce retour du général Dodds, coupable de victoire et accueilli presque comme un
suspect, et cette admiration sans mesure, cette
préférence morbide pour tout ce qui n'est pas de
chez nous, voilà de fâcheux symptômes. Et ne
croyez pas me faire plaisir en me disant que nos
voisins sont encore plus malades, et que l'Italie
court à la faillite, et que les socialistes allemands
vont tout chambarder. Cela ne me console pas
le moins du monde. Si j'attrape un rhume, en
quoi peut-il m'être agréable d'apprendre que le
locataire d'au-dessus a une bronchite?

Pour en revenir à la *Walkyrie*, ne croyez pas
que je cabale contre elle et que je me dispose à
revêtir la veste et le bonnet blancs des pâtissiers
d'émeute, encore que, dans l'affaire de *Lohengrin*,
j'aie trouvé assez excusables les pâtissiers et leurs
compagnons. Wagner, en insultant grossièrement des vaincus, par rancune d'amour-propre,
a témoigné d'une âme bien basse. Mais, n'importe, l'art et la beauté avant tout. Si la *Walkyrie*
— encore une fois, je ne suis pas juge — est
la merveille que l'on prétend, qu'elle s'installe
au répertoire de l'Opéra, dans notre France

oublieuse des injures, hospitalière aux chefs-
d'œuvre.

Laissez-moi rire un peu seulement de ce mot
d'ordre, de cette consigne mondaine, acceptée
par tous, qui ordonne de s'extasier devant un ouvrage qu'une infime minorité est, évidemment,
seule en état d'apprécier et de comprendre. Voyez-
vous, depuis quelques jours trop de jobards qui,
au fond du cœur, regrettent l'opéra bouffe, trop
de péronnelles, capables tout au plus de chanter
Plaisir d'amour et de jouer au piano le *Menuet*
de Boccherini, ont levé devant moi des yeux de
cataleptiques, ont pris des airs de dévots et d'ini-
tiés aux mystères. J'ai trop pouffé en dedans. Je
demande la permission d'éclater.

L'autre jour, notamment, pendant un grand
dîner.

Il y avait là plusieurs belles dames, qui avaient
assisté à la « première » et qui — je les connais
— n'avaient eu d'autre plaisir que de mettre
leurs diamants et de faire de la toilette. Ce fut
terrible. Depuis le relevé de potage jusqu'aux
fruits glacés, il ne fut question que de mythologie
scandinave, de Niebelungen, de « leit-motif » et
de tout le tremblement. On versait le champagne, quand la maîtresse de la maison, s'adressant à un vieux monsieur qui n'avait encore rien
dit, lui demanda ce qu'il pensait de la musique
de Wagner.

Il fut assez drôle, le vieux monsieur.

« Oh! moi, madame, fit-il en se récusant, je trouve qu'il y a des obscurités dans les *Noces de Jeannette.* »

18 mai 1893.

La Jeunesse

On s'inquiète beaucoup, en ce moment, des tendances et des aspirations de la jeunesse. Rien de plus naturel. Le présent n'est pas beau. Nous avons encore dans la bouche l'arrière-goût de nos hontes d'hier, que nous n'avons pas vomies comme nous l'aurions dû, que nous avons, au contraire, avalées, digérées. Nous éprouvons une grande fatigue. Nous sentons que les hommes de la génération actuelle sont usés, finis, vidés. Nous ne pouvons nous résigner à croire que nous soyons condamnés à vivre encore longtemps dans cette atmosphère fétide d'ennui et de médiocrité. Et nous interrogeons l'avenir.

Qu'il est obscur et mystérieux!

Somnambule, endors-toi! Et, de grâce! annonce-nous du nouveau, autre chose que l'intarissable bavardage des robinets parlementaires, l'écrasant et stupide triomphe de l'argent! Cartomancienne, mêle tes tarots! Promets-nous l'arrivée du roi de cœur, oh! sans sceptre ni couronne, — on n'en veut plus, — mais enfin d'un homme, d'un chef, ayant une pensée, une volonté; et fais-nous le grand jeu, étale devant nos regards, sur ton vieux tapis, la réussite et la victoire!

Hélas! la France a besoin d'espérance. Elle en est avide, comme la pauvre femme du peuple, écrasée de misère, qui court chez la tireuse de cartes, en serrant sa dernière pièce de quarante sous dans la poche de son tablier, et qui a raison; car l'illusion est aussi nécessaire que le pain.

Donc, nous nous tournons vers la jeunesse, et nous cherchons à deviner ses rêves.

Voici d'abord les jeunes Jacobins. Ils retardent, en vérité. N'ont-ils donc pas vu et jugé les résultats que nous a donnés la mesquine parodie des grands ancêtres? Ceux-ci furent sanglants et terribles; mais ils risquaient leur tête et ils ont sauvé la patrie. Leurs descendants sont pour la paix à tout prix, veulent toucher tranquillement leurs pots-de-vin. Pas d'autre danger qu'une ordonnance de non-lieu ou, tout au plus, un acquittement en police correctionnelle. Comment?

Est-ce possible, mes enfants ? Vous n'êtes pas encore dégoûtés de l'esprit de secte, des haines de partis, de l'oppression d'une moitié de la France par l'autre, des flatteries à plat ventre devant le suffrage universel? Vous souhaiteriez de devenir tous de petits politicards? Fi donc! Je me refuse à le croire.

Votre doctrine n'a que cent ans; celle de vos ennemis, les catholiques, en a près de deux mille. Elle est moins vieille.

Ceux-ci furent élevés dans la religion de leurs aïeux et l'ont gardée. Je les respecte, que dis-je? je les envie. Car je ne suis pas de l'avis de Montaigne. L'oreiller du doute est bien dur, du moins pour quiconque a des rêves de justice. Un soir, ces jeunes gens m'ont appelé au milieu d'eux. Sincère avant tout, je leur ai dit que mon esprit répugnait aux dogmes et aux mystères, mais que mon cœur était pénétré de cette morale du Christ, qui a déjà transformé le monde et qui, retrempée à sa source première, suffirait — je le crois fermement — à détruire les derniers esclavages qui subsistent dans la société des hommes. Mes auditeurs du « Bock idéal » ont été, pour moi, pleins de bienveillance et de courtoisie. Je les en remercie. Mais qu'ils pardonnent à ma franchise. Je les ai trouvés bien sages, trop sages. Leurs divertissements — c'était une soirée musicale et littéraire — m'ont transporté, par le sou-

venir, dans une distribution de prix, chez les
bons pères. Rien de vivant, ni de moderne. Ces
jeunes gens resteront des hommes de foi; mais
se lèvera-t-il parmi eux, l'homme d'action et de
propagande, capable de rappeler à l'égoïsme
contemporain la loi d'amour du primitif Évangile?

A l'Association des étudiants, c'est le juste
milieu, le centre gauche. Ici encore, le calme me
surprend. Personne n'a donc plus vingt ans, que
diable! Trop officielle au début, — pour mon
goût, du moins, — l'Association a prouvé, depuis lors, son éclectisme. Elle a fait asseoir au
fauteuil, dans ses réunions solennelles, de hauts
penseurs, de nobles artistes. Tout récemment,
Émile Zola, avec la plus robuste éloquence, exal-
tait la science et le travail devant ce jeune auditoire. J'aimerais qu'on lui parlât, aussi, de généreuses folies et d'enthousiasmes téméraires.

Quel est le mot de ralliement, le « dernier
cri », chez les nouveaux poètes? Vainement je
cherche une réponse dans tous les journaux,
leurs revues d'avant-garde. Ici, j'ai la sensation
que nul ne veut plus de rien ni de personne,
sinon de soi-même. Voici, signés du même nom,
des vers inintelligibles et des « éreintements »
fort clairs. Chacun de ces bardes est critique,
critique cruel, et fait, du reste, preuve, sous ce
rapport, d'esprit et de style. Qu'ils massacrent

leurs anciens, je me l'explique. Hélas! il y a
chez beaucoup de gens de lettres quelque chose
de l'instinct du sauvage qui achève les aïeux en-
combrants. Mais voici qui est plus grave. Ces
jeunes gens ne s'aiment pas entre eux, à ce qu'il
paraît. Dès que l'un d'eux a du succès, sort du
rang, il est tout de suite fusillé dans le dos par les
camarades. Autre symptôme inquiétant : peu ou
point de vers d'amour. Vous pouvez lire le volume entier de tel poète d'hier sans savoir la couleur des cheveux de sa maîtresse.

Quant aux idées générales, elles sont bien
confuses. Cela va du mysticisme le plus nébu-
leux aux pires fureurs de la révolte. Cris de rage
et d'orgueil. Musiques vagues. C'est proprement
un tumulte. D'ailleurs, je les plains tous sincèrement. Ils souffrent. Car la carrière littéraire devient chaque jour, pour ceux qui ne se résignent
pas au métier, plus difficile et plus dure. Tous les
chemins sont encombrés. Devant les rivalités féroces de ces jeunes gens, on songe à cet horrible
incendie de l'Opéra-Comique, où des affolés se
sont fait un passage à travers la foule, à coups
de couteau!... Et je me reproche, à présent,
d'avoir été sévère. Ils souffrent et ils travaillent.
Et tous, ou presque tous, ont du savoir et du talent! Et ils sont des milliers! C'est à faire
frémir!

En résumé, la jeunesse contemporaine, — sans

oublier l'anarchiste en bottines vernies (il y en a)
et le gentilhomme désœuvré, tout fier d'avoir
rétabli le jeu de polo, — la jeunesse reste une
énigme. Nous la savons laborieuse. Mais fi des
ambitions égoïstes! Et, il faut bien le dire, son
indifférence nous a surpris et attristé, dans ces
derniers temps. Devant les plaies du pays, brusquement mises à nu, nous n'avons pas entendu
son cri de douleur et d'indignation; et, hier encore, elle ne trouvait pas une fleur pour accueillir
un de nos soldats, enfin victorieux.

Cependant, nous ne voulons pas douter d'elle;
car elle est la Jeunesse, la seule ressource, tout
notre espoir, et, par cela seul, elle nous est chère
et sacrée. Demain, peut-être, elle nous donnera
le tribun de qui l'éloquence réconciliera tous les
citoyens dans un seul parti, celui de l'honneur et
de la probité! Demain, peut-être, elle nous donnera le chef glorieux qui reviendra — pas du
Dahomey — suivi des débris de son armée, avec
les fleurs du triomphe dans le canon des fusils!
Demain, peut-être, elle nous donnera le poète
qui chantera, sur une lyre neuve, la nature et les
sentiments éternels! Demain, peut-être, elle nous
donnera l'apôtre qui, par la parole et par l'exemple, suscitera, dans tous les cœurs, un élan de sacrifice et de charité et fera reculer la misère!
Jeunes gens, jeunes gens, nous vous attendons!
La décadence nous menace. Donnez-nous des

hommes de génie et des hommes de bien, des hommes de courage, de désintéressement et de justice!

Je fais ce rêve dans une heure très morne, où le courant de la vie nationale semble suspendu. On pourrait la comparer à l'eau croupie et stagnante d'un canal... Ohé! là-haut, l'éclusier, père l'Avenir! Aux leviers, aux aiguilles! Tourne ta mécanique! Ouvre toutes grandes tes deux portes, celle d'amont et celle d'aval, et que, par mille jets diamantés, avec un joyeux fracas de torrent, le flot de la jeunesse nous inonde et nous purifie!

25 mai 1893.

En revenant de Quimper

J'ARRIVE de Quimper, où je suis allé baptiser une petite cousine. Ce rôle de parrain, qui comporte certains devoirs, est un de ceux que les vieux garçons n'ont pas, à mon avis, le droit de refuser. Affranchis des soucis de la paternité, c'est bien le moins qu'ils paient les dragées, glissent une pièce d'or dans la boîte de M. le vicaire et envoient des fleurs à la marraine. Cette fois-ci, la cérémonie se compliquait pour moi de trente heures de chemin de fer, aller et retour, ce qui est assez dur. N'importe, je reviens enchanté; car j'ai pu revoir un coin pittoresque et charmant de ce pays cornouaillais qui est tout à fait selon mon cœur.

Parlons donc de la Bretagne. Elle sera, tout à l'heure, d'actualité, puisque M. le Président de la République doit faire officiellement, dans le courant de juin, le tour de la presqu'île. En général, il amène le mauvais temps avec lui, et des irrespectueux l'ont même surnommé la Pluie-qui-Marche, ce qui lui donne un faux air, assez inattendu, de chasseur de chevelures, de guerrier apache ou mohican. Je souhaiterais de bon cœur au chef de l'État, pour son prochain voyage, des journées aussi pures que celles dont je viens de jouir. Mais non. Dans son propre intérêt, il est préférable qu'il pleuve. Si le passage de M. Carnot est accompagné de quelques orages, les populations de l'Ouest le béniront. Car l'agriculture souffre de la sécheresse, et tous les discours des députés et des préfets, dont l'éloquence va là-bas pleuvoir à verse, ne valent pas, pour la République, quelques bonnes ondées qui feraient verdoyer les herbages et monter le prix des bestiaux.

Ne vous y trompez pas. Je parle sans ironie et j'approuve fort l'indifférence des cultivateurs en matière politique. Je ne saurais dire à quel point ces braves paysans, qui gagnent péniblement et chichement leur vie en assurant la nourriture de la France, me semblent plus dignes d'estime que tous les microbes du bouillon de culture parlementaire, ni combien la récolte du sarrasin ou

des pommes à cidre est plus essentielle à mes
yeux que la concentration républicaine, le grou-
pement des partis et autres viandes à gens soûls.
Voyons, la main sur la conscience, n'est-il pas
plus utile d'engraisser un porc que de renverser
un ministère ?

C'est la quatrième fois, depuis une douzaine
d'années, que je vais à Quimper. Toujours, je
retrouve la jolie ville telle que je l'ai laissée. Rien
ne change, à l'ombre des deux flèches de Saint-
Corentin. Ici, c'est décidément un pays de tradition, de fidélité, de respect du passé. Les hommes
conservent leur costume bleu aux broderies jaunes,
et les femmes n'abandonnent pas leur gentil bonnet, qui semble la réduction d'un hennin du
moyen-âge. J'ai même constaté que les mottes
de beurre — de ce délicieux beurre demi-sel
comme il n'y en a qu'en Basse-Bretagne — étaient
encore marquées d'une fleur de lys !...

Qu'ai-je dit ? Quelle imprudence ! Les feuilles
radicales vont tonner d'indignation, dénoncer la
grande conspiration royaliste et nous jurer que
l'on est tout prêt, dans le Finistère, à décrocher
du clou les canardières de la Chouannerie !
Une fleur de lys, juste ciel ! là où il faudrait
un bonnet phrygien ! C'est un scandale intolérable !

Rassurez-vous, radicaux de mon cœur. Nos
institutions ne courent aucun danger. L'Ouest

est tranquille. Les fils de Jean Cottereau et de
Jambe-d'Argent ne songent nullement à recoudre
un Sacré-Cœur de drap rouge sur leurs limou-
sines; et cette fleur de lys est insignifiante. To-
lérez-la, de grâce, ne fût-ce que dans l'intérêt de
la gastronomie. Car, lorsque les admirables conquêtes de la science auront pénétré jusqu'au fond
de la Cornouaille, il n'y aura plus d'emblème
séditieux sur les mottes de beurre, mais, hélas! il
y aura dedans de la margarine.

D'ailleurs, je vais faire plaisir aux amis du progrès en leur annonçant qu'il triomphe déjà, dans
ces régions lointaines, sous la forme du sport à
la mode. Quimper et ses environs sont empoisonnés de bicyclettes. De ma fenêtre, à l'*Hôtel
de l'Épée,* j'ai vu, sur le quai de l'Odet, non seulement les jeunes bourgeois de la ville, mais
aussi des campagnards en chapeau rond et en
veste brodée, glisser sur leur monture d'acier et
de caoutchouc. Dieu me garde de parler légèrement du bicycle! Je n'ai pas envie de m'attirer
une affaire; et, comprenant son importance dans
la société moderne, j'ai déjà proposé de nommer
Terront « Grand-Français », le poste étant devenu vacant. Pourtant, — je vous le dis tout bas,
entre nous, — l'attitude du vélocipédiste n'est
point gracieuse. Le dos rond, le ventre rentré, il
me fait toujours un peu l'effet d'un infortuné atteint d'une colique violente et subite, et qui se

hâte vers l'asile du soulagement. Il n'y a pas à
dire, comme pose équestre j'aime mieux celle du
Louis XIV de la place des Victoires.

Me trouvant à Quimper, si près de l'Océan,
j'ai tenu à lui présenter mes hommages, et, dimanche dernier, j'ai loué une carriole et suivi la
route de Pont-l'Abbé, Penmarc'h et Saint-Gué-
nolé. Mais le temps était trop beau. C'est par la
tempête, c'est sous un ciel où le « noroit » chasse
et bouleverse les nuées, qu'il faut voir ce pays, le
plus farouche de toute la Bretagne. Néanmoins,
même par le calme, on sent bien qu'ici le vent
marin est le maître et seigneur. C'est lui qui a
incliné, de l'ouest à l'est, les haies d'ajoncs fleuris. C'est lui qui a tordu, dans la même direction,
les rares arbres de la lande. C'est lui qui a rongé
et vermiculé les murailles des maisons, les vieilles
croix de pierre des chemins. C'est sous son effort
de tant de siècles que les monstrueux rochers de
l'anse de la Torche ont été usés et blanchis
comme des ossements par les lames furieuses.

L'autre jour, le paysage n'avait point son aspect tragique. Le ciel bleu. Pas un souffle. Devant
le « Saut du Moine », où, par les gros temps, la
mer déferle avec un bruit tel qu'il s'entend jusqu'à Quimper, j'écoutais le chant des alouettes.
Bien que la marée montât, à peine une mince
frange d'écume argentée entourait les récifs. Et
la mer était d'un azur clair, transparent, avec de

longues traînées d'un violet sombre, çà et là.
Presque la Méditerranée.

C'est pourtant ici la fameuse côte des naufra-
geurs, des pilleurs d'épaves, qui fixaient une
torche allumée entre les cornes d'une vache et la
faisaient courir sur la grève, afin que les navires
en détresse, trompés par ce signal, se perdissent
sur les écueils. Aujourd'hui, — hâtons-nous de
le dire, — leurs descendants sont devenus les
intrépides canotiers du bateau de sauvetage. Le
progrès existe quelquefois, j'en conviens.

Amateurs de mer sauvage et de vent héroïque,
n'allez pas à Penmarc'h par le temps calme. J'y
ai pensé à la baie de Naples et à la rade d'Ajaccio.

Ma promenade eût donc été à peu près man-
quée, si je n'avais pas traversé par deux fois, à
l'aller et au retour, le village de Plomeur, où
c'était jour de pardon. J'ai eu la chance de voir
ainsi une nombreuse assemblée en habits de fête.
Les hommes, tout en noir, le ruban de velours
autour du chapeau, avec le double gilet plas-
tronné d'or, sont de beaux et robustes gars. Mais
les femmes, laides pour la plupart, sont extraordinaires. Très fortes, voûtées, la taille épaisse,
elles portent trois jupes de drap superposées,
d'inégale longueur et de couleurs différentes, et
elles sont coiffées de l'étrange *bigouden,* espèce
de serre-tête bariolé qui leur cache les oreilles et

laisse voir, par derrière, les cheveux relevés. Rien
de plus barbare. On rêve d'Islande et de Laponie.

A mon premier passage, tout ce monde était
agenouillé dans le cimetière, devant l'église trop
petite pour la foule accourue au pardon. Trois ou
quatre femmes semblaient en extase au pied d'un
calvaire de pierre sculptée, où étaient représentés,
sur leurs trois croix, Jésus et les deux larrons.
Quel recueillement! Quel silence! Jamais, je
crois, je n'ai vu des fidèles priant d'une telle ardeur. Deux cloches, apparentes dans une sorte
de portique, au-dessus de l'église, vibraient dans
l'air pur. Et j'ai envié la foi de ces simples de
cœur.

Mais, à mon retour, la fête était dans toute son
animation, et, je dois le dire, on devinait qu'elle
allait tourner à l'orgie. Beaucoup étaient ivres
déjà, même des femmes. C'est, malheureusement,
le vice des Bretons. Et, chez eux, l'ivresse devient
souvent furieuse, les pousse aux tueries. J'eus un
mouvement de répulsion. Étaient-ce bien là les
mêmes gens que j'avais vus, quelques heures au-
paravant, le chapelet aux doigts, absorbés dans
leur naïve prière comme des personnages de vi-
traux? A quoi leur sert la religion? Fi, les brutes!

Hélas! je songe, à présent, que nous avons,
dans nos villes, d'autres malheureux qui demandent aussi des heures d'oubli au vin et à l'alcool
et qui, le lendemain de la débauche, se réveillent

sans regret ni honte, mais plus désespérés devant leur misère et plus haineux contre la société, qu'ils rendent responsable de leur ignominie.

Sonnez, sonnez, cloches de Bretagne! C'est vous qui avez raison. Sonnez pour appeler les pauvres gens, malgré leurs faiblesses et leurs vices, et pour leur parler de repentir et d'espérance! Dites-leur qu'il est une miséricorde supérieure à la justice et toujours prête à leur pardonner leurs fautes. Sonnez dans vos clochers à jour, vieux asiles des hirondelles; sonnez, cloches chrétiennes, et continuez de répandre sur ceux qui souffrent un peu d'illusion et de rêve!

1er juin 1893.

« Toute la Lyre »

———

IRIGÉE par d'admirables amis, la publication des œuvres posthumes de Victor Hugo se poursuit avec une imposante régularité.

Les fanatiques du grand poète — j'en suis — sont bien forcés de convenir que la seconde série de *Toute la Lyre* n'est pas à la hauteur de la première. Parmi les poèmes récemment publiés, nous en connaissions deux depuis longtemps, et non des moins considérables : *Mentana* et la *Mort de Saint-Arnaud*. Il est évident que le stock des manuscrits inédits s'épuise, que nous touchons à l'arrière-fond de la réserve. Quand nous aurons *Océan*, qui se compose exclusivement, m'a-t-on

dit, de fragments, de pièces inachevées, l'œuvre
du prodigieux travailleur sera tout entière mise
au jour, au moins pour la partie poétique.

Une belle légende raconte que Timour-Leng
fit violer, devant ses yeux, le cercueil du poète
persan Firdousi et le trouva plein de roses. Voici,
je crois, la dixième fois que nous rouvrons, pour
ainsi parler, le tombeau littéraire de Victor Hugo
et qu'il nous inonde de fleurs. Les dernières sont
peut-être un peu moins fraîches, un peu moins
parfumées. Le miracle perd de sa force en se re-
nouvelant; mais c'est tout de même un miracle.

Pour ma part, je me déclare incapable de
porter un jugement impartial sur des vers de
Victor Hugo. Même lorsque, chez lui, la pensée
et l'inspiration se perdent en des obscurités
d'Apocalypse, son vers me donne toujours la
jouissance d'art la plus intense, un plaisir presque
physique.

Les poètes nouveaux, dans leur préoccupation
— très légitime — de rajeunir les formes poéti-
ques, se mettent à la torture pour inventer des
rhythmes. Mais presque tous ceux qu'ils nous ont
proposés jusqu'à ce jour choquent mon oreille,
me semblent maladroits et boiteux. Selon moi,
Victor Hugo a fait la preuve que les mètres
connus suffisaient pour obtenir tous les effets
d'harmonie possibles, et pouvaient être variés à
l'infini. On ne dira jamais assez tout le parti qu'il

a pu tirer, notamment, de l'alexandrin, par des coupes hardies, des rejets, des allitérations, des déplacements de césure. Il en a fait positivement un orgue aux mille voix, une lyre aux cordes sans nombre, qui, sous ses doigts magistraux, vaut tout un orchestre. Le vers de douze syllabes, libre, souple et fort, tel que nous l'a légué le grand Lyrique, est, je le répète, un merveilleux moyen d'expression, un instrument parfait et complet. On trouvera mieux peut-être; mais j'ai peine à le croire.

La rime riche, elle aussi, est à présent en défaveur chez la plupart des jeunes poètes, et, sur ce point, malgré mes habitudes de vieux Parnassien, je suis assez disposé à entrer dans la voie des concessions. D'abord, il faut reconnaître que de très grands poètes — témoin Lamartine et Musset — ont fort bien su se passer de la consonne d'appui, et souvent ont rimé va-comme-je-te-pousse. On peut faire de très beaux vers avec des rimes quelconques. Le procédé est bien simple. Il suffit d'avoir du génie.

Mais je vais plus loin, et j'accorde que l'abus de la rime riche — et on en a beaucoup abusé — est fort dangereux. Entre les mains d'un artiste insuffisant, fût-il même un vrai poète, elle pousse aux chevilles, amène trop fréquemment le retour des mêmes mots, des mêmes images, et conseille de très coupables expédients au point de vue du

style et de la propriété des termes. Que celui qui
n'a jamais sacrifié à la rime riche le mot vrai, le
mot juste, le mot indispensable, veuille bien lever
la main ! Victor Hugo lui-même ne l'oserait pas.
Et moi, qui passe pour un rimeur assez débrouillard, je fourre, plein de repentir, mes deux mains
dans mes poches.

Oui, le cri de Verlaine a du bon :

Oh ! qui dira les torts de la rime ?

Mais le malheur, c'est qu'elle est, à elle toute
seule, presque toute la prosodie française. Et mal
rimer, quand on n'est pas absolument sûr de dire
des choses sublimes, me paraît grave. De plus, la
mode est maintenant aux vagues assonances, aux
lointains échos. Et alors je proteste. La vérité sur
cette question, la voici. Il ne suffit pas que la
rime soit riche, il faut encore qu'elle soit rare, in-
génieuse, originale, qu'elle détruise la monotonie
toujours menaçante, qu'elle donne une sensation
d'inattendu, et que le mot qui tombe à la fin du
vers soit — sinon toujours, du moins autant que
possible — le mot essentiel de ce vers.

Pas commode, direz-vous. Cela ressemble assez
à un tour de force. Eh bien, c'est celui que Victor
Hugo a exécuté quatre-vingt-dix-neuf fois sur
cent ! Car, en matière de rimes, il fut un virtuose,
ou, pour mieux dire, un magicien incomparable.
Et cela ne l'a pas du tout empêché — oh ! mais

pas du tout — d'être en même temps un des trois ou quatre plus grands poètes de l'humanité.

On me pardonnera si je me borne — devant son dernier livre, où il y a tant de pages admirables — à parler « métier ». S'il était encore parmi nous, il ne s'en offenserait pas, au contraire. J'ai eu le bonheur de connaître Victor Hugo, de l'entendre quelquefois disserter sur la technique de son art. Le plus humble de ses apprentis a bien le droit de rappeler que — génie à part — il fut un ouvrier extraordinaire.

Hélas! sa gloire — il serait puéril de le contester — subit, en ce moment, un temps d'arrêt. Il y a même contre lui, dans une partie du monde littéraire, un courant de malveillance on ne peut plus injuste. Il s'explique cependant.

Victor Hugo exerça, pendant toute son existence, mais surtout depuis l'exil, qui l'a tant grandi, une sorte de royauté intellectuelle; et les trop longs règnes fatiguent. Il était le premier, je dirais presque le seul. On aurait pu le comparer à l'un de ces arbres monstrueux à l'ombre desquels tout s'étiole et meurt. Par un consentement unanime et touchant, qui fait le plus grand honneur à la France, aucune voix discordante ne troubla le concert d'hommages qui berça, jusqu'à la fin, sa glorieuse vieillesse. On lui donna l'enivrante illusion — aucun poète, aucun artiste ne l'eut peut-être jamais — qu'il était entré vivant dans l'immortalité et que son œuvre demeurerait, dans l'admiration des hommes, tout entière et pour toujours.

C'était trop beau. Au lendemain des énormes funérailles, la réaction se produisit. Elle nia les plus éclatantes beautés, fut moins odieuse encore qu'inintelligente.

Eh! sans doute, il y a, dans l'œuvre de Victor Hugo, comme dans toutes les œuvres humaines, bien des choses qui doivent disparaître et périr. Tout monument, si solide et si majestueux qu'il soit, n'est qu'une ruine future. C'est le sort inévitable. L'*Iliade* est immortelle, mais nous savons depuis longtemps qu'Homère sommeille quelquefois. De la *Divine Comédie,* la plupart ne connaissent que le seul *Enfer,* ou n'en connaissent même que certains épisodes. *Roméo et Juliette* est le chef-d'œuvre des chefs-d'œuvre; mais convenez que, en dehors de l'apostrophe à l'épée et du fameux morceau de la reine Mab, Mercutio ne débite que des plaisanteries incompréhensibles, et avouez que le rôle de l'obscène nourrice est insupportable.

Critiques dédaigneux, qui le prenez de si haut avec l'auteur des *Contemplations,* de la *Légende des Siècles* et des *Misérables,* tout ce que je puis faire pour vous c'est de vous accorder que Victor Hugo subira l'outrage du temps, mais comme ses égaux, Homère, Dante et Shakespeare.

En attendant, son tombeau vient de se rouvrir encore une fois, et il en sort ce nouveau livre. A coup sûr, ce ne sera pas dans la deuxième série de *Toute la Lyre* que la main délicate de l'Anthologie choisira le plus de pages. Il n'importe, il y a encore, là dedans, certains vers que ni nous autres, les Parnassiens, ni les jeunes révolutionnaires qui nous succèdent, ne serions capables de torcher.

Cela dit, je demande humblement excuse pour ma fidélité au vieux Maître. Qu'on ne se moque pas trop de moi, et — comme échange de bons procédés — je promets de ne pas éclater de rire devant l'agitation qui se produira dans la presse le jour où l'on publiera les notes de blanchisseuse de Stendhal.

8 juin 1893.

Acteurs de Drame

———

L A mort de Lacressonnière n'a pas fait grande sensation, pas plus que n'en avait fait d'ailleurs celle de Dumaine, il y a quelques mois. A la troisième page des journaux, dans le « Courrier des Théâtres », un bout de nécrologie, une liste de quelques rôles, et tout est dit. La génération actuelle voit disparaître avec indifférence ces acteurs d'un genre démodé, qui furent pourtant fameux jadis et vécurent des heures glorieuses. Rien de plus mélancolique.

On songe — malgré l'irrévérence de la comparaison — aux derniers prêtres d'un culte aboli, à ces religieuses jansénistes, par exemple, les seules qui priassent encore devant un Christ aux bras levés, dans un coin du lycée Louis-le-Grand, et dont l'ordre a fini par s'éteindre, assez récemment, faute de recrues.

Ces pauvres acteurs de drame, qui meurent les uns après les autres, las de traîner une vieillesse presque toujours misérable, je les ai connus, quand j'étais jeune, dans toute leur splendeur, au boulevard du Crime. Je leur dois de bons moments. Je me rappelle qu'ils étaient de véritables artistes, remplis d'ardeur et de conviction, et c'est avec un serrement de cœur que je les vois finir pitoyablement dans la gêne et dans l'oubli.

Car j'avoue ma turpitude. Du temps que j'allais au théâtre, — la corvée de quatre ans de feuilleton m'en a fait radicalement perdre le goût, — j'étais de l'avis d'Alfred de Musset :

Vive le mélodrame où Margot a pleuré!

Et le *Courrier de Lyon* ou la *Closerie des Genêts* — voilez-vous, bustes des classiques ! — m'amusait plus à voir jouer que le *Misanthrope*.

Il y a — ou plutôt il y avait — en moi quelque chose du titi parisien, qui s'installe à la première banquette du « paradis », le menton sur ses bras croisés, bien avant qu'on ait haussé la rampe et que les violons se soient mis d'accord. Ce que je venais alors chercher au spectacle, c'étaient des coups de théâtre, des catastrophes surprenantes : avant tout, des émotions. Je n'apportais là aucune préoccupation littéraire, et le style emphatique ne me gênait pas, pourvu qu'on me servît de quoi frissonner et de quoi m'attendrir. Riez-en, mais il m'est arrivé d'avoir la chair de poule quand le traître en redingote à triple collet faisait craquer les planches sous ses bottes à cœur, tout en méditant son crime dans un ronflant monologue, et mes yeux se sont quelquefois mouillés — mon Dieu, oui! — quand le vertueux gentilhomme en ailes de pigeon reconnaissait sa propre fille dans la personne de la jeune servante injustement accusée d'avoir dérobé les couverts d'argent, et la pressait tendrement sur sa lévite cannelle.

Je savais bien déjà, parbleu! même à cette époque lointaine, qu'*Andromaque* et *Les Fausses confidences* étaient des morceaux autrement délicats. Mais je les réservais — et je les réserve encore aujourd'hui — pour le coin du feu. Les chefs-d'œuvre, selon moi, font partie du spectacle dans un fauteuil. Toujours, ou presque toujours, les comédiens me les gâtent, détruisent l'idéal que je m'étais fait des personnages. Le mélodrame — qu'on ne voit guère qu'une fois — a cela de bon, lui, qu'il est inédit, qu'il ne cherche qu'à vous donner quelques brutales secousses, et que les interprètes y sont, en général, supérieurs à l'ouvrage. Je l'ai beaucoup aimé.

Le malheur, c'est que, maintenant, je me suis affiné, — ou dépravé, comme il vous plaira, — que j'ai reconnu tout ce que le genre avait d'arbitraire et de ridicule, que l'enflure des phrases me donne envie de rire, et que le mélodrame est fini pour moi.

Encore un plaisir de moins! Me voilà bien avancé!

Oui, je regrette l'âge de naïveté où les plus grossiers artifices du théâtre me versaient un peu d'illusion, l'heureux temps où j'étais ce qu'on appelle un « bon public ».

Ce fut alors que je les applaudis, dans tout l'éclat de la jeunesse et du succès, ces acteurs de drame, aujourd'hui presque tous disparus. Car je ne vois plus que deux survivants, au moins parmi les protagonistes, Taillade et Paulin Ménier. Ils étaient tous, je le répète, de très remarquables artistes, avec des qualités qui me semblent se perdre de jour en jour : la chaleur, la véhémence, le sentiment du pittoresque, la puissance surtout.

J'ai admiré, à l'état de ruine, leur maître à tous, Frédérick Lemaître, et, bien qu'à bout de forces, édenté, presque aphone, lui seul m'a donné — j'ose le dire — la sensation du tragédien de génie et d'inspiration. J'ai vu Mélingue, dont le talent était plus artificiel, mais qui composait ses rôles avec tant de goût, les jouait d'un mouvement, d'une verve si entraînante, et s'y incarnait avec une telle maîtrise, que sa disparition a rendu simplement impossible la reprise de tout un répertoire. J'ai vu Laferrière, trop maquillé, presque grotesque au premier coup d'œil, jouant tous les rôles en bottes à glands et en collant gris, mais qui savait trouver encore, dans les scènes d'amour, des cris et des sanglots de passion comme je n'en ai plus entendu sur la scène. J'ai vu Bocage, le romantique, Rouvière, le shakespearien. J'ai vu Dumaine, beau comme un Dieu, — et svelte. Et je me rappelle encore ce pauvre Lacressonnière, de qui la mémoire défaillante et la diction empâtée nous faisaient peine, dans ces derniers temps, je me le rappelle, dis-je, sous les traits du plus gracieux et du plus élégant des jeunes premiers.

Tous ces artistes de mérite supérieur — excepté Mélingue, qui fit presque fortune, et Paulin Ménier, qui, m'assure-t-on, n'a pas besoin de courir le cachet — ont eu la tristesse, à la fin de leur carrière, d'assister à l'abandon du genre dramatique où ils excellaient, et ont connu les pires angoisses de la nécessité. Les grands théâtres leur fermaient ou, du moins, ne leur ouvraient plus que rarement leurs portes. Car, là où vibrait jadis la prose caverneuse des « mélos », les voix au vinaigre des divas d'opérette chantaient maintenant des couplets grivois, à moins qu'on n'exhi-

bât sous leurs maillots gelée de groseille les bataillons de cuisses de la féerie.

Pour gagner le pain quotidien, les malheureux
acteurs de drame durent courir la banlieue, la
province, où l'on tient encore son sérieux devant
la « croix de ma mère » et le « pont du torrent ».
Pas jeunes, fatigués, navrés, ils refirent toutes les
étapes de ce Roman Comique qui n'est drôle
que pour un cabotin de vingt ans, aimé de la
soubrette. Douloureux voyages!

Il y a deux ans, à Alger, devant trois douzaines
d'officiers et de basses cocottes, j'ai vu Dumaine,
Lacressonnière et Taillade — vieilles gloires du
boulevard du Temple! — jouer le *Juif-Errant*.
Ils partaient, le lendemain, pour Blidah, Médéah,
Sétif... Pauvres gens! Pourquoi pas pour l'oasis
de Tuggurt?...

Ce qu'il y eut de plus cruel dans leur décadence, c'est qu'elle se produisit en un temps où le
Comédien prend tous les jours plus d'importance
et de considération dans la vie sociale, où tous
les vieux préjugés sur son compte sont vaincus,
— même trop, — où le monologue ouvre le
faubourg Saint-Germain à un queue-rouge, où un
père-noble peut très bien être décoré à l'ancien-
neté, où nous avons vu un premier comique tu-
toyer un homme d'État et lui donner des con-
seils. Devant l'insolent triomphe de camarades
plus adroits, plus avisés, mais qui souvent ne les

valaient pas, quelle amertume ce dut être pour
les vétérans du drame d'aller chercher un cachet
de deux louis à Grenelle ou aux Batignolles!
Mais tout n'est qu'heur et malheur. Paulin Ménier, qui est un grand, un très grand comédien,
ne s'entendra jamais dire : « Monsieur le semai-
nier » ; et Taillade, qui a fait bien des fois planer
sur la foule la terreur tragique, se passera du
ruban rouge.

Quant aux autres, ils sont morts. Ne les plaignons plus. Mais donnons-leur un souvenir, car
c'étaient d'ardentes natures, en qui brûlait une
flamme que, pour ma part, je ne sens plus chez
les comédiens réalistes d'à présent, pour qui le
comble de l'art consiste à tourner le dos au public
et à fourrer leurs vraies mains dans leurs vraies
poches, ni chez les ingénues de nos théâtres
« chic », à qui je trouve l'air sérieux et raisonnable de petits chefs de bureau.

Ils sont morts, les vieux artistes, et comme ils
ont fait leur purgatoire sur terre dans ces dernières années, je ne doute pas qu'ils ne soient
allés tout droit au Paradis des acteurs, où leur
récompense est probablement de jouer, pendant
toute l'éternité, un très beau rôle, devant une
salle pleine, avec des tonnerres de bravos à chaque tirade. Saint Genest, tragédien et martyr,
leur bienheureux patron, a certainement décidé
saint Pierre à leur ouvrir la porte ; et, pour leur

rappeler les beaux soirs de la Gaîté et de la Porte-Saint-Martin au moment de la chute du rideau, le chœur des anges a dû les accueillir par ce cri prolongé :

« Tous!... Tous!... »

15 juin 1893.

Séverine

NTRE les innombrables articles que Séverine a improvisés depuis plusieurs années, — je crois bien que sa signature est parmi les quatre ou cinq qu'on retrouve le plus souvent dans les journaux, — elle a fait un choix qui formera trois volumes, et le premier, *Pages rouges*, a paru tout récemment. Plus de trois cents pages de petit texte, s'il vous plaît. Et c'est à peine la douzième partie de l'œuvre de Séverine! Et elle n'a commencé à publier qu'assez tard, après un long et sévère apprentissage! Voici déjà qui est admirable, convenez-en.

Qu'est-ce que tu chantes, toi, là-bas, le poète? Que les quatorze rimes du sonnet d'Arvers suffisent pour lui assurer l'immortalité. Et toi, le prosateur? Qu'un très mince roman, tel que, par exemple, *Adolphe,* rend, à lui seul, un nom glorieux pour toujours, sans doute. Et vous allez, l'un et l'autre, vous mettre à votre petit chef-d'œuvre. Bonne chance, mais méfiez-vous de la constipation. C'est une fâcheuse infirmité.

Je songe avec tristesse au travail d'horloger du pauvre grand Flaubert, limant, la loupe à l'œil, chaque mot, chaque virgule de son *Éducation sentimentale,* à ses semaines d'agonie sur chaque phrase, pour aboutir — il faut bien l'avouer — à un très beau livre, mais où manque le mouvement, le train du récit. Et après toute une journée de « pioche », il écrivait, de verve, en laissant courir la plume, une lettre de huit pages à un ami! Et c'était tout de même du Flaubert, et souvent du meilleur!

Je vous en prie, ne disons pas trop de mal de l'abondance. Accompagnée de tempérament et avec une forte discipline de style, elle est aussi un excellent moyen d'attraper la perfection. C'est par des bâcleurs de besogne qu'ont été écrits *Manon Lescaut* et *Robinson Crusoë.*

Gens de plume, mes amis, croyez-en l'ancien paresseux qui vous parle. Abattons le plus d'ouvrage possible, c'est encore le plus sûr. « Tuez toujours!... Jésus reconnaîtra les siens! » disait le légat du pape, au massacre de Béziers. Les bons catholiques, égorgés par erreur comme Albigeois, allaient droit au ciel. Ainsi les belles choses, même noyées dans un fatras, seront sauvées par la postérité.

Voici ces *Pages rouges*, n'est-ce pas? Je les ai lues d'abord, emporté par le torrent d'éloquence et d'émotion qui coule si naturellement, si copieusement, de la plume de Séverine. Car c'est là, bien sûr, son don supérieur, sa part de génie. Puis, j'ai rouvert le livre, aux endroits où j'avais senti le serrement à la gorge, la larme à l'œil, au chapitre des pauvres mineurs et des coups de grisou de Saint-Étienne, pour prendre un exemple, et j'ai reconnu que là où Séverine avait mis le plus de passion, elle avait aussi mis le plus d'art. Allez! elle n'y a pas songé. Elle a écrit cela sur une table d'auberge, en hâte, avec l'inquiétude de la poste, qui n'attend pas. Mais les mots brûlent le papier, la page flambe. C'est plein de chaleur et de vie! C'est superbe!

Parbleu! je sais bien qu'elle a eu un fameux maître, à la mémoire duquel elle garde, d'ailleurs, la plus touchante fidélité.

Nous nous sommes rencontrés, ce noir et féroce Vallès et moi, quand j'étais tout jeunet. Il m'a regardé par-dessus l'épaule. Un élégiaque, cela lui paraissait faiblot, au révolté. J'ai bien vu que je ne l'intéressais pas, et j'ai dit : « Tant pis! » car, dès lors, je le tenais pour un patron de premier numéro, en fait de prose française. Bien des années plus tard, à son retour d'exil, je l'ai revu, et il m'a souri, sous sa crinière blanche. Il avait compris, je crois, qu'il existait quelque parenté entre mes attendrissements et ses colères, que nous étions, tous les deux, en somme, du côté du petit monde. Et puis, j'avais travaillé, fait de mon mieux. Il m'en tenait compte. L'aristo, que je suis et que je resterai, malgré tout, est très fier d'avoir fini par plaire au vieux réfractaire.

C'est que — ne vous y trompez pas — il y a des morceaux de Vallès qui deviendront et resteront classiques. Or, voilà le père nourricier qu'a eu Séverine, et il ne l'a pas élevée au petit lait, je vous en réponds. Il lui a donné tout de suite le pain des forts, la moelle latine. C'est pourquoi elle peut griffonner un article sur son genou, en un quart d'heure, avec un crayon de reporter. Elle écrira bien, quand même. C'est plus fort qu'elle.

Mais je la vois d'ici qui fait la moue : « A quoi pense ce Coppée de m'adresser ses éloges litté- raires ? Me prendrait-il, par hasard, pour un bas-bleu ? »

Rassurez-vous, Séverine. Vous êtes beaucoup plus et beaucoup mieux qu'une femme de talent, — ce qui n'est déjà pas si méprisable, — vous êtes une femme d'un grand cœur. Et c'est pourquoi je vous aime, pourquoi je le dis autour de moi

depuis longtemps, et pourquoi je l'écris aujour-
d'hui avec tant de joie. Ne parlons pas politique,
voulez-vous ? J'imagine que je dois vous paraître,
à cet égard, bien « vieux jeu », bien ganache,
moi qui suis resté chauvin et tricolore. Et, quand
je vous dirais que je vous trouve un peu trop
« rouge » pour mon goût, et bien naïve de croire
à l'efficacité des violences révolutionnaires, et
bien téméraire de les approuver ou de les absoudre,
nous ne nous convaincrions ni l'un ni l'autre, et
nous ne serions pas plus avancés. Mais parlons
justice, mais parlons pitié. Sur ce terrain, nous
serons toujours d'accord.

Comme moi, j'en suis sûr, vous savez bien que
l'homme imparfait ne fondera pas de société parfaite, et que, selon la terrible et profonde parole
de Jésus : « il y aura toujours des pauvres parmi
nous. » Mais vous demandez comme moi — et
c'est possible, et il faut à tout prix l'obtenir —
que ces pauvres souffrent moins, que le despotisme
de l'argent soit moins écrasant, l'égoïsme des heureux moins sourd et moins aveugle. Vous haïssez
— moi aussi — tous les Pharisiens optimistes
qui, comme le Sganarelle du *Médecin malgré
lui*, quand ils ont bien bu et bien mangé, veulent
que tout le monde soit soûl à la maison. Vous
n'êtes dupe — ni moi non plus — d'aucun des
mensonges, d'aucune des hypocrisies officielles
qui permettent à notre vieux monde sans foi et

sans amour de vivoter chétivement. Et tout cela
vous inspire de pathétiques appels à la pitié, de
beaux cris d'indignation, sans oublier certaines
ironies gamines; car il y a aussi, dans votre talent, un amusant et joli coin de « blague » de
Paris. Et, tout en répandant en prodigue votre
esprit et votre cœur, vous faites du bien, beaucoup de bien.

Ah! Séverine, vous valez mieux que moi et
que mes pareils, qui ne sommes pas mauvais
pourtant, qui distribuons de bon cœur nos cha-
rités trop chiches, mais qui n'allons pas assez au-
devant du malheur, qui ne payons pas de notre
personne, qui sommes arrêtés trop souvent par
nos paresses de rêveurs et nos dégoûts d'aristo-
crates.

Vos *Pages rouges* vous montrent telle que vous
êtes, d'une ardeur infatigable, toujours prête,
quand on vous montre une infortune, à courir
vers elle, à toucher de vos lèvres son front douloureux, à panser de vos mains ses blessures à
vif. Et ce qu'il y a de plus touchant en vous, c'est
que tout malheur, quel qu'il soit, même coupable, vous est cher et sacré. Oh! comme votre
instinct de femme a raison quand il excuse le
pire criminel, du moment qu'il souffre. Hélas!
n'avons-nous pas tous, au fond de nous-mêmes,
ce sentiment secret que l'homme, n'étant pas
libre, est toujours innocent, et toujours par-

donné aux yeux de l'équité absolue? La justice
— ou du moins le triste et pénible effort que
nous faisons pour être justes — se trompe con-
stamment; la bonté ne se trompe jamais.

La vôtre est infaillible. Elle plane au-dessus de
tous les préjugés, a répudié tout esprit de secte
et de parti. A la bonne heure! Fi de l'aumône in-
téressée, qu'on ne donne que contre un billet de
confession ou après un signe maçonnique. Soyons
secourables à tous, même à nos ennemis. Le poète
Hégésippe Moreau, ayant tué un Suisse, en
juillet 1830, à l'attaque de la caserne Babylone,
eut horreur de lui-même et ne se pardonna
qu'après avoir entraîné et caché dans sa mansarde
un autre soldat. N'est-ce pas, Séverine, que c'est
là notre école? Si, quelque jour, éclate une Jac-
querie, — hélas! ce n'est pas impossible, — je
vous enverrai un bourgeois, un « proprio », pour
que vous le tiriez d'affaire; et, par contre, quand
viendront les représailles, — cela ne rate jamais,
— adressez-moi un « anarcho », que je le sauve.
Une singulière insurgée et un drôle de « réac »
que nous faisons à nous deux, pas vrai?

Bonne Séverine, accomplissez en paix votre
mission généreuse. Continuez à tendre vos mains
du côté du riche pour les vider ensuite dans celles
du pauvre. Et puisque, aujourd'hui comme
chaque jour, vous venez de les déganter encore,
ces fines mains de Parisienne, afin de les plonger

dans quelque misère, souffrez que le poète qui
vous admire les saisisse un moment au passage
et pose sur chacune d'elles un amical et respectueux baiser.

22 juin 1893.

Le Naufrage du « Victoria »

UN chien hurle, dans la rue. L'omnibus lui a écrasé la patte. Devant la pauvre bête, qui saigne et qui crie, la foule s'arrête, et le cœur de plus d'un passant bat de pitié.

Cependant, l'un de ceux qui, tout à l'heure, en présence de l'animal blessé, étaient le plus vivement émus, avaient presque les larmes aux yeux, entre au café, parcourt un journal, et, sous ce titre ronflant : « Une terrible catastrophe », il apprend, en quelques mots d'une sécheresse télégraphique, l'épouvantable drame qui vient de se passer en rade de Tripoli.

Un cuirassé de premier rang, une machine navale du dernier type, un admirable vaisseau de guerre, sur qui flottait le pavillon britannique et qui portait le nom de la Reine, le *Victoria*, a été « touché » — c'est le terme de la dépêche — par un autre navire de l'escadre, le *Camperdown*, et s'est perdu corps et biens. Plus de quatre cents marins ont péri, avec leur chef, leur amiral.

Sans doute, celui qui lit cette abominable nouvelle en est d'abord un peu troublé, se dit en lui-même : « Pauvres gens ! L'affreux malheur ! » Mais tous ces noyés, il ne les connaissait pas, il ne les a jamais vus. Ce sinistre a eu lieu là-bas, au diable. Le lecteur se calme assez vite. Il y a, dans le journal, en définitive, des choses qui l'intéressent plus directement. M. Carnot va mieux. Clémenceau n'est pas convaincu de haute trahison. Quel est le vainqueur de la dernière course de vélocipèdes ? Qu'un camarade survienne, et, sans plus songer au naufrage du *Victoria*, ce brave monsieur se passionnera pour une partie de jacquet ou de dominos.

Ce n'est pas qu'il ait le cœur dur. Il a été bouleversé tout à l'heure, quand il a vu le chien estropié se traîner en gémissant dans le ruisseau du faubourg. Mais l'accident se passait sous ses yeux, irritait ses nerfs, et l'a bien plus secoué — soyons franc — que la pensée de tant de familles en deuil, de tant de veuves, de tant d'orphelins. Et nous sommes tous comme lui. Ah ! elle ne va pas bien loin notre sensibilité !

Je me rappelle avoir lu naguère, dans les feuilles, qu'une tempête effroyable, comme il s'en produit encore assez souvent dans l'Océan Indien, avait détruit, englouti, fait absolument disparaître une île de je ne sais plus combien de milliers d'habitants. La chose était annoncée sommairement, en quatre ou cinq lignes. Les trente personnes que je rencontrai, ce jour-là, me demandèrent toutes si j'avais assisté, la veille, à la « première » de la Porte-Saint-Martin, et comment j'avais trouvé Sarah Bernhardt. Oh ! je sais bien, les victimes du cyclone étaient des Malais, des gens à peau couleur de safran. Mais tout de même !...

Quand on y réfléchit, cette indifférence pour les pires malheurs, pour les plus grands cataclysmes qui s'accomplissent loin de nous, est naturelle. En cela même, à un certain point de vue, l'homme fait acte de modestie, semble prouver qu'il a conscience du peu, du rien du tout qu'il est. Sans avoir lu l'introduction de la *Mécanique céleste,* de Laplace, et frémi devant l'abîme ouvert par la terrifiante hypothèse, sans savoir que, probablement, la poussière lumineuse qui flotte sur le firmament des nuits d'été représente des milliards de soleils entraînant tous dans leur course vertigineuse des planètes peuplées d'êtres vivants, nous avons l'instinct que la vie humaine, devant les lois mystérieuses qui régissent le

monde, est aussi vaine et éphémère que celle de
ces trombes de moucherons qui s'agitent et vivent
une heure, après une journée d'orage. Aussi,
malgré les exhortations des plus nobles penseurs,
l'amour de l'humanité, en tant qu'idée générale,
reste-t-il, chez la plupart d'entre nous, froid et
abstrait. Il nous faut voir ou imaginer très forte-
ment la douleur et la mort pour en être émus, et
nous sommes à peine remués par le récit tout sec
de lointaines hécatombes. La guerre — encore
récente — entre le Chili et le Pérou fut atroce.
L'Europe n'y prit aucun intérêt. Qu'un nouveau
Gengis-Khan descende du Plateau-Central avec
des nuées de cavaliers et passe au fil de l'épée la
population du Nord de la Chine, il en sera à peine
question sur le boulevard, à l'heure de l'absinthe,
et la Bourse ne baissera pas de cinq centimes
pour si peu de chose.

Tout cela est dans l'ordre, mais ce n'est pas
beau.

Je ne prétends pas être meilleur que tant d'autres. Pourtant, ce naufrage du *Victoria* me serre
le cœur et m'inspire de sinistres réflexions.

Ainsi, voilà ce qu'il faut seulement pour
l'anéantir, ce Léviathan des mers, qui a coûté
tant de travail et d'or, et qui porte dans ses flancs
tant d'existences d'hommes. Un choc, et le don-
jon flottant se brise et coule à pic.

Il y a une douzaine d'années, me trouvant à

Ajaccio, j'eus l'honneur de causer avec l'amiral
Krantz, devant la rade où l'escadre cuirassée était
au mouillage. Je n'oublierai jamais le ton inquiet
et mélancolique du vieux marin en me parlant
des navires qu'il commandait et qui étaient là,
devant nous, sombres, massifs, trapus, pour ainsi
dire, avec leurs mâtures tronquées et leurs doubles
et énormes cheminées.

« Oui, murmurait l'amiral en regardant le
Colbert, où il avait mis son pavillon, c'est tout
en métal, en acier; mais c'est fragile comme du
verre. J'ai l'air de conduire en mer des forteresses,
mais je sais bien que ces machines-là sont aussi
délicates que des pièces d'horlogerie... Ah! je
n'ai souci que des abordages! »

Il disait vrai, le vieux chef, et la perte du *Vic-*
toria lui donne cruellement raison. On frémit en
songeant à ce que sera la future guerre navale.
C'était déjà terrible, autrefois, quand Magon se faisait sauter, à Trafalgar, avec l'*Algésiras,* ou, dans
les coups d'audace à la Surcouf, quand les cor-
saires, les Frères-la-Côte, agiles et féroces comme
des tigres, sautaient sur le pont du navire abordé,
deux haches aux deux poings et le sabre entre
les dents. Mais ces horreurs seront encore dépas-
sées, alors que les monstres noirs se courront l'un
sur l'autre, à toute vapeur, « machine en avant! »
et se crèveront le ventre d'un seul coup d'éperon.

Et qu'on ne vienne pas nous répéter que la

perspective de tels massacres fera hésiter les plus
enragés à se combattre, que le perfectionnement
des machines à tuer est une garantie de la paix,
et que la science aura le dernier mot. Hélas! on
nous l'a redit, ce vieux paradoxe, à chaque progrès dans l'armement, à chaque nouvelle invention pour répandre plus de sang. Soit, on recu-
lera, pendant quelque temps, peut-être, devant
le carnage. Les guerres seront moins nombreuses,
plus rapides. Qu'importe, si elles sont plus meur-
trières? Qu'importe aussi qu'elles soient politiques ou sociales, qu'on se batte pour des idées ou
pour des intérêts? Ce sera toujours la guerre. Cet
affreux de Maistre — il n'y a que les fanatiques
pour oser blasphémer ainsi — a prétendu qu'elle
était d'institution divine. Bornons-nous à constater qu'elle est naturelle et fatale, que, tant qu'il
y aura des hommes, il y aura des ennemis, et que
le mythe de Caïn et d'Abel, qui se perd dans la
nuit des temps, semble fait pour nos contemporains, reste toujours neuf.

Oui, l'on en fera l'essai, et plus sérieusement
que dans les manœuvres d'escadre, l'on en fera
l'essai, pour de bon, de ces gigantesques et informes cuirassés, dont nous osons à peine, aujourd'hui, calculer la puissance de destruction.
Et, quand nous apprendrons qu'un de nos vais-
seaux a éventré le vaisseau ennemi, versant en
quelques minutes à la mer l'état-major et l'équi-

page, — chose navrante, — nous n'aurons même pas le mouvement de pitié que nous met au cœur la catastrophe du *Victoria*. Au contraire, nous saluerons le tragique événement par des cris de joie et des salves triomphales, nous pavoiserons et nous illuminerons nos cités !

J'écris ces dures vérités, et là, tout près de moi, je vois, par la fenêtre ouverte, le clair de lune qui répand son rêve bleu sur la pelouse et les arbres du parc. Quel cauchemar que cette guerre future ! Je veux l'oublier. La nuit sereine m'attire. Je me murmure le vers de Lamartine :

Mais la nature est là qui t'appelle et qui t'aime.

Et pourtant, hum ! la nature ! Est-elle vraiment si maternelle ? Que de férocités sous ses décevantes caresses !

Étoiles, inquiétantes étoiles qui palpitez dans le ciel, est-il une seule d'entre vous où des êtres animés n'ont pas pour fonction et pour hideux devoir de s'entre-dévorer, et où ne triomphe point, comme ici-bas, l'exécrable droit du plus fort ?

29 juin 1893.

Candidat ?

ON confrère de l'*Événement*, M. Jean Bernard, m'a adressé, ces jours derniers, la circulaire que voici :

« Dans une lettre publiée, M. Émile Zola a déclaré qu'il se présenterait à la députation quand son œuvre des *Rougon* serait achevée. M. Jean Aicard, au contraire, a refusé la candidature que lui offrait la ville de Toulon. Toute question de personnes mise à part, que pensez-vous de l'entrée des hommes de lettres dans la politique ? — Si l'on vous offrait une candidature aux prochaines élections, accepteriez-vous ? »

Je réponds, en ce qui me concerne, non, non, non, et mille fois non.

Par modestie, en premier lieu. J'ai beau me
fouiller, je cherche vainement dans mes poches
un projet de Constitution, que dis-je ? un brouil-
lon, une note de rien du tout sur une loi quelconque. Je sais bien que je suis une exception,
mais c'est ainsi. Je ne me sens pas du tout capable d'assurer le bonheur de la France. Il y a
dans tous les cafés, et même chez tous les marchands de vin, une foule de gens persuadés que
c'est la chose la plus simple du monde, et qu'il
suffirait pour cela de s'adresser à eux. Je ne dis
pas le contraire, mais je n'ai pas une telle confiance en moi.

J'irai plus loin. Je me méfie un peu de ceux qui
équilibrent le budget devant un picon-curaçao,
ou qui résolvent la question sociale en faisant
une partie de tourniquet sur le comptoir, bien
que l'expérience m'ait démontré que dans tout
orateur de brasserie et dans tout beau parleur de
cabaret il y a l'étoffe d'un député ou d'un conseiller municipal. Et, pour qu'on ne m'accuse pas
de dédaigner la démocratie, je me hâte d'ajouter
que, dans de riches salons où les hommes avaient
des cravates plus blanches que les glaciers des
Alpes et où les dames étaient décolletées que c'en
était indécent, j'ai entendu débiter autant de sot-
tises politiques qu'on en rabâche dans la bohème
et dans le « populo ».

Comme c'est drôle, tout de même ! Voilà un

habitué d'estaminet, qui a le plus grand tort de ne pas se coucher de bonne heure et d'entretenir sa pituite à force de bocks; voilà un ouvrier pochard, pour qui la sagesse consisterait à ne pas faire le lundi et à rapporter sa quinzaine intacte à sa famille; voilà, si vous aimez mieux, un oisif, un homme du monde, qui ferait bien mieux de ne pas se ruiner en chevaux et en cocottes, et de renoncer au crottin et à la parfumerie. Eh bien, mettez la conversation sur les affaires publiques, devant un de ces gaillards-là, qui savent si mal conduire leur vie, et vous pouvez être sûr qu'il vous proposera tout de suite un moyen infaillible d'arranger les affaires du pays!

Pour ma part, je n'en ai aucun. Je n'y entends rien, je me récuse. Depuis que j'ai l'âge de raison, les pédants m'affirment que la politique est une science. Pas une science exacte, dans tous les cas. Mais soit. Va pour une science! Eh bien, je ne l'ai pas étudiée, et je suis trop vieux pour m'y mettre!

Donc — pour accepter un instant la supposition très invraisemblable de mon confrère Jean Bernard — si l'on m'offrait demain une candidature, je la repousserais, en protestant de mon indignité.

Attention! Ne me croyez pas si modeste, pourtant. Je suis allé deux ou trois fois au Palais-Bourbon, et, devant cette réunion tumultueuse, j'ai eu l'impression d'une classe mal tenue par un pion sans autorité. Je refuse donc d'aller, sur ces gradins, user mes fonds de pantalons comme un vieux potache, parce qu'il me semble que j'ai mieux à faire.

Ce n'est pas grand'chose, à coup sûr, qu'un poète, dans la société moderne, et sans doute je n'ai que de bien faibles droits à ce titre. Mais, lors même qu'il n'y aurait, dans les nombreux, trop nombreux poèmes que j'ai écrits, qu'une unique et toute petite pièce dont la lecture exaltât l'imagination d'un jeune homme ou fît rêver une grisette, je considérerais cette seule goutte de vraie poésie, extraite de mon cœur, comme une œuvre plus précieuse et plus essentielle que le plus éloquent discours de tribune, entraînant le vote d'une loi capitale ou décidant d'un grand événement. De bonne foi, quel poète n'aimerait pas mieux laisser après soi le sonnet d'Arvers ou le *Vase brisé,* que d'avoir prononcé toutes les harangues de Mirabeau?

Et, sans même parler des vers, — des vers sacrés! — est-ce que, dans ces chroniques, dans ces pages improvisées où je laisse courir ma fantaisie, est-ce que je n'ai pas une joie qui est refusée à tous les hommes politiques : celle de parler à ma guise, celle de dire ma pensée, toute ma pensée, pure et sincère? Le pourrais-je, voyons, si j'allais ramer dans la galère parlementaire?

N'aurais-je pas à ménager mes électeurs, les gens de mon parti? Ne serais-je pas forcé d'adopter ce langage hypocrite où l'on donne de l'honorable à un collègue qu'on méprise? Tandis que, la plume à la main, j'ai le droit d'être vraiment de mon avis, et d'en changer, si je reconnais que j'ai tort, sans qu'on puisse m'accuser de le faire par calcul. Je ne dis pas qu'il n'y ait point à la Chambre quelques hommes de franchise et de désintéressement. Mais comptez-les sur vos doigts. Vous n'aurez même pas besoin d'ouvrir les deux mains.

Plus je songe à cette hypothèse d'une entrée dans la vie publique, que je repoussais d'abord par un trop poli: « Excusez-moi », plus j'ai envie maintenant de m'écrier: « Fi donc! »

Quant à ceux de mes confrères qui veulent se jeter dans le gâchis parlementaire, je leur souhaite bonne chance, mais je crois qu'ils vont au-devant de bien des amertumes et de bien des déceptions. J'ai, d'ailleurs, comme une idée que les plus fameux ne seront pas élus. On peut, à cet égard, avoir confiance dans le suffrage universel, qui ne perdra pas cette occasion d'affirmer une fois de plus son goût pour les médiocres. A-t-il jamais choisi les premiers dans leur art ou dans leur profession, qui, généralement, sont fiers, et à qui, tout au moins, il eût fallu faire un signe? La Chambre est pleine de Bovary et d'avocaillons de province, mais on n'y voit aucune des illustrations de la médecine et du barreau. Il en sera de même pour les écrivains. Leconte de Lisle n'est même pas sénateur; et si Zola se présente, il échouera comme a échoué Renan. Mais, bah! je suis tranquille! Zola est un sage, au fond; il est surtout un admirable bourreau de travail, qui nous doit son roman par an. Ce caprice lui passera d'aller pérorer devant un verre d'eau sucrée; et puisque les questions sociales le passionnent, eh bien, qu'il nous donne un autre *Assommoir* ou un nouveau *Germinal!*

Pour moi, je le répète, mon papier hebdomadaire me suffit. Pardieu, je continuerai à y dire mon petit mot, et sans me gêner, sur les choses et les hommes publics; mais je le ferai avec une entière indépendance, et c'est cela qui est bon, de sentir que rien ne vous attache et qu'on est libre comme le vent!

Si j'étais député, bon Dieu! mais est-ce que je n'aurais pas été forcé, comme l'ont fait, hélas! de très honnêtes gens, par tenue, par esprit de corps, par discipline de parti, de ravaler mon haut-le-cœur devant les dégoûtations du Panama? Est-ce que j'aurais pu saluer, à l'occasion, le drapeau d'Austerlitz, sans qu'on m'accusât de conspirer pour le prince Victor et d'ambitionner, pour plus tard, un titre de chambellan, avec une clef dans le dos? Je n'ai pourtant pas une tête à ça.

15

Non, non, je n'irai pas grossir cette bande de parlementaires, qui m'ont tout l'air d'être pourris jusqu'aux moelles et qui ont singulièrement accéléré, depuis vingt ans, la décadence de mon malheureux pays. Moi, député! Non, mais me voyez-vous me vautrant dans « le sein de la commission » et « quillant » sur les ministres comme sur les poupées du jeu de massacre, à la foire de Neuilly? Moi qui, malgré l'usure de la vie, ai gardé dans le cœur quelques bonnes tendresses et quelques généreuses colères, moi qui suis resté un patriote naïf, j'irais me noyer dans les torrents de la salive politique, me confondre dans la tourbe de ces bavards et de ces imposteurs? Allons donc! Jamais de la vie!

J'aime mieux ma plume, ô gué!

6 juillet 1893.

Un peu d'Histoire

contemporaine

———

Voici les émeutes finies, en attendant la grève générale ou quelque autre divertissement de même nature. Ah! elle nous accable de ses bienfaits, la République parlementaire!

Récapitulons un peu, par curiosité.

D'abord, c'est la chute ignominieuse de l'austère Grévy, reconnu publiquement pour un fessemathieu entouré de fripons. Admirons ici la logique et la bonne foi des politiciens. Ils le poussèrent hors de l'Élysée, on peut le dire, par les épaules. Et pourtant, très peu d'années après, aucun d'eux ne s'est étonné qu'on élevât à ce

triste personnage un monument où il est représenté avec la France à ses pieds, qui lui offre un
drapeau. La France aux pieds de Grévy ! C'est à
faire dresser les cheveux sur la tête ! Je sais bien
qu'on a inauguré le bronze, tout là-bas, à Mont-
sous-Vaudrey, sans tambour ni trompette, hon-
teusement. La chose n'en est que plus odieuse et
plus ridicule. On imagine un sergent-major qui
aurait mangé la grenouille et à qui son colonel
donnerait tout de même la croix d'honneur, mais
en cachette, dans les cabinets d'aisance, par
exemple.

Donc le vieux ladre tombe du pouvoir, et, tout
de suite, avec le tact qui les caractérise, les parlementaires pensent à lui donner pour successeur
un certain Jules Ferry, dont le nez — on ne sait
plus au juste pourquoi — déplaisait alors à beaucoup de gens. Il y eut émotion populaire, et les
membres du Congrès, en revenant de Versailles,
auraient sans doute passé un mauvais quart
d'heure si, par prudence, ils ne s'étaient hâtés
d'élire un autre président.

M. Carnot, qui n'y songeait mie, fut choisi
moins pour sa réputation de probité qu'à cause
du nom illustre qu'il portait. Car c'est effrayant
ce que nous sommes restés dynastiques, nous
autres démocrates à tous crins.

Quant à Jules Ferry, plus volontiers désigné,
à cette époque, sous le nom de l' « immonde

Ferry », — encore une fois, je ne m'expliquerai jamais comment ce grand garçon-là, qui a fermé tant de couvents et ouvert tant d'écoles, comptait de si acharnés ennemis parmi les républicains, — quant à ce Jules Ferry, sa mort récente a été l'objet d'un deuil officiel où furent répandues beaucoup de larmes crocodiliques, et l'on va, très prochainement, couler dans l'immortel airain ses favoris peu décoratifs.

L'opinion publique est, en vérité, bien déconcertante.

Lorsque le petit-fils du grand Carnot ceignit la tiare, beaucoup de tribuns de mastroquet auraient volontiers parié deux bouteilles de « cacheté » contre une simple chopine qu'il n'en avait pas pour longtemps. Car déjà le Cheval Noir avait caracolé, le refrain de Paulus mettait en train « l'orgue et le chœur des faubourgs », et la France — elle est très capable de recommencer — entrait en folie pour un beau soldat.

Qu'était-il, au fond, ce « brav' général » ? Pas même un tempérament d'ambitieux, une nature de chef. Mais un joli « iétenant », voulant avancer, pardieu! comme tous les militaires, surpris d'ailleurs par sa fortune et ayant hâte d'en jouir. Le chef du parti radical — un Machiavel en qui il y a du Jocrisse — avait pris soin lui-même de lancer cet enfant terrible. Mais, quand le suffrage universel — qui est infaillible, comme on sait —

se mit en mesure de bombarder Boulanger dictateur, le monde politique se retourna tout entier
contre sa créature.

L'homme s'enfuit, piteusement; la girouette
de l'opinion tourna, une fois de plus; et l'on
trouva des juges — on en trouvera toujours, et
pour tout ce qu'on voudra — qui condamnèrent,
comme conspirateur, ce malheureux, grisé par les
acclamations, et qui n'avait eu, pour séduire le
pays, qu'à se promener en calèche avec un œillet
rouge à sa boutonnière.

Il y eut alors, pour le parlementarisme, une
heure de triomphe et d'ivresse, avec danse du
ventre au pied de la Tour Eiffel. Une heure seulement. Car, bientôt, la banqueroute du Panama
soulageait d'un milliard et demi tous les bas de
laine de France et de Navarre; les grèves étaient,
pour ainsi dire, en permanence; d'anciens révolutionnaires faisaient massacrer à Fourmies, pour
le triomphe de l'ordre, des femmes et des enfants; le Premier Mai établissait sa menace pério-
dique; enfin, le suave Ravachol, en faisant sauter
quelques maisons, enseignait aux compagnons
anarchistes les vertus de la dynamite et la manière de s'en servir.

N'importe! De ces quelques désagréments on
se consolait en chantant l'hymne russe, — ne vous
y fiez pas trop, à cette musique-là! — lorsque,
l'hiver dernier, le cadavre du Panama revint sur

l'eau et qu'éclatèrent les horribles scandales que vous savez.

Oh! j'en conviens, aucun pouvoir personnel n'y eût résisté; et c'est ici qu'on juge la force de ce gouvernement anonyme où personne, en définitive, n'est responsable, mais qu'on en découvre aussi le vice radical, la profonde immoralité.

Il fallut du temps et de la peine; il fallut surtout commettre bien des iniquités et bien des turpitudes pour les étouffer, ces scandales sans précédents, mais enfin on les étouffa. Un seul coupable fut condamné parmi les politiciens, un niais qui avait fait des aveux. Quant aux autres concussionnaires, qui, au moment de la Haute-Cour, la bouche encore mal essuyée du dernier pot-de-vin, reprochaient à ce pauvre diable de Boulanger le prix de ses cigares, il y eut des juges — toujours des juges! — pour les tirer d'affaire; et ces excellents chéquards, qui n'ont pas restitué un sol, demeurèrent des candidats très présentables pour les prochaines élections.

Il n'était plus question que d'elles, et il s'agissait seulement de savoir qui les « ferait ». Car cela ne se cache plus, maintenant, cela s'avoue : on « fait » les élections comme on « ferait » le mouchoir. Tout s'annonçait à merveille. La nomination de M. Wilson était assurée dans Indre-et-Loire; et il en était de même pour un grand

nombre de députés panamistes. Mais patatras!...
Voilà ces émeutes inattendues qui viennent tout
gâter.

A vrai dire, elles sont imbéciles.

Que penser de cette jeunesse des Écoles qui,
lorsque l'honneur national était compromis, n'a
pas manifesté le moindre émoi, et qui fait du ta-
page quand elle se croit gênée — oh! à peine —
dans le moins avouable de ses plaisirs? Que dire
de ce premier ministre, ancien universitaire, qui,
emporté par ses habitudes de jadis : « cinq cents
vers à toute la classe! » permet de lâcher, sur un
tumulte d'écoliers assez inoffensifs après tout, les
pires dogues de la police? Et voilà un cadavre!
Voilà Paris qui s'agite, les bas-fonds qui fermen-
tent, des incendies, la foule sabrée, presque l'état
de siège! Pourquoi?

Et admirez encore, je vous prie, cette Chambre
agonisante — la Chambre du Panama! — qui
applaudit, en ce moment tragique, à la disper-
sion de ces syndicats d'ouvriers qu'elle a auto-
risés, à la fermeture de cette Bourse du Travail
qui s'est ouverte sous son regard protecteur;
admirez ces farceurs qui, par lâcheté, envoient
promener tous les principes. Ce serait pour
mettre Paris à feu et à sang, si, par bonheur, les
révolutionnaires n'étaient pas plus sages qu'ils
ne le prétendent et n'avaient pas à leur disposition leurs vieux clichés : « Du calme! Ne tom-

bons pas dans le piège qu'on nous tend, etc. »,
pour dissimuler la peur excusable qu'ils ont des
coups.

N'oublions pas non plus ces excellents magis-
trats, devant qui l'on traîne des malheureux, le
nez cassé ou la tête fendue par les argousins, et
qui leur distribuent, par-dessus le marché, des
amendes et des journées de prison, avec l'air dé-
taché d'un joueur de whist en train de servir les
cartes.

Voilà pourtant où nous en sommes! Voilà le
bilan de ces dernières années, où a fonctionné si
victorieusement le fameux « jeu pacifique et ré-
gulier des institutions ». Que de sottise! Que de
malhonnêteté! Que d'injustice! Que d'incohé-
rence!... Et quel avenir!...

Un optimiste m'interrompt :

« Au moins, ils ont toujours voté sans discussion le budget de la guerre. »

Mille tonnerres! Il n'aurait plus manqué que
cela! La haute trahison, alors ?...

Non, non! Il est impossible à un bon citoyen de
n'avoir pas la bouche pleine de bile en songeant
à ce que ces gens-là nous ont fait de la France...
Tenez! l'autre jour, dans le village où je passe
l'été, je vis sur une muraille une vieille affiche
déchirée par le vent, éclaboussée par le passage
des charrettes. Je m'approchai. C'était un exemplaire du discours de M. Cavaignac, dont la

Chambre, dans une heure d'entraînement qu'elle regretta bien vite, vota naguère l'affichage. Si souillé que fût le papier, on y pouvait lire encore quelques phrases, où il était parlé — hélas ! comme toujours — de patriotisme, d'honneur, de probité.

Cette loque m'est apparue comme un symbole du mensonge parlementaire. — De grands mots couverts de boue !

11 juillet 1893.

Fêtes d'autrefois

ANS être vieux comme Mathusalem, j'en ai vu déjà pas mal, des fêtes nationales, des réjouissances publiques; mais j'attends encore le bon roi — oh! pas un roi constitutionnel! non, un vrai roi, comme dans les jeux de cartes et dans les drames de Shakespeare, avec une couronne sur la tête et un manteau rouge sur les épaules — qui fera pousser des saucissons sur les arbres des promenades et changera en vin l'eau des fontaines.

Les Républiques elles-mêmes sont incapables d'accomplir ce miracle. Le petit monde est toujours à peu près aussi misérable, sous tous les gouvernements. Par bonheur, son âme est enfan-

tine. Qu'on lui donne un jour de congé, qu'on
lui laisse tirer quelques pétards : le voilà content.
Je n'étais pas à Paris vendredi dernier et je ne sais
comment les choses se sont passées. Mais, malgré
le deuil décrété par des politiciens qui, s'ils étaient
au pouvoir, n'hésiteraient pas à lancer les bri-
gades centrales sur la moindre émeute, je suis sûr
que les recettes des marchands de vins n'ont pas
été mauvaises et qu'il y a eu tout de même, dans
bien des carrefours, des hommes en chapeau de
paille et des femmes en robe claire qui pinçaient
leur petit quadrille. Et ce n'est pas moi qui les
blâmerai, les pauvres gens !

Oui, j'en ai vu beaucoup, de ces fêtes-là, et je
ne crois pas que leur plus ou moins d'entrain
signifie grand'chose au point de vue politique.
Elles réussissent quand il fait beau temps, et voilà
tout. Les dithyrambes à la glace que publient le
lendemain les journalistes officieux m'ont toujours paru stupides. Si on prenait au mot ces
gens-là, la popularité du gouvernement dépen-
drait d'une averse.

L'après-midi fut claire et pure, le 1er mai 1847,
jour de la Saint-Philippe. C'est du plus loin qu'il
m'en souvienne. J'avais cinq ans. Je me revois
très distinctement à califourchon sur les épaules
de mon brave père, dans le jardin des Tuileries,
devant le château. Or, il faut vous dire que mon
père était violemment légitimiste. Mais on a beau

attendre le retour de Henri V, ce n'est pas une raison suffisante, allons! pour ne pas mener son petit garçon, son fils unique, à la fête de l'usurpateur. Voici pourquoi j'étais, ce jour-là, à cheval sur le dos du pauvre homme.

A un moment donné, un vieux monsieur et une vieille dame parurent sur le balcon central du château; et le vieux monsieur avait un pantalon blanc et le cordon rouge sur son habit, comme M. Carnot. Et la foule se mit à l'applaudir et à crier : « Vive le roi! » Oui, je me rappelle très bien : « Vive le roi! » Et la musique jouait la *Parisienne*. Par exemple, j'ai assez mal vu, malgré mon poste élevé, parce que nous avions devant nous les bonnets à poil des grenadiers de la garde nationale.

Eh bien, soyez certains que, le lendemain, les feuilles dynastiques ont parlé d'enthousiasme populaire et de foule enivrée, sans tenir compte de ce papa henriquinquiste qui n'était venu là que pour distraire son gamin, et de tant d'autres badauds! Voilà comme les gouvernements se font des illusions. Moins d'un an après, le vieux monsieur au cordon rouge était forcé de s'enfuir dans un fiacre.

Comme, dans ce temps-là, je portais encore une culotte fendue par derrière, avec un bout de chemise qui pendait, vous pensez bien que la chute de Louis-Philippe me laissa indifférent, et

que je ne cherchai pas à m'en expliquer les causes.
Mais, assez récemment, quand M. Thureau-Dangin
se présenta à l'Académie et me fit hommage de
ses in-octavo, je me souvins de ce roi, que j'avais
vu, dans mon enfance, saluer son peuple qui l'ac-
clamait, et je voulus savoir pourquoi on l'avait
détrôné.

En vérité, l'événement reste d'abord assez
inexplicable. Le prince était sage, et son règne
fut pacifique et prospère. Mais Lamartine a dit le
fin mot. La France s'ennuyait. Rien de plus vide
et de plus monotone que ces dix-huit ans d'histoire uniquement remplis par la mesquine rivalité
de deux hommes, Thiers et Guizot, qui, au fond,
étaient du même avis et voulaient les mêmes
choses. Telles étaient déjà les beautés du régime
parlementaire. En résumé, l'époque ressemble
beaucoup à la nôtre : elle est aussi médiocre et
aussi plate.

Des fêtes nationales de 1848, je n'ai que des
souvenirs confus et pleins de lacunes. Je n'avais
que six ans, songez donc !

Pourtant, j'ai assisté, toujours en culotte fendue, à la plantation d'un Arbre de la Liberté,
au coin de la rue de Babylone et de la rue Vaneau, mes parents logeant près de là. La révolution était à ses débuts, dans sa période sentimentale, attendrie, religieuse même. Je vois encore
briller, parmi les baïonnettes, la croix d'argent

portée devant le curé des Missions, qui venait, suivi de tous ses prêtres, afin de bénir le peuplier. La marraine était une belle fille, nommée Julia l'Écaillère, qui ouvrait des huîtres sur le seuil du cabaret voisin et qui ne passait point pour un dragon de vertu. Après le départ du clergé, paraît-il, on ribota. Mais l'eau du bénitier ni le vin des litres ne portèrent bonheur à l'arbre symbolique, l'un des rares qui furent plantés dans le faubourg Saint-Germain. Ce sol aristocratique lui était contraire. Il y dépérit rapidement et mourut.

Puis j'évoque le long défilé des « Quinze Août ».

On nous raconte, à présent, que, ce jour-là, le deuil de la liberté désolait tous les cœurs, et que, dans les rues mornes et désertes, brûlaient seuls les lampions officiels. Je veux bien; mais les « Quinze Août » de mon adolescence et de ma jeunesse ne m'ont pas laissé une impression si lugubre. C'est peut-être l'heureux effet de l'âge que j'avais alors; mais il me semble encore aujourd'hui que la revue des troupes de la garnison de Paris n'était ni moins brillante, ni moins bien ordonnée que notre revue actuelle, et même je constate que nos soldats portaient, sous le tyran, de bien plus beaux uniformes. « On garde toujours un peu — disait spirituellement Delphine de Girardin — l'opinion politique du temps où

l'on était jolie femme. » Je n'ai jamais été joli
garçon, mais j'étais un très jeune coquebin, faci-
lement amusable, lorsque j'allais au Champ de
Mars, le soir de la Saint-Napoléon, voir tirer le
feu d'artifice; et ma coupable insouciance ne
s'est pas aperçue, sans doute, que cette foule, qui
poussait des « ah » prolongés devant les chandelles romaines, ne pensait, dans le fond du fin
fond, qu'au Deux Décembre.

Quant aux « Quinze Août » de la fin du règne,
où la joie publique allait toujours en se refroi-
dissant, il est vrai, et qui ressemblèrent assez aux
« Quatorze Juillet » de ces dernières années, je
les ai fuis autant que j'ai pu. Modeste employé, je
profitais de ce jour de congé, je l'avoue, pour
courir un peu les champs avec ma « connaissance ». Oh! l'orgie était modeste. L'argent des
appointements était déjà loin, le 15 du mois.
Mais j'avais une grosse montre d'argent sur
laquelle le Mont-de-Piété prêtait trois pièces de
cent sous. Ce n'était pas trop, mais c'était assez
pour aller dîner à Vélizy, sous cette tonnelle où il
tombait des araignées dans le potage.

Elle n'était ni bien jolie, ni bien tendre, la
blonde qui s'attablait là, sous la vigne vierge,
devant une omelette aux champignons; et, à présent que je me rappelle certains détails, elle ne
devait pas non plus être bien fidèle. Mais j'avais
vingt-cinq ans et bon appétit à tous les égards.

Cuisine au beurre rance, reglinglet à faire sauter les chèvres, serments de grisette, j'avalais et je digérais tout. Ne le dites à personne; mais, comme le vieux sculpteur Caoudal, dans la *Sapho* de Daudet, je troquerais de bon cœur la rosette rouge, l'habit à palmes vertes, et tout le tremblement, contre un de mes « Quinze Août » du second Empire, avec dînette à Vélizy, quand j'avais encore d'assez bonnes dents pour casser des noisettes, quand on ne me donnait pas du « cher Maître » et qu'on m'appelait tout populairement « mon trésor »... Dieu de Dieu! que c'est bête de vieillir!

Je me remémorais cet heureux temps, vendredi dernier, en battant les jolis bois de La Grange et en m'amusant à couper, à grands coups de canne, les hautes tiges des carottes sauvages qui poussent entre les ornières. Parfois, je rencontrais un couple d'amoureux dans l'étroit chemin de forêt. En m'apercevant de loin, ils se désenlaçaient bien vite et prenaient, pour passer à côté de moi, un petit air sérieux et convenable à mourir de rire.

Vous aviez bien tort, mes enfants, de vous gêner pour le promeneur solitaire rencontré dans les bois. S'il avait vos vingt ans, c'est comme vous qu'il célébrerait les jours de fête publique. Car le chant du merle lui plaît mieux que la *Marseillaise*, et aux fusées d'or jetant dans le ciel noir

leurs gerbes de rubis et de saphirs il préférerait
encore, le vieux fou qu'il est, les yeux rêveurs
d'une bien-aimée, assise près de lui au bord
du chemin nocturne et regardant les calmes
étoiles.

20 juillet 1893.

Distributions de Prix

Voici venir le temps des distributions de prix, et, dans les harangues qu'on y prononcera, les clichés rassurants vont pleuvoir à verse et l'optimisme va couler à pleins bords. Déjà les couronnes de papier et d'innombrables volumes très mal reliés sont prêts pour la circonstance. Dans chaque lycée, un normalien, récemment sorti de l'école, soigne son exorde et fignole sa péroraison.

Il a rarement la foi pédagogique, ce normalien du dernier « bateau ». Car le vrai professeur, le professeur par vocation et par goût, aimant l'enseignement pour lui-même, est un type qui tend à disparaître. La plupart des jeunes mandarins

de la rue d'Ulm rêvent à présent une carrière
politique ou littéraire, plusieurs de leurs aînés
ayant passé de la chaire à la tribune et beaucoup
d'autres s'étant casés dans la presse, où leurs
articles se reconnaissent à un certain ton de per-
siflage et de dédain qui, je vous l'avoue, me
porte quelquefois sur les nerfs. Croyez-moi,
jeunes gens. Ce n'est pas une raison parce qu'on
est docteur ou agrégé pour se croire ainsi toujours « supérieur au sujet », pour blaguer Balzac,
par exemple, ou pour protéger Racine. Si vous
saviez comme c'est bon d'admirer naïvement!

Donc, le jeune maître de « seconde » ou de
rhétorique, chargé du discours d'usage, s'acquitte
en général de cette besogne comme d'une corvée.
Coiffé de la toque et drapé dans la robe noire
à parements citron, qu'il ne met guère qu'une
fois par an, il se juge un peu ridicule, et dans
son esprit atteint d'ironie flottent de vagues
souvenirs du *Malade imaginaire*. Quant à son
morceau d'éloquence, qui n'est destiné qu'à une
publicité restreinte, il y attache peu d'importance, s'étant borné, la plupart du temps, à
grouper un bouquet d'élégantes banalités.

On les connaît assez. Glorification de la science
et du travail, éloge de l'émulation entre écoliers,
large horizon d'espérance ouvert devant les lauréats. Et le « gros bonnet » quelconque qui pré-
side la solennité et prend la parole après le pro-

fesseur, verse à son tour le vin du même tonneau. Si l'on en croyait le jeune normalien, dont le cœur est souvent rongé d'ambitions impatientes, ou le vieux monsieur « arrivé » qui est presque toujours plein de fatigue et de scepticisme, tout serait rose dans la vie. Le labeur y trouve sa récompense assurée, le succès attend le mérite, l'instruction est le « schibboleth » qui ouvre toutes les portes, surtout — ce développement est iné- vitable — dans un siècle de progrès et de liberté comme le nôtre, chez un peuple maître de ses destinées, dans une démocratie fondée sur la justice, *et cætera* pantoufle!...

Je suis de bonne foi. Je conviens que les ora- teurs universitaires ne peuvent guère tenir un autre langage, et que c'est un devoir, lorsqu'on s'adresse à la jeunesse, de lui laisser ses illusions. Moi-même, j'ai eu l'honneur de présider plusieurs distributions de prix, et tout en évitant de dé- biter à mon jeune auditoire des énormités à la Pangloss, je ne me suis pas amusé à leur raconter, bien entendu, que j'avais, un jour, retrouvé, fai- sant la queue à la porte d'une caserne, un ancien condisciple, jadis criblé de boules blanches à ses deux « bachots », et qui, vêtu comme un épou- vantail dans un cerisier, tenait à la main une vieille boîte à lait, pour y recevoir la soupe de l'aumône.

Respectons la fraîcheur d'âme des jeunes gens,

gardons-nous de la flétrir. Laissons-leur croire
que le tableau de la vie sociale qu'on leur trace
dans les fêtes scolaires n'est point flatté. J'engage
le père de famille qui lit cet article à le soustraire
aux regards de ses fils. Il n'en est pas moins vrai
que cet honnête homme, s'il a un peu réfléchi et
acquis quelque expérience au cours des années,
sera légèrement agacé, ces jours-ci, quand il dé-
couvrira, en lisant les journaux, tout ce qu'il y a
de creux dans l'éloquence optimiste qui va être
répandue dans toutes les écoles de France, entre
la *Marseillaise* jouée par des cuivres et la lecture
du palmarès.

A tout bout de phrase, on y parlera de la
science; car c'est le *Dominus vobiscum* de la messe
laïque, et il est bien entendu, n'est-ce pas? que,
si la science n'a pas encore dit le dernier mot, ni
même le premier, sur le mystère qui environne
l'homme et l'écrase, elle nous le donnera tout à
l'heure, demain, après-demain, à moins que ce ne
soit à Pâques ou à la Trinité. En attendant, jeunes
élèves, ne lisez Pascal qu'au point de vue du style
et ne vous laissez pas gagner par son sublime
tourment. Le secret de l'infini sera découvert,
n'en doutez point, par un Edison prochain, et
Dieu lui-même nous affirmera qu'il n'existe pas,
à l'aide d'un téléphone perfectionné.

Hors de la science, pas de salut.

Ne vous avisez pas, surtout, malheureux! de

soupçonner que, au fond même de la science, il y a le désespoir, et qu'elle nous révèle chaque jour plus manifestement la férocité de la nature et ses lois impitoyables. Ou, si vous faites cette constatation pénible, n'en soyez ni tristes ni indignés. Rien de plus dangereux! Cela vous mènerait au vague besoin d'une justice idéale, à la rêverie mystique, à ces inutiles cris de douleur qui s'appellent des prières, toutes choses que, désormais, nous avons sagement bannies de nos exercices.

Hélas! oui, la science nous prouve que l'extermination des faibles est la loi naturelle. Vos professeurs le savent bien, mais ils n'osent vous le dire. Ils félicitent pourtant avec chaleur ceux d'entre vous qui sont *les plus forts,* au collège, et leur souhaitent de continuer à l'être dans la vie.

Quelques-uns parmi vous, jeunes gens, ont de la volonté et le cœur dur. Ils réussiront sans peine. Quant aux autres, le moyen le plus honnête qu'ils aient encore de se tirer d'affaire, c'est de suivre un chemin tracé, d'entrer dans le *tchin.* La société démocratique vous le permet, et, dans pas longtemps même, elle ne permettra plus autre chose à personne. Un homme d'esprit a pu dire, presque sans exagération, que la moitié de la France est occupée à faire passer des examens à l'autre. Nous marchons vers cet avenir peu folâtre, le concours à jet continu et à tous les degrés de l'échelle. Un jour, il faudra subir des épreuves écrites et orales pour obtenir un emploi de cantonnier; et l'on verra de vieux fonctionnaires — car il n'y aura bientôt plus, en France, que des fonctionnaires — « potasser » encore, sous leurs cheveux gris, les matières d'un programme.

Tant pis pour les hommes de talent, les esprits indépendants et originaux. La démocratie ne se soucie pas d'eux. Elle a la passion de l'égalité. C'est une concession qu'elle fait en rechignant, quand elle admet plusieurs niveaux. Ainsi, dans les armées d'autrefois, il y avait des compagnies d'élite, grenadiers et voltigeurs; mais on tâchait que, dans tout le régiment, les hommes de chaque peloton fussent de la même taille. Le mandarinat est frère du caporalisme.

Beaucoup d'universitaires, j'en suis persuadé, sont désolés, au fond, d'être entraînés par ce courant; car on compte, dans le corps enseignant, un très grand nombre de libres et hautes intelligences. Mais il faut bien le dire, jamais Napoléon, qui fut, en somme, fidèle à presque tous les principes révolutionnaires, ne leur a obéi davantage que lorsqu'il établit et réglementa l'Université. Il y aggrava la tyrannie jacobine par la discipline militaire; et rien ne résume mieux son plan d'instruction donnée à la gamelle que le mot fameux de Fontanes, le Grand-Maître, tirant sa montre de son gousset et s'écriant avec satisfaction : « Il est trois heures... En ce moment, tous les élèves de tous les lycées de l'Empire font un thème latin. »

L'Université était donc, par son origine et son institution mêmes, et reste un instrument admirablement préparé pour cette démocratie égalitaire dont, je l'avoue, les progrès me font horreur. Qu'on me pardonne ma grimace devant les perspectives semées de fleurs de rhétorique que, dans les harangues traditionnelles, on va montrer aux « jeunes élèves ». D'ailleurs, pourquoi tant de phrases ? Puisqu'on rêve pour la société de demain un nivellement général, que ne se borne-t-on à rappeler à la jeunesse l'abominable conseil qu'un maître fameux osa jadis lui adresser du haut de sa chaire, en Sorbonne :

« Soyons médiocres. »

27 juillet 1893.

La Moisson

——

ELLE ne sera pas trop maigre, malgré l'extrême sécheresse, au moins dans ce coin de la Brie où je passe la saison clémente. Ces jours derniers, lorsque tout était encore debout, on avait même l'impression, au premier coup d'œil, d'une très belle récolte. Il fallait y regarder de près pour constater que les épis étaient un peu trop espacés, que le grain n'avait pas gonflé suffisamment. Ce ne sera qu'une année moyenne; mais on pouvait s'attendre à pire, et les gens de ce pays-ci, qui sont peu geignards, du reste, ne se plaignent pas.

Est-ce parce que je possède trois arpents? Mais les « biens de la terre » m'intéressent aujourd'hui beaucoup plus, je vous le confesse, que la grande colère de nos honorables potdevinards contre le nègre Norton, lequel n'a même pas touché le pourboire promis, ou que l'accès de folie des grandeurs dont vient d'être atteinte la doyenne de nos ingénues.

Oh! je n'ai pas toujours été rural à ce point-là. Ma prime jeunesse de Parisien pauvre fut sédentaire. Longtemps, je n'ai eu des nouvelles de l'agriculture que par l'étalage des fruitières, et la seule campagne où je promenais mes mélancolies d'adolescent, c'étaient ces lugubres terrains de la banlieue où ne poussent guère que les écailles d'huîtres, les tessons de bouteille, les souliers pourris et les vieilles boîtes à sardines. Quelquefois, souvent même, je franchissais bien les fortifications. On avait des jambes de quinze ans, parbleu! Et j'allais, j'allais, le plus loin possible, jusqu'à ce que j'eusse rencontré de vrais champs et de vrais bois. Mais ces immersions en pleine nature étaient rares et brèves. J'y suffoquais, comme dans un bain trop chaud. Je revenais de là avec l'accablement qui succède à la joie folle d'une griserie. Mes sensations champêtres sont aujourd'hui plus douces et plus profondes. Jadis, la nature m'enivrait; à présent, elle m'attendrit.

Au fond de mon petit parc, qui fut dessiné et planté au commencement du siècle, il y a un la-

byrinthe, assez tortueux et compliqué, ma foi.
Ces joujoux de feuillage étaient alors à la mode.
Après avoir tourné pendant quelques instants
entre leurs étroites charmilles, « l'homme sensible » éprouvait une agréable surprise en décou-
vrant, sur la plate-forme, un édicule dans le goût
du temps, Autel à l'Amitié ou Temple de
l'Amour.

Mon labyrinthe n'est pas si philosophique. On
ne trouve, au sommet, qu'un banc de bois sous
un vieux tilleul. C'est là que, pendant ces deux
derniers mois, j'ai passé des heures longues et
charmantes, assis à l'ombre et regardant devant
moi, à perte de vue, les moissons inondées de
soleil.

La plaine est immense, et tout là-bas, sur la
gauche, des masses boisées la limitent. Mais, à
droite, elle s'étend jusqu'à l'horizon, où se dresse,
tout seul, dans la brume chaude et bleue, le clocher de Brie-Comte-Robert, distant d'une lieue
au moins, à vol d'oiseau.

Disons-le en passant. Ce clocher, qui, pour un
libre-penseur, gâterait le paysage, ne me gêne en
aucune façon. Vous ne croyez pas dur comme
fer, n'est-ce pas ? — ni moi non plus — qu'il y
ait trois personnes en Dieu, et peut-être avez-
vous même des doutes sur la transsubstantiation.
Ce n'est pas un crime. Mais, voyez-vous, il faut
tout de même une église au milieu du village,

un lieu où quelque brave homme de prêtre, qui
est un pauvre, conseille aux autres pauvres de
s'aimer entre eux et leur rappelle que le but de la
vie n'est pas seulement de bien manger, de bien
boire et de gagner de l'argent. Le clocher, de
son geste éternel, nous montre le ciel, qui est
peut-être vide, mais vers lequel nos yeux se lè-
vent instinctivement pour y chercher un peu d'espérance, de consolation et d'idéal.

Du haut de mon labyrinthe, j'ai donc vu, depuis deux mois, la plaine briarde mûrir et
prendre peu à peu la belle couleur du pain. Je
vous assure que c'est délicieux. De temps à autre,
l'ombre d'un nuage en marche glissait lentement
sur la moisson fauve, ou bien une brise soudaine
y faisait passer une ondulation, une houle, créait
la féerie d'une mer d'or fluide. Je m'engourdissais
devant ce calme et grandiose spectacle, je m'y
laissais voluptueusement envelopper de paresse
et de rêverie, et parfois cette pensée augmentait
mes jouissances de contemplateur, que la période
électorale était ouverte et que de malheureux candidats couraient aux quatre coins de leur circon-
scription comme des rats empoisonnés, à cette
heure même où je me sentais, pour ainsi dire,
une âme végétale, et où je regardais paisiblement
blondir les blés, les avoines et les seigles.

Je suis un égoïste, si vous voulez, mais c'est
comme ça.

16.

Or, voici que, depuis quelques jours, la solitude dorée s'est peuplée de travailleurs. De toutes
parts, les lames de faux font luire leur éclair de
vif-argent. Les épis tombent, la plaine se dénude,
l'horizon s'élargit. Ici, les javelles sont couchées ;
à côté, on a déjà lié les gerbes ; et plus loin, voici
déjà qu'on élève une meule. Allons voir de près
la réserve de l'an prochain. Je me coiffe d'un chapeau de paille, je prends ma canne, et j'arrive
près des moissonneurs.

Debout sur une charrette, dont la charge de
froment s'élève jusqu'à la hauteur d'un second
étage et dont les deux lourds chevaux, sous leurs
colliers de laine bleue, restent immobiles comme
des chevaux de bois, un fort gars, le visage et les
bras noircis par le hâle, n'ayant gardé que chemise et culotte, le poil du poitrail au vent, prend
les gerbes au bout de sa fourche et les lance,
d'un geste harmonieux et rhythmique, aux trois
hommes montés sur la meule, qui construisent au
fur et à mesure l'imposant édifice de blé.

Ils se hâtent, les bonnes gens, dans leur rude
besogne. Car une brise du nord-ouest vient de se
lever, et dans un coin du ciel montent et s'accu-
mulent de gros nuages, d'un violet livide. Est-ce
que la pluie, après laquelle nous avons soupiré
depuis le mois de février, voudrait, par hasard,
nous jouer cette mauvaise farce de se congeler
en grêle, de mouiller et de pourrir nos récoltes ?

Inquiet, j'interroge un des moissonneurs :

« Un orage pour cette nuit, peut-être ?... »

Mais il me répond, en se servant d'une jolie expression campagnarde :

« Non, non, monsieur... Le temps n'est pas à la malice. »

Et je m'éloigne, pénétré de respect pour le Cultivateur, un des très rares êtres qui soient sûrs que leur fonction dans ce monde est toujours bonne et utile.

Combien peu d'entre nous, sur les hauteurs sociales, ont cette conviction! Quel homme public, si patriote qu'il soit, peut être certain de ne jamais nuire à son pays? Quel prêtre n'a eu ses heures d'affreuse angoisse, devant le silence de son Dieu? Quel soldat, en essuyant son épée, après le carnage, n'a pas frémi d'horreur et de dégoût? Quel juge n'est pas parfois épouvanté de son droit de punir? Quel poète, quel artiste — et ceux-là sont parmi les plus innocents — oserait affirmer que la source de son inspiration fut toujours pure et que tout le monde y peut boire?

Hélas! la plupart de nos actions quotidiennes nous laissent dans l'inquiétude de leurs résultats, quand elles ne nous inspirent pas un regret, quelquefois un remords.

Le paysan, au contraire, le paysan, qui répugne aux délicats par la dureté de ses mœurs, par sa méfiance, par son avarice, par ses inévitables vices de pauvre, n'a point de doutes à concevoir sur son rôle dans la vie. Il ignore sa mission, soit! mais, poussé par deux forces mystérieuses, l'instinct et la tradition, il poursuit son labeur indispensable à tous. Laboureur courbé sur les manches de sa charrue et traçant un sillon où le suivent les corbeaux; semeur de qui, sur le ciel automnal, la silhouette semble bénir la terre; moissonneur, plus brûlé et plus desséché par la Canicule que les épis qu'il fauche, il est auguste et sacré!

Bien imprudent et bien coupable celui qui l'accable de ses sévérités et de ses railleries; car le paysan n'a qu'à lui répondre:

« Tu me dois ton pain! »

3 août 1893.

La Réforme de l'Orthographe

Si j'avais cent bras, comme certains dieux de l'Inde, et onze doigts à chaque main, comme les acteurs en donnent l'illusion dans les scènes pathétiques, je les lèverais tous pour voter contre la réforme de l'orthographe.

Malheureusement, l'autre jour, à l'Académie, je n'avais que le droit de montrer ma dextre. C'était une séance d'été. Nous étions dix. Quatre mains seulement se levèrent. La majorité nous écrasa. Voilà qui n'est pas pour me réconcilier avec le régime parlementaire.

Les trois mains droites qui firent le même geste que la mienne, sont, d'ailleurs, illustres. La première tenait l'épée du commandement le jour où nos lestes cavaliers d'Afrique enlevèrent la Smala d'Abd-el-Kader. La seconde est celle du très haut et très noble poète Leconte de Lisle. La troisième essaya de protéger, pendant la Commune, avec le plus ferme courage, les têtes innocentes des otages. Comme vous voyez, j'étais, moi, chétif, en excellente compagnie. Mais tant pis pour les minorités! *Vœ victis!* La réforme, sinon dans toutes les propositions faites, du moins dans son principe, fut approuvée. En route pour le volapük!

J'ai pour la personne et pour le talent de l'auteur du projet, M. Octave Gréard, une sympathie vraie. C'est une intelligence d'une lucidité parfaite. Il exprime toujours sa pensée, qu'il écrive ou qu'il parle, dans le style le plus souple et le plus châtié. Puis, il est un des rares hommes de qui la gravité ait du charme. En sa présence, je songe à Fénelon. Le célèbre archevêque de Cambrai devait avoir cette exquise douceur. Mais il était aussi, selon le mot de Saint-Simon, un « bel esprit chimérique ».

On serait presque tenté d'en dire autant de M. le vice-recteur de l'Académie de Paris, en le voyant se passionner pour son rêve d'une Salente universitaire où tous les enfants des écoles obtiendraient plus aisément leur certificat d'études.

D'abord, à quoi bon? De quelle utilité est ce brevet dérisoire, pour la plupart d'entre eux, c'est-à-dire pour les petits campagnards? A l'âge de treize ans, quatorze ans au plus, ils sont pris par le travail de la terre, ne lisent plus rien, sinon, çà et là, un journal, — souvent ce n'est pas ce qu'ils font de mieux, — se hâtent, en définitive, d'oublier le peu qu'ils ont appris. Et — il faut avoir la franchise de dire cette vérité pénible — c'est fort heureux pour l'agriculture et pour le pays. Si les jeunes ruraux sortaient tous de l'école primaire avec le goût de la lecture et l'habitude de la pensée, la moitié de la France serait en friche.

Oh! je sais bien que nous sommes atteints, depuis vingt ans, de folie scolaire, et je connais le cliché patriotique : « C'est le maître d'école allemand qui nous a vaincus. » Au lendemain de nos désastres, je l'ai dit comme les autres, et je l'ai dit en vers, ce qui est plus grave. Eh bien, j'ai dit une sottise! Dans les armées d'Outre-Rhin, les seuls nobles sont officiers. Le soldat, qu'il sache lire ou non, reste soldat. On se croirait en plein moyen-âge. Ce n'est pas l'Allemagne philosophique de Gœthe, l'Allemagne libérale de Schiller, l'Allemagne sceptique et révolutionnaire de Henri Heine, l'Allemagne athée et pessimiste de Schopenhauer, qui nous a écrasés. C'est la réaction triomphante de l'ancien esprit germa-

nique, esprit exclusivement militaire et féodal. Le
maître d'école n'y est pour rien.

S'il m'est indifférent que beaucoup de petits
paysans écrivent « fumier » avec un *ph,* j'entends
que les enfants qui doivent pousser plus loin
leurs études n'écrivent pas « alphabet » avec un *f,*
comme l'a proposé M. Gréard. Mais, ici, je vais
affliger les professeurs.

Ce n'est pas dans les grammaires, ce n'est pas
dans les dictionnaires, c'est machinalement, à
force de lire, de *voir* les mots, qu'un enfant ac-
quiert la connaissance de l'orthographe. Et ce
travail, purement mécanique, se fait généralement assez vite. Certains esprits y sont rebelles.
N'attendez pas grand'chose de ceux-là. Ils pour-
ront devenir des gens intelligents, ils ne seront
jamais des gens instruits. Quant aux autres, ils
apprennent l'orthographe, comme je l'ai dit, en lisant, par le seul empirisme. Je sais l'orthographe :
je ne me rappelle pas qu'on me l'ait enseignée.

Maintenant, pour en finir avec le point de vue
pédagogique, j'accorde qu'il est absurde de refuser un diplôme à un écolier parce qu'il a mis
un accent grave où il fallait un accent aigu. Mais
ceci ne regarde que l'Université. Qu'elle assou-
plisse ses programmes, qu'elle donne des instruc-
tions dans ce sens à son personnel, qu'elle lui recommande de juger les élèves sur l'ensemble des
connaissances acquises au cours des études, et de

ne les point condamner pour des niaiseries. Si les
maîtres qu'elle charge de faire passer les examens
manquent de tact et de bon sens, tant pis pour
l'Université! Ce n'est pas la faute de l'orthographe.

Les partisans de la réforme ont bien encore un
autre cheval de bataille, l'expansion de la langue
française à l'étranger. Pour ma part, il m'est assez
égal, je le confesse, qu'un très grand nombre de
Suédois ou de Valaques soient ferrés à glace sur
la règle des « tout » et des « quelque ». Ce dont
nous ne voulons pas convenir, par amour-propre,
c'est que le langage des vaincus subit fatalement
une certaine défaveur. Hélas! nous pouvons supprimer les *y* et les doubles lettres tant qu'il nous
plaira, on ne parlera ni plus ni moins le français
chez ceux à qui nous en donnâmes des leçons à
coups de fusil, en 1806.

Il y a aussi, dans cette affaire, un intérêt esthétique. Ai-je besoin de dire qu'il est absolument
méprisé par les réformateurs? Silence! poètes et
artistes en prose, pour qui les mots ont, dans leur
forme extérieure, un pittoresque, une grâce, une
beauté. Inclinez-vous devant l'orthographe démocratique! On décrétera, l'un de ces quatre matins, — ce n'est pas encore fait, grâce au ciel!
mais on en a parlé, — que le participe passé sera
désormais toujours invariable. C'est massacrer
toute la poésie française. Qu'importe? Dans les

17

futures éditions des classiques on trouvera, à
chaque instant, six rimes masculines de suite.
Détail sans importance. L'essentiel, c'est de
donner moins de mal aux instituteurs et aux polissons des écoles primaires.

L'Académie française, j'en suis persuadé, n'ac-
ceptera jamais de pareilles monstruosités; et je
lui rends cette justice que, parmi les réformes
orthographiques — déjà téméraires et dange-
reuses — qui lui étaient proposées, elle n'en a,
très timidement, admis qu'un petit nombre. J'ai
même le pressentiment que, malgré le vote acquis, elle reviendra sur sa décision.

Car, selon moi, elle n'avait pas qualité pour la
prendre. Nous avons la charge, à l'Académie, de
publier, tous les vingt-cinq ou trente ans, un
« Dictionnaire de l'usage ». Le titre seul trace
notre programme et limite nos droits. C'est la
littérature, c'est la presse, c'est la conversation,
ou, pour tout dire en un mot, c'est le peuple qui
établit « l'usage », qui fait la langue. Nous ne
sommes que ses greffiers. Si nous comptons
parmi nous quelques érudits, nous ne formons
pas une Société de philologues et de grammai-
riens. Nous sommes, avant tout, une compagnie
de lettrés et de gens de goût, ayant la mission
— très délicate — de bannir du langage les mots
décidément tombés en désuétude et de donner
droit de cité aux mots nouveaux, après un stage

suffisant. L'orthographe de ces mots peut présenter des bizarreries, des inconséquences. Nous n'avons pas à nous en préoccuper. Nous enregistrons. Voilà tout.

J'ai exprimé cet avis au début de la discussion, et j'aurais voulu qu'on posât la question préalable. On ne m'a pas écouté. Je regrette de n'avoir pas insisté plus énergiquement. Mais j'avoue ma faiblesse. Simple poète, qui ne suis même pas bachelier ès-lettres, les savants me font de l'effet et leur assurance m'intimide.

Cependant, un instinct proteste en moi. Si légères que soient les concessions faites jusqu'à présent aux réformateurs, elles dénotent une tendance détestable. Notre bien aimé langage de France n'a presque pas changé depuis trois siècles, et les rares modifications qu'il a subies ont été très lentes. Si Pascal et La Fontaine ressuscitaient, nous pourrions causer avec eux sans aucune gêne. A l'édifice littéraire élevé par le XVIIe siècle nous n'avons ajouté que quelques ornements, qui, tous, — entre parenthèses, — ne sont pas très heureux. En somme, la langue française est, à l'heure qu'il est, d'une pureté, d'une richesse, d'une force incomparables. Elle contribue beaucoup, à coup sûr, à maintenir, dans le monde entier, le prestige de notre cher pays. Au nom du ciel, ne touchons pas à ce patrimoine sacré !

Rappelons-nous, nous autres académiciens, la séance mémorable où lecture nous fut donnée de la pétition pour la réforme orthographique, et où Ernest Renan, déjà bien malade et marqué par la mort, quitta péniblement sa place, se traîna, en s'appuyant aux meubles, jusqu'au milieu de la salle, et là, d'une voix faible, mais avec combien de sagesse et d'éloquence, nous adjura de prendre bien garde avant de porter la main sur l'œuvre des aïeux! Rappelons-nous avec quelle touchante émotion, hier encore, notre royal confrère, le duc d'Aumale, nous adressait la même prière et nous faisait entendre la voix même de la vieille France!

Quelques adversaires des changements projetés les traitent de barbares et d'enfantins. Je les qualifierais plutôt de décadents. Récemment, des poètes égarés — dont l'effort a, par bonheur, été vain — se faisaient de ce mot une triste parure et essayaient de détruire les admirables lois rhythmiques qui sont nées de l'âme même de notre langue. Après la prosodie, voici qu'on veut bouleverser l'orthographe. Et ce qu'il y a de plus affligeant, c'est la parfaite bonne foi, c'est l'aveuglement de tous ces ouvriers de destruction. Leur triomphe me navrerait le cœur; mais je suis loin de désespérer, et, malgré tant de symptômes alarmants, je demeure convaincu que le sentiment public ne permettra pas d'in-

troduire de tels germes de désordre et de mort
dans le glorieux langage qui nous a déjà donné
tant de chefs-d'œuvre et dont notre génie national
enrichit sans cesse le trésor.

10 août 1893.

La Camelote électorale

VOYEZ la *vinte !...* Tout à treize! Tout est à treize, dix-sept et vingt-sept!... Voyez, choisissez, messieurs et dames, prenez l'article en main... Voyez, voyez, voyez! c'est solide et bon marché. »

Pourquoi, devant les programmes électoraux qui bariolent nos murs en ce moment, écouté-je chanter dans ma mémoire cet appel bien connu du flâneur parisien? Je ne sais; mais l'évocation est immédiate. Je vois la boutique de la maison en construction, sans vitrine et grande ouverte. Je vois les bibelots multicolores étinceler sous les larges papillons de gaz, tordus par le vent du soir. Je vois les badauds aux yeux ronds se presser, éblouis, devant tout ce clinquant. J'entends surtout la voix de zinc des camelots, qui me déchire le tympan avec la stridente mélopée :

« Tout est à treize ! »

La correspondance secrète qui se fait dans mon esprit entre les vulgaires séductions du bazar et les grosses phrases des candidats est, en somme, toute naturelle. Car le boniment est aussi grossier pour vous offrir de la coutellerie au rabais ou des paires de bretelles avariées, que pour vous proposer l'impôt sur le revenu ou la séparation de l'Église et de l'État. Pourtant, ma comparaison n'est pas absolument bonne, et, après réflexion, je fais mes excuses aux camelots.

Sans doute, ils ne vendent que des objets de rebut et des « laissés pour compte ». Le porte-monnaie que vient de se payer cet ouvrier va se crever un de ces jours, et, pourvu que le compagnon soit vent-debout vent-arrière, un samedi de quinzaine, et ne fasse pas attention, sa pauvre « galette » pourrait bien s'en aller sur le trottoir par la poche trouée de sa cotte de toile bleue. Ce gentil trottin, qui s'achète des jarretières, fera bien aussi de se méfier, s'il prétend troubler nos cœurs, en franchissant les ruisseaux, par des effets de bas bien tendus sur le mollet; car on ne lui a pas donné ce qu'il y a de mieux en fait d'élastiques. Mais, enfin, l'homme a un porte-monnaie, et la fillette a des jarretières. Ce qu'on leur a vendu ne dure pas, est d'un mauvais usage; mais on leur a tout de même vendu quelque chose. Ils en ont pour leur treize sous.

Tandis que les électeurs qui vont se laisser prendre à l'étalage des affiches et à la blague des politicards!... Ah! les malheureux! ils n'en auront pas pour leurs votes! Franchement, c'est du suffrage universel jeté par la fenêtre!

J'ai fait quelques déplacements de campagne, ces jours derniers, et j'ai lu un assez grand nombre de ces étonnantes professions de foi. Pas par goût, non, je vous assure. Mais elles vous sautent aux yeux; et, par le temps qui court, tous les murs sont placardés, même au village.

Donc, j'en ai parcouru pas mal, de ces morceaux politiques, et de toutes couleurs, sans compter ceux dont les journaux sont encombrés et sur lesquels on ne peut s'empêcher de jeter un coup d'œil. A de très rares exceptions près, ils suent tous le mensonge et le charlatanisme, et sont écrits en style de tréteaux, en phrases ponctuées de coups de grosse caisse. La plupart prophétisent pour demain, bien entendu, une bienfaisante averse d'alouettes toutes rôties et l'inauguration de fontaines qui verseront continuellement du mêlé-cassis.

C'est de la rhétorique foraine. Je me rappelais tout à l'heure les harangues des étalagistes. Je

songe maintenant à la réclame, lue et beuglée
par le tambour de ville, pour annoncer l'arrivée
d'un cirque ou d'une baraque de lutteurs sur le
champ de foire.

Ce candidat, aux prétentions de grand finan-
cier, se charge de mettre le budget en équilibre
avec autant de facilité qu'un clown ferait tenir
une plume de paon sur le bout de son nez, et tel
renégat, fort de la théorie des opinions succes-
sives, exécutera des sauts périlleux à travers ses anciens programmes aussi lestement que l'écuyère,
sur un cheval sans selle, crève les cercles de papier.

Quel est cet hercule massif qui hurle là-bas et
réclame violemmemt un caleçon? C'est le terrible Charles, surnommé le *Bastion de l'Opportu-
nisme,* qui veut « tomber » le redoutable Georges,
dit le *Rempart radical,* et, pour finir la représentation, — c'est-à-dire au scrutin de ballottage, —
il y aura une dernière reprise entre le plus fort
champion républicain et le conservateur rallié,
dit l'*Homme masqué,* dont, j'en ai peur, les deux
épaules vont s'imprimer tout à l'heure dans la
sciure de bois. Honneur au centre gauche malheureux! Un bravo pour l'amateur!

On n'en finirait pas si l'on voulait pousser
jusqu'au bout le rapprochement entre les saltim-
banques et les candidats. Rien n'y manquerait,
ni les injures sans conviction, ni les fausses gifles

de la parade, qui font s'envoler le fard du pitre et la poudre de sa perruque.

Nous retrouverions encore ici les duels « pour de rire », comme disent les gamins. Car la rencontre de deux rivaux politiques, avec la traditionnelle piqûre au poignet, n'est guère plus effrayante que l'assaut d'armes, dans l'arène athlétique, entre le prévôt de la troupe et un sous-officier de la garnison. Soyez tranquilles. Les deux adversaires électoraux ne tarderont pas à se réconcilier autour de l'assiette au beurre, de même que les deux spadassins de la baraque, après avoir fait palpiter les dames par leurs furieux appels de pied, s'en iront, en bons camarades, chez le « troquet » d'en face, s'enfiler un verre de vin.

On me trouvera, je le crains, peu respectueux pour « l'imposant spectacle du peuple assemblé dans ses comices ». Est-ce ma faute si, devant toutes les affiches — rouge-sang, vert-pomme, ventre de biche, caca-dauphin, cuisse de nymphe émue et bleu de perruquier — qui me sont tombées sous les yeux, je n'ai jamais, ou, du moins, j'ai si rarement éprouvé la bonne émotion que nous communique du premier coup un accent de franchise, de désintéressement et de probité ?

« Des hommes nouveaux ! » s'écria toute la France honnête, après les ignominies de ces temps derniers. Et je suppose qu'on réclamait aussi des choses nouvelles. Hélas! on s'est vite fatigué de le pousser, ce cri de bonne indignation. On a laissé cette Chambre déshonorée achever son temps normal. Elle s'est séparée tranquillement, en s'adressant à elle-même, avec effronterie, par la voix de celui qui la présidait, de grotesques félicitations, tandis qu'elle aurait dû s'enfuir, suivie par les huées de la foule, comme un mauvais chien à qui l'on a attaché une casserole au bout de la queue.

Et voici maintenant qu'on nous annonce que, d'après de sûres prévisions, la Chambre de demain ne sera pas sensiblement différente de celle d'hier! Et, dans tous les cas, voici qu'ils se représentent cyniquement, les anciens députés, avec la même politique de Jacobins égoïstes, avec le même esprit de secte, les mêmes promesses chimériques, les mêmes plans de réformes jamais réalisées! La seule nouveauté, c'est que, maintenant, ils ont tous — ou presque tous — l'aplomb de se dire socialistes, ces adorateurs du Veau d'Or qui n'ont rien tenté pour atténuer la tyrannie de l'argent, et dont pas un n'a eu le courage de crier au Capital d'avoir un peu de courage à la poche!

Non, je ne peux me résoudre à croire que nous aurons l'humiliation d'être, pendant quatre ans encore, à la merci de ces gens-là. Je veux espérer que le scrutin de dimanche nous réserve quelque heureuse surprise. Et pourtant, qu'elle est décourageante la lecture de leurs monotones boniments !

Allons ! citoyens électeurs, débrouillez-vous de votre mieux dans l'étalage de la « boutique à treize » parlementaire. Choisissez, prenez l'article en main, regardez-y à deux fois. Trouvez, s'il se peut, dans toute cette médiocre marchandise, quelques consciences solides, un peu de gouvernement à bon marché. Ne vous laissez pas trop ahurir par tous ces camelots criant leur camelote. Méfiez-vous. Ce n'est pas commode de remonter le ménage de la France au bazar électoral...

Tout est à treize !... Voyez la *vinte !*

17 août 1893.

Un Ballottage

IL y a ballotage dans l'arrondissement de Muffleville.

Connaissez-vous Muffleville ? Un lieu charmant. Si j'avais des rentes suffisantes, c'est là que j'irais peut-être finir mes jours.

Trois mille habitants. Je ne dis pas trois mille âmes. Qui de nous peut affirmer qu'il a une âme immortelle ? A coup sûr, pas le tiers des Mufflevillois, la plupart d'entre eux étant plutôt faits pour la digestion que pour la pensée. En somme, une petite ville de province comme il y en a tant, où les femmes vont à la messe et où les hommes vont au café. Mais le paysage est délicieux.

D'un côté, la vallée, dont les grasses prairies descendent jusqu'aux bords de la Mufflotte, jolie rivière malheureusement encombrée de moulins, ce qui gêne le canotage, mais où l'on pêche de petits brochets, excellents en friture. De l'autre côté, la plaine, un ancien camp romain, où des archéologues à lunettes ont trouvé un vieux casque, en 1865, en faisant des fouilles, et où l'on récolte, tous les ans, ce qui vaut mieux, des avoines superbes.

L'église est du XIe siècle (style roman), et les opinions de M. le curé sont presque de la même époque. Aussi, ce vénérable ecclésiastique est-il fort maltraité dans les conversations des bourgeois, au *Café du Progrès,* de même que dans les entretiens des ouvriers et des cultivateurs, au fond des cabarets et devant le comptoir à petits verres du marchand de tabac. Ce qui n'empêche pas tout ce monde-là d'envoyer ses enfants au catéchisme et de faire enterrer ses morts avec la croix et la bannière.

Tout le pays autour de Muffleville est presque exclusivement agricole. Herbages et céréales. Les fromages de la contrée sont célèbres par leur puanteur.

Citoyens français de la troisième République, vous voyez d'ici Muffleville et les lieux circonvoisins. Vous en êtes tous, — plus ou moins.

Or, la bataille électorale a été chaude à Muf-

fleville, et je vais vous présenter les combattants.

D'abord, l'ancien conservateur, aujourd'hui
républicain rallié, M. Leconte des Muffliers. Leconte en un seul mot et avec un *n*, ce dont il
enrage. Sans doute, son aïeul a fondé la fortune
de la famille en achetant des biens d'émigrés, et
son père l'a considérablement arrondie en épou-
sant la fille d'un riche fermier, un « cul terreux »,
comme on dit vulgairement. Mais le M. Leconte
actuel — qui d'ailleurs est un serin — a oublié
ces détails généalogiques. Comme sa terre des
Muffliers a trois cents hectares et que le château
est flanqué de deux tourelles, M. Leconte a longtemps affecté les opinions les plus distinguées.
Encore à l'heure qu'il est, Mme des Muffliers prie
pour la conversion du Saint-Père, lequel, décidément, tourne au démagogue. Mais son mari, le
châtelain, est plus moderne. Il veut être député,
il tient essentiellement — ce qui est une ambition assez répandue — à devenir le collègue de
M. Wilson. Il est donc entré dans la voie des
concessions; il a fait adhésion à la République,
et le portrait gravé de M. le comte de Cham-
bord, enrichi de sa signature, qui naguère ornait
le salon du château, a été relégué au grenier, en
face de la vieille armoire où l'on met les poires
l'hiver.

Pour décrocher la timbale parlementaire, M. des

Muffliers s'est donné un mal de chien ; il a surtout « pioché » les campagnes, ce qu'on appelle, en style noble, les masses profondes du suffrage universel. L'arrivée de sa charrette anglaise a effarouché la volaille dans bien des rues de village. Il a pénétré, en redingote correcte et avec des gants de peau, dans des cours champêtres, où le porc familier venait flairer ses bottines vernies, et il a peloté le paysan tant qu'il a pu. De plus, il s'est livré à une orgie d'affiches, rédigées, par malheur, en une prose abstraite et doctrinaire dont les beautés échappaient un peu à l'électeur rural.

Deux mille suffrages ont récompensé les efforts de M. le comte des Muffliers.

Le second candidat, député sortant, est le docteur Dumuffle, opportuniste ou radical, on ne sait pas au juste, — en tout cas, personnage officiel.

Enfant du pays, il s'est, jadis, longtemps attardé au quartier Latin, où personne ne lui damait le pion pour chanter une « pomponette » jusqu'à deux heures du matin, au fond d'une brasserie, devant une pile de ronds de feutre rappelant l'architecture de la colonne Trajane. Aimant Paris — et la « vadrouille » — il avait d'abord projeté de s'y établir et d'y exercer son art, dans une de ces spécialités recommandées au fond des vespasiennes. C'était un rêve ! Trop de dettes ! Pour les payer il dut revenir et se marier à Muffleville.

Mais, le vieux praticien de l'endroit s'obstinant à ne pas mourir, quel parti pouvait prendre le nouveau venu, sinon se jeter dans la franc-maçonnerie, la clientèle gratuite et la politique?

Depuis deux législatures déjà, le docteur Dumuffle siège au Palais-Bourbon, toujours muet, mais votant comme un sourd avec la majorité, et n'ayant qu'une pensée, le renouvellement de son mandat. Son élection, c'est sa carrière. Aussi Muffleville est-il comblé des bienfaits de son député. Par son influence, le chef de l'orphéon, qui dit « ormoire » et « des zaricots », est décoré du ruban violet, et le secrétaire de la mairie touche un secours comme arrière-neveu d'une victime du Deux Décembre. Fatiguant les bureaux de ses constantes sollicitations, M. Dumuffle y est signalé comme un « raseur » tout particulièrement redoutable.

Cet homme-là, convenez-en, devait se croire sûr de son affaire, et, au dernier scrutin, il a été très désagréablement surpris de n'obtenir, lui aussi, que deux mille voix environ. Ordinairement, la confiance de ses concitoyens lui en accordait quatre mille.

Qui donc lui en a pris la moitié? Le troisième larron, le socialiste, le jeune avocat Mufflet. Oh! tout à fait « dans le train », celui-là, et — si j'osais me servir d'une expression aussi éculée — tout à fait « fin de siècle ».

Dès le lycée, en rhétorique, l'élève Mufflet avait organisé déjà une petite parlotte, avec commissions, sous-commissions, votes par main levée, appel nominal, *quorum,* interpellations, ordres du jour, et tout le bataclan. Étudiant en droit, stagiaire au faux col rigide, il avait eu, dans les conférences, des succès oratoires très considérables.

Naturellement, Mufflet est devenu, du premier coup, l'aigle du barreau de Muffleville, et, sans perdre un instant, il a prêché les doctrines les plus incendiaires. Un farceur, entre nous. Socialiste, il l'est comme je danse, ayant quelques bonnes rentes en terre, sachant très bien refuser, d'un mot sec, vingt francs à un camarade dans l'embarras, et n'attendant, en sa qualité de joli garçon, que son entrée au Parlement pour « tomber » une héritière.

Mais les ouvriers des trois ou quatre usines — qui sont en train d'empoisonner les eaux de la Mufflotte — sont de grands naïfs. Rien ne flatte plus leur enfantine vanité que de voir arriver, dans leurs réunions où l'on sent la sueur, ce dandy tiré à quatre épingles, dont le mouchoir embaume le foin coupé, et qui, sans se boucher le nez, sans faire la grimace, les harangue en périodes cicéroniennes, réclame d'eux un mandat impératif, se déclare leur humble laquais et promet d'ailleurs aux meurt-de-faim un avenir de

plats sucrés et de confitures. Les pauvres diables
d'ouvriers ont tous voté pour le jeune Mufflet.
Prenez garde à ce polisson-là. Il ira loin.

La lutte, comme je l'ai dit plus haut, a été
très ardente entre les trois candidats, et ils ont
épuisé tous les moyens connus de propagande.

M. Leconte des Muffliers a lâché beaucoup de
pièces de cent sous; le docteur Dumuffle a promis des bureaux de tabac à toutes les familles de
l'arrondissement, et le petit Mufflet a comblé le
prolétariat de flagorneries si grossières, que le
moins délicat des tyrans à qui on les aurait
adressées eût fait empaler l'orateur séance te-
nante. Bien entendu, la pompe à injures et à calomnies fonctionna sans relâche pendant la
période électorale. Accusé de vouloir faire reculer
la société française jusqu'au plus lointain moyen-
âge, le pseudo-gentilhomme fut assez embarrassé
pour se défendre; car, ignorant comme une carpe,
et, jadis, « retoqué » trois fois de suite au ba-
chot, il ne possédait, sur cette époque historique, que les données les plus confuses. Le médecin reçut par la figure, à plusieurs reprises, les
gracieuses épithètes de chéquard et de pana-
miste; et le bruit circula avec persistance que
l'élégant socialiste trichait ordinairement aux
cartes et qu'il était, d'ailleurs, depuis l'âge de la
puberté, entretenu par une vieille dame.

Est-il besoin d'ajouter que les trois rivaux

firent une énorme dépense d'impression, de papier et de colle de pâte, et que les affiches de chacun d'eux furent immédiatement souillées par le parti adverse des inscriptions les plus outrageuses ? Ainsi, sur le boniment du docteur Dumuffle on put lire : « A bas les voleurs! » et sur la profession de foi de M. des Muffliers : « Mort au réac! » Quant au programme du jeune Mufflet, partout il fut sabré au fusain d'une citation — oh! très courte, un seul mot — empruntée aux œuvres complètes du général Cambronne.

Toute cette agitation, dont il ne faut pas médire, — car elle marque une heure solennelle dans l'existence d'un peuple libre,—n'a malheureusement pas donné de résultat définitif. Il y a ballottage à Muffleville; et le plus grave c'est que, au mépris de la discipline républicaine, aucun des candidats — ils ont obtenu à peu près le même nombre de suffrages— ne consent à se désister en faveur d'un de ses concurrents.

Électeurs de Muffleville, la France a les yeux sur vous. Dimanche dernier, les bons citoyens ont constaté avec peine que, sur plus de sept mille électeurs inscrits, six mille seulement avaient pris part au scrutin. Un assez grand nombre d'entre vous, par un sentiment de dégoût qui ne s'explique pas en présence de personnalités aussi éminentes que MM. des Muffliers, Dumuffle et Mufflet, ont déposé dans l'urne un bulletin blanc. D'autres, plus coupables encore, n'ont même pas pris la peine de se déranger. Mufflevillois, il ne faut pas qu'on puisse vous reprocher deux fois une pareille faute. Au prochain scrutin de ballottage, accomplissez tous votre devoir civique.

Aux urnes! Aux urnes! Pas d'abstentions!

24 août 1893.

Manifestations italiennes

IEN de plus hideux que les haines de famille.

A tort ou à raison, les Italiens nous détestent. Mais un sang parent du nôtre coule dans leurs veines; nous parlons comme eux un mauvais latin; et si la paix internationale n'était pas, selon moi, pour longtemps encore, et peut-être pour toujours, la plus décevante des chimères, je m'étonnerais qu'ils ne soient point nos alliés.

Hélas! votre frère, quand il est votre ennemi, est le pire de vos ennemis. C'est pour moi, je l'avoue, une tristesse profonde de penser que le palais Farnèse est, à cette heure, gardé militairement, pour que la populace de Rome ne porte pas les mains sur le drapeau français, et de me dire que, le 3 septembre prochain, anniversaire de la bataille de Sedan, l'héritier de la couronne d'Italie ira parader à Metz, à côté de l'empereur allemand, devant la statue de Fabert.

Qu'était-ce, cependant, que cette sanglante bagarre d'Aigues-Mortes ? De maigres chiens se disputaient un os, et ils se sont mordus jusqu'à mort. Les deux pays sont tout à fait innocents de ce malheur. En quoi l'honneur, en quoi les intérêts de l'Italie sont-ils atteints par ce coup de folie de quelques affamés, qui ont oublié que la concurrence est légitime et que chacun est libre de louer ses bras où il veut et au prix qu'il veut ?

Mais à propos de cette rixe de brutes contre brutes, une immense clameur de rage et d'exécration s'élève d'un bout à l'autre de la péninsule : « A bas la France ! Vive l'Allemagne ! Vive la *Triplice !* » Et tous nos établissements sont menacés, et l'on brise les écussons de nos consulats. Et il faut, là-bas, mettre l'armée sur pied, vider les casernes, pour empêcher les outrages définitifs.

On croit rêver... Quelle haine aveugle et imbécile !

Qu'en dites-vous, phraseurs de clubs, qui déblatérez contre l'idée de patrie ? Tout récemment, chez vous, à Marseille, le chef des socialistes alle-

mands est venu vous déclarer en face que, dès le
premier roulement de tambour, il coifferait le
casque à pointe; et voici maintenant que l'Italie
nous donne le charivari. Il va bien, dites-moi
donc, votre rêve de fraternité universelle! Ah!
comme nous faisons bien de nous en méfier!
Restons fidèles au vieux jeu, fichtre de fichtre!
Ne provoquons personne, mais soyons paré pour
le coup de chien. Fantassins, apprêtez... armes!
Et vous, canonniers, à vos pièces!

Je ne suis pourtant pas de ceux qui accusent
les Italiens d'ingratitude et qui s'étonnent que les
petits-fils de Machiavel n'aient pas, comme nous
autres, le goût de la politique sentimentale. Nous
leur avons jadis conquis la Lombardie et les du-
chés. Soit! Mais nous nous sommes arrêtés court,
après Solférino, et nous leur avons présenté la
note, qu'ils ont payée en nous cédant Nice et la
Savoie. Ils se sont hâtés d'oublier que le Quadri-
latère était un morceau fort dur à avaler, que
Niçois et Savoyards ne devinrent Français qu'après
avoir été consultés; et, plus tard, quand nous
avons barré le chemin de Rome à nos amis de la
veille, ils nous ont considérés comme des scélérats. Si vous prêtez, une fois, vingt francs à un
camarade, et que, huit jours après, vous lui en
refusiez quarante, il vous prendra forcément en
horreur. Ce n'est pas beau, mais c'est très humain.

Il faut convenir aussi que notre politique a été bien incohérente. Mais ce pauvre Napoléon III, qui avait en lui du songe-creux et qui fumait, décidément, trop de cigarettes, ne fut pas le seul coupable. En 1859, gamin de dix-sept ans, je l'ai vu passer, en képi d'or, place de la Bastille, lors de son départ pour la guerre. Un peuple enivré s'étouffait, pour l'acclamer, autour de sa calèche, et il fut positivement, ce jour-là, selon la belle expression de Shakespeare, « porté en triomphe sur les cœurs ».

Tous les Français, sans excepter les libéraux et les républicains, brûlaient alors de l'enthousiasme le plus chaud pour le fameux principe des nationalités. On blâma l'empereur de l'avoir abandonné dans le traité de Villafranca, et l'on n'en démordait pas encore, même quand éclata le conflit de 1866, où l'intervention de nos armes eût été, certainement, très mal accueillie par l'opinion en France. Il fallut les conséquences de Sadowa pour dessiller les yeux — trop tard — aux gens raisonnables.

Sans doute, Napoléon III, exerçant le pouvoir personnel, est responsable de tout le mal. Mais, faisons notre *meâ culpâ*. Ses idées fausses, sur ce point, furent partagées par la grande majorité de ses sujets.

Et il a fait terriblement des siennes, par la suite, le principe des nationalités! Bismarck nous

18

l'appliqua cruellement, en nous amputant de l'Alsace; l'Italie lui doit son unité; et ce bouleversement européen, d'où les naïfs avaient espéré voir surgir une aurore de concorde et de liberté, produisit, au contraire, l'atmosphère brumeuse, presque irrespirable, où nous étouffons.

Ah! l'histoire jugera sévèrement cette fin du XIXe siècle, sans grandeur et sans gloire, où les plus illustres nations n'auront rien fait que de se ruiner en machines de guerre, où le vieux monde civilisé, vivant au jour le jour dans une paix menacée et précaire, se sera rué vers les jouissances et vers la corruption.

Malgré tout, il y avait quelque chose de généreux dans ce rêve d'une Europe idéale, largement partagée entre quelques peuples, libres chez eux, et unis entre eux par une fraternité pacifique. Cette illusion a fait banqueroute, comme tant d'autres. La France en fut la dupe et la victime, tandis que l'Italie, sans grands sacrifices, en profita. Et, chose monstrueuse! c'est seulement depuis nos malheurs que l'Italie nous a manifesté cette haine dont l'expression vient d'atteindre, à propos des événements d'Aigues-Mortes, le comble de la provocation et de la violence.

Oui, je sais bien, au point de vue officiel, l'incident est clos. Les deux gouvernements ont été, pour me servir d'un mot à la mode, mais un peu bête, — tout à fait « corrects ». Le ministre a regretté... L'ambassadeur a déploré... Ce fut à qui offrirait le plus de réparations, ferait les plus humbles excuses. Salamalecs de chancelleries, courbettes diplomatiques, qui ne changent rien aux faits et n'en atténuent pas les conséquences morales.

Elles navrent mon cœur de vieux Latin ; car — j'ai beau faire — je ne puis en arracher tous les fils sympathiques qui l'unissent à l'Italie !...

Hélas ! ne se trouvera-t-il donc pas, parmi nos guides éphémères, nos ministres de six mois ou de six semaines, un homme ayant assez de chaleur dans l'âme et d'éloquence dans la parole pour s'adresser directement au peuple italien, pour lui crier que nous ne le haïssons pas, que nous ne le menaçons pas, que nous le voyons, sans doute, avec un amer regret, rechercher l'alliance de notre ennemi, mais que nous sommes toujours prêts à l'oubli, à la réconciliation, et que jamais nos rêves de victoire — si tant est que nous fassions encore de tels rêves — ne se tournent du côté d'une nation qui est notre sœur d'origine, qui parle presque la même langue que nous, et avec qui nous gardons, quand même, tant d'idées, d'aspirations, de sentiments et de souvenirs communs ?

Mais, en apportant de la sorte à l'Italie les paroles cordiales de la France, il faudrait que le médiateur ne compromît pas cependant notre

fierté nationale. Tout en affirmant à nos voisins
la force et la sincérité de nos résolutions pacifiques, il faudrait qu'il ajoutât que nous ne les
craignons pas, que notre frontière est sacrée, que,
si cela devenait nécessaire, nous saurions retrouver
encore un étendard d'autrefois, — ils ne sont pas
tous, pardieu ! dans les trophées allemands ! —
un vieux bâton où pend une loque de soie tricolore, que surmonte une aigle bossuée par les
balles, et qui ferait reculer nos agresseurs, non
pas d'effroi, mais de honte, quand ils reconnaî-
traient, déployé sur les Alpes, le drapeau de
Magenta !

31 août 1893.

L'Homme-Canon

——

L'AUTRE jour, écœuré par la lecture des affiches électorales, je les comparais au boniment d'une arène athlétique s'installant sur quelque mail de province. Je ne croyais pas si bien dire, et je ne prévoyais pas que le suffrage universel allait prendre ma plaisanterie au sérieux, en faisant un législateur de l'ancien Homme-Canon des Folies-Bergère. J'établissais quelques analogies, qui sautent aux yeux, d'ailleurs, entre les candidats et les lutteurs forains, et voici qu'en effet l'arrondissement de Saint-Claude choisit, pour le représenter, un hercule de profession.

18.

Merci, délicieux suffrage universel! Tu m'as prouvé que, comme tous les poètes, j'avais le don de prophétie, et qu'il n'était pas besoin, pour prédire les événements à venir, de se retirer dans un désert et de manger des sauterelles. Je n'en ai pas l'air, parce que je suis modeste; mais, au fond, je suis extrêmement flatté de ce qui m'arrive.

Cette puissance prophétique, que je ne me soupçonnais pas, m'a tout de suite suscité des imitateurs. Mon spirituel confrère Pierre Wolff a déjà désigné l'Homme-Tronc, l'Homme-Poisson, l'Homme-Chien, l'Homme-Squelette, et plusieurs autres phénomènes non moins intéressants, aux suffrages de leurs concitoyens; et ce prodigieux Rochefort, dont l'exil semble avoir redoublé la verve, n'hésite pas à annoncer la prochaine élection du virtuose spécial qui charmait naguère, par ses notes profondes, le public du Moulin-Rouge.

Tout cela est bel et bon; mais je tiens à défendre mon petit mérite. Quand les futurs députés me sont apparus en maillot blanc et en caleçon de peau de tigre, avec un tatouage sur le biceps et des bracelets de fourrure aux pieds et aux poignets, je ne savais pas que l'Homme-Canon eût posé sa candidature dans le Jura, j'ignorais même son existence. C'est moi qui ai vaticiné le premier, je vous prie de le constater.

Ai-je besoin de vous dire que celui dont je fus, en quelque sorte, le précurseur, le saint Jean-Baptiste, est assuré de mon dévouement, et que je me constitue, dès aujourd'hui, son partisan le plus fougueux? Quand les petits pédants d'avocaillons, comme j'en connais beaucoup dans la politique, se permettront devant moi la moindre observation désobligeante sur mon homme, je me fâcherai tout rouge et je leur dirai en face : « Faites-en donc autant que lui! »

Et ils auront le sifflet coupé, je vous en réponds. Car aucun être doué de raison n'osera soutenir, voyons! qu'il soit plus facile d'arrêter avec les deux mains, à la gueule d'une pièce de douze, un boulet destiné à porter à quinze cents mètres, que de demander la clôture, par exemple, ou que de toucher un pot-de-vin.

Un souci me vient cependant, quand je songe à mon hercule. Sera-t-il éloquent? Je me le demande avec inquiétude. Je sens d'avance que j'aurai un battement de cœur le jour où il fera gémir sous sa marche pesante les degrés de la tribune. Car, en général, les personnes vigoureuses et massives sont plutôt silencieuses. J'aurais même plus de confiance, sous ce rapport, dans l'artiste lyrique dont Rochefort réclame avec tant d'énergie l'entrée dans la vie publique, bien que je n'aie pas eu l'avantage de l'applaudir quand il exécutait, au Moulin-Rouge, avec

son instrument extraordinaire, les célèbres variations de Paganini sur le *Carnaval de Venise*.
Ce gaillard-là est aussi, dans son genre, une
espèce d'homme-canon, et, comme on dit vulgairement, il ne doit pas avoir sa langue dans sa
poche.

Mais notre colosse? S'il allait rester bouche
bée! Il n'a pas encore parlé directement aux
foules, comme le marchand de poil à gratter du
boulevard Rochechouart, ou — mieux encore —
comme ce fabricant de pâte à rasoir que j'ai
tant admiré, l'année dernière, à la fête de Neuilly.
En voilà un qui, du haut de son carrosse d'or,
drapé dans sa robe écarlate toute semée de crois-
sants de lune, et coiffé d'un casque à triple panache, sait vous haranguer les multitudes! En voilà
un qui est né pour le *forum!*

Ah! j'ai grand'peur que le suffrage universel
n'ait été un peu léger, dans la circonstance. C'est
plein d'orateurs, dans la « banque ». Il n'avait
que l'embarras du choix. Puisqu'il tenait absolument à orner le Parlement d'un ancien acro-
bate, que n'honorait-il de ses suffrages un de ces
innombrables pitres, vêtus de toile à matelas,
qui ont une platine d'enfer et qui vous récitent
tout d'une haleine, en une demi-minute, la fameuse brochure : *Un million de calembours pour
un sou?* Que ne faisait-il sortir de l'urne, avec
une majorité imposante, le nom d'un clown du

cirque des Champs-Élysées? A moins, toutefois, qu'on ne se soit méfié. Car le clown, trompé par les gradins en amphithéâtre de la Chambre et emporté par l'habitude, eût été capable, dès la séance d'ouverture, de taper sur le ventre du premier ministre, en s'écriant : « Aôh! monsieur Loyal, nous allons bien nous amuser. »

Mais j'ai tort, et les électeurs francs-comtois ont très bien su ce qu'ils faisaient en choisissant un hercule dans le personnel si varié des baraques foraines. On pourrait même prétendre que, par un merveilleux instinct, ils ont trouvé dans la monstrueuse personne de l'Homme-Canon le symbole du suffrage univiversel. N'y a-t-il pas là, en effet, une excellente allégorie de la force brutale, de la loi du nombre? A ses généraux qui lui demandaient à qui il laissait son empire, Alexandre mourant répondait : « Au plus digne. » Le suffrage universel, quand on lui demande à qui il donne sa confiance, répond : « Au plus lourd. »

Plus j'y réfléchis, plus cette élection me paraît féconde en conséquences.

Du train dont vont les choses, il est permis, par exemple, d'espérer que les femmes auront obtenu le droit au vote, à l'époque du prochain renouvellement des pouvoirs publics; et elles adopteront sans doute ce nouvel usage de juger les candidats d'après leur poids et d'après leur taille. Dans cette hypothèse, je me permets de recommander, dès maintenant, aux citoyennes électrices une très volumineuse créature, à qui j'ai eu l'honneur d'être présenté, cette année même, à la foire aux Pains d'épices, dans le modeste établissement où elle daigne se produire, et qui est avantageusement connu sous le nom de « Salon de la Belle Irma ».

Le seul tort de la Belle Irma, c'est de se donner seize ans, bien qu'elle approche manifestement de la quarantaine. C'est là un travers qu'on pardonne au beau sexe. Lorsque je fus admis en sa présence, moyennant la faible rétribution de dix centimes, — cinq centimes seulement pour MM. les militaires, — la Belle Irma n'avait certainement pas plus de deux jeux de piquet dans chacune de ses bottines de satin bleu à talons dorés. C'est, en vérité, une superbe personne; et la toile peinte qui la représente recevant les hommages de S. M. le roi des Belges, entouré d'un nombreux état-major, n'est pas trop mensongère.

Je vois d'ici — n'oublions pas que je suis prophète — la réunion publique où la Belle Irma devra développer son programme. Mais, comme je me méfie quelque peu de ses moyens oratoires, je lui conseille de répéter tout bonnement le petit discours qu'elle adresse à ses visiteurs et dont voici le texte authentique :

« Mesdames et Messieurs, je suis la jeune personne annoncée à l'extérieur. Je suis née le 3 janvier 1877, à Niederbronn (Alsace), de parents ayant opté. Je pèse cent cinquante-deux kilogrammes et je mesure deux mètres vingt-cinq centimètres... Avant de vous montrer mon petit mollet, je vais faire le tour de l'aimable société. Ne m'oubliez pas, s'il vous plaît. Ce sont mes petits bénéfices... Maintenant, Mesdames et Messieurs, c'est pour avoir l'honneur de vous remercier. Si vous êtes contents et satisfaits, faites-en part à vos amis et connaissances. »

Ces simples paroles, la Belle Irma les chantonne d'une voix calme et monotone, qui m'est allée droit au cœur. Je suis persuadé qu'elles séduiront le public des réunions électorales. En vain, sa rivale, la jeune Léocadie : dont le « cabinet » s'installe à côté du « salon » d'Irma dans toutes les fêtes suburbaines, essaierait de lui faire concurrence. La Belle Irma a huit centimètres de plus que Léocadie; son élection est assurée.

Nous n'en sommes pas là. Mais, en attendant la Femme-Géante, nous avons déjà l'Homme-Canon. Sachons nous en contenter. Il a, je le répète, toutes mes sympathies, et je lui fais même mes excuses d'avoir douté, tout à l'heure, de ses facultés tribunitiennes. Avec le nom qu'il porte, il doit, au contraire, gronder et tonitruer supé-

rieurement, ce qui est essentiel dans les débats
parlementaires; et je compte sur une explosion
d'éloquence de sa part, quand le président lui
adressera cette phrase martiale : « La parole est
au canon. »

7 septembre 1893.

Les Marrons d'Inde

E matin, à mon réveil, je vois le ciel clair, le soleil radieux; mais, quand j'ouvre ma fenêtre, j'ai un brusque frisson. Le vent, toujours au Nord-Est, — car il n'a guère bougé de tout l'été, — est plus frais, secoue plus rudement le platane et le « grisard », qui mêlent leurs branches, sous mes yeux. C'est un temps vif, comme disent les paysans. Voici l'automne.

Je descends au jardin.

Sur le gazon de la pelouse, sec et brûlé par la torride canicule, sont éparses des feuilles sèches, nombreuses comme des taches de rousseur sur la peau d'une blonde. Le parc s'éclaircit. Déjà une brise passe en rafale, et j'entends tomber les marrons d'Inde sur le sol durci. L'un d'eux jaillit de sa coque, vient rouler à mes pieds, et, machinalement, je le ramasse. Il est très gros, froid au toucher, luisant comme l'acajou d'un meuble sorti d'hier de chez l'ébéniste du faubourg Saint-Antoine. L'admirable fruit! Quel dommage qu'il soit inutile! Trop beau pour rien faire, comme certains hommes.

Et, tout en le tournant entre mes doigts, des souvenirs d'enfance me reviennent en foule.

C'était pendant les vacances. Le pensionnat de la rue du Bac était clos, où j'allais en qualité d'externe et où j'apprenais mon rudiment. Je savais déjà que, en latin, l'adjectif s'accorde avec le substantif en genre, en nombre et en cas, et que *cornu* est indéclinable, mais je n'étais tout de même qu'un bien petit bonhomme. Mes camarades, appartenant en général à des familles aisées, passaient leurs vacances à la campagne, avec leurs parents. Les miens ne pouvaient s'offrir le luxe d'un déplacement d'été, et, d'ailleurs, mon père, modeste employé, avait, comme on dit, un fil à la patte. C'était, pour ma vanité enfantine, un moment d'humiliation et de honte, quand, à la rentrée des classes, mes jeunes compagnons, après m'avoir décrit et vanté tous les amusements de leur villégiature, me demandaient : « Et toi, où donc es-tu allé? » Car il me fallait bien leur faire l'aveu que je n'avais point voyagé, que j'étais resté tout le temps à Paris, comme un pauvre.

Eh bien, j'avais tort de les envier, les petits « aristos » de la pension Hortus! Il avait un grand charme, dans ce temps-là, le Paris de la belle saison. Beaucoup moins énorme et moins peuplé que celui d'à présent, il ne devenait pas à peu près désert dès la mi-juin. Les banlieues, plus proches, étaient champêtres. Au moins sur la rive gauche, il suffisait de passer la barrière — l'ancien mur de l'octroi existait encore — pour trouver de la verdure et des cabarets à tonnelles, où l'on buvait du vin authentique. Là où fument et grondent maintenant des usines, j'ai vu luire au soleil les cloches de verre des maraîchers.

Mais, sans quitter les rues, en restant dans les quartiers centraux, on trouvait encore un Paris bien plus habitable que la monstrueuse cité d'aujourd'hui. Point de mauvaise odeur. L'eau, suffisante alors, coulait abondamment des bornes-fontaines. Dans la ville, moins encombrée de bâtisses, souvent des branches de lilas ou d'acacias couronnaient un vieux mur et parfumaient l'atmosphère. Par les claires soirées, la promenade était délicieuse. Le petit monde, les boutiquiers, assis sur le trottoir, prenaient le bon de l'air. On vivait beaucoup dehors, le gilet déboutonné, un peu comme dans le Midi. Et, sur la

chaussée, ne s'interrompant qu'au passage des
rares voitures, les jeunes filles en corsage blanc
— c'était la mode — jouaient aux volants ou
aux grâces.

Quelle intimité! quelle bonhomie!

A présent, un bourgeois possédant quelque
monnaie se croirait déshonoré s'il n'envoyait pas
sa progéniture aux eaux et aux bains de mer, sauf
à la rejoindre du samedi au lundi, s'il est retenu
par ses occupations dans la capitale. Tant pis
pour lui si sa femme est jolie et tant soit peu
ardente. Du temps dont je parle, la classe
moyenne ne s'absentait guère pendant les beaux
jours. On ne voyait point des rues entières aux
maisons vides et aveuglées de volets. Mais, à
beaucoup de fenêtres, ouvertes au vent nocturne,
brillait la lampe des réunions de famille. De là
tombaient des éclats de voix, de joyeux rires,
parfois un chant de femme qu'accompagnait
sourdement un piano.

Qu'il est loin de nous, le Paris que je ressus-
cite par le souvenir! Je revois, j'entends tout cela
comme en un songe!...

Et les marrons d'Inde?... Ah! les marrons
d'Inde des jardins publics peuvent se vanter de
m'avoir donné un de mes plus vifs plaisirs de
petit Parisien, et aussi mes premières déceptions.

En septembre, quand ils commençaient à

tomber, mon père, qui était matinal, venait me
secouer dans mon lit, dès six heures.

« Allons! debout, paresseux!... Il fait du vent...
Allons ramasser des marrons. »

Et nous partions pour les Tuileries ou pour le
Luxembourg, où se dressaient, majestueusement
et en bon ordre, de vieux et gigantesques marronniers, datant du Grand Roi et de Le Nôtre, et
que j'ai vus presque tous mourir, dans ces vingt
dernières années. Brr! Il faisait frisquet, sous
l'épais quinconce. Le soleil levant criblait le feuillage de rayons obliques et y jetait mille taches
de clarté. Par instants, le large souffle du vent
automnal secouait et tordait les ramures, leur ar-
rachait de longs et puissants soupirs. Et les fruits
de tomber. Cloc! cloc! cloc! Les coques, vertes
et épineuses, faisaient explosion en touchant le
sol : les marrons sautaient et roulaient de toutes
parts. On ne savait auquel courir. Et il fallait se
dépêcher, pourtant. Car il y avait toujours là,
sous les grands arbres, une bande de gamins de
Paris, de petits faubouriens, — agiles comme des
singes et ne craignant pas de déchirer leurs loques,
— qui arrivaient quelquefois deux en même
temps sur le butin, et se bousculaient, et se roulaient dans la poussière en se le disputant. N'importe, je n'étais pas le moins vif, et je faisais une
récolte très respectable. Je courais à m'essouffler,
je saisissais, avec une véritable ivresse, les mar-

rons tout frais, vernis, superbes, et, quand j'en avais plein ma culotte et plein ma casquette, j'en ramassais encore, et je les fourrais dans les poches de la redingote de mon père, cette fameuse redingote noire à collet de velours, qu'il n'allait guère renouveler, à la *Belle Jardinière*, que tous les deux ou trois ans, à cause de sa nombreuse famille, de sa « smala », comme il disait gaiement, l'excellent et admirable homme!

De retour au logis, je montrais ma proie à ma mère, à mes sœurs, à toute la famille, avec l'orgueil d'un chasseur qui a fait coup double pendant toute une journée d'ouverture. Que de marrons! J'en avais de quoi remplir un petit panier, et je les mettais de côté précieusement, avec le projet de les enfiler sur une ficelle et d'en faire une sorte d'énorme chapelet, à peu près pareil à ceux que j'ai vus en Algérie, égrenés par les maigres doigts des marabouts accroupis dans les cimetières.

Mais, dès le lendemain, quand je revoyais mon trésor, c'était un désenchantement. Les marrons étaient déjà séchés, noirs, avaient perdu leur attrait pour moi. Un jour encore et je les retrouvais racornis, ratatinés, hideux. Ils me dégoûtaient. On les jetait aux ordures.

Hélas! bien des automnes ont passé depuis lors, et j'ai compris que la nature m'avait offert, dès mon enfance, dans ces fruits brillants, si avidement ramassés et si vite flétris et répugnants, la parfaite image des désirs et des déceptions de l'homme. Elle m'avertissait que tout ce qui nous attire et nous passionne par sa fraîcheur et par son éclat se fane aussitôt que nous le touchons et perd son inutile et passagère beauté.

Bien des automnes ont passé! Ce marron si pur et d'un ton si riche, pour qui je me suis baissé tout à l'heure, je viens de le rejeter dans l'herbe avec indifférence.

Bien des automnes ont passé! Bien des automnes!... Et bien des fois l'haleine du Nord-Est, soudain plus âpre et plus froide, a, comme aujourd'hui, courbé la cime des arbres, et rempli leurs rameaux de frissons et de gémissements. Bien des fois, comme aujourd'hui, après le coup de bise, les premières feuilles ont tombé, pareilles à de lentes gouttes d'or. Bien des fois, comme aujourd'hui, dans l'azur profond et comme élargi du ciel de septembre, de merveilleux nuages ont glissé avec une lenteur pompeuse, imposants comme des montagnes, et paraissant faits d'une mousse d'argent; puis, selon le caprice du vent et de la lumière, changeant de forme et de couleur, par des transitions insensibles, ont pris des attitudes de grand fauve au repos et rutilé comme la peau d'un lion au soleil.

Saison nostalgique, saison évocatrice du passé lointain, tu m'as bien souvent versé ta mélancolie.

Mais jamais, peut-être, aussi douloureusement
que ce matin, en jetant à mes pieds ce fruit sauvage et en me rappelant ma première et naïve
désillusion d'enfance, tu ne m'as fait mesurer la
fuite vertigineuse des jours et constater, dans
mon vieux cœur, la mort du désir.

14 septembre 1893.

Une Ruine

L'AUTRE jour, — par un temps voilé, « un temps de demoiselle », — je me promenais en voiture dans la presqu'île formée par la boucle de la Marne.

Connaissez-vous cette banlieue-là ? Elle est devenue hideuse. Le terrain s'y débite par minces tranches, comme le fromage chez la fruitière. Tout le paysage est criblé de toits en tuiles neuves, d'un rouge jaunâtre, qui offense le regard. Ici, beaucoup de petits bourgeois ont réalisé leur rêve bucolique, toujours le même : une maisonnette, avec perron, boule de jardin et bassin à poissons rouges. Les deux piliers de la grille sont surmontés invariablement d'un certain vase flo-

19.

rentin que je finirai par prendre en horreur, et
deux marronniers, inévitables, répandent sur le
seuil la tristesse et l'obscurité. On devine, derrière le logis, un étroit potager, en long, étouffé
entre deux murs. Les marchands de meubles du
faubourg Antoine et les fabricants de boutons du
Marais s'imaginent être ici à la campagne. Leur
illusion est touchante, si l'on veut, et j'admire les
efforts et les sacrifices qu'ils font pour obtenir
cinq poires et trois grappes de raisin; mais ces
bâtisseurs enragés n'en ont pas moins enlaidi à
tout jamais ce coin des environs de Paris. Rien
qu'à passer devant ces mesquines et monotones
villas, on respire l'ennui des phalanstères futurs.

Voici un pont. Vite, cocher, franchissons la
rivière. Car, sur l'autre bord, je vois des champs
et de l'espace, et, là-bas, des collines boisées,
enfin, de la campagne pour de bon. Et, tout de
suite, à quelques portées de fusil de tant de vul-
garités et de laideurs, en traversant un petit village qui a conservé sa physionomie rurale, je
découvre une merveille. Halte-là!

Une chaussée de vieux pavés, disjoints, usés,
polis comme du marbre, une chaussée d'aspect
royal, que flanquent deux contre-allées de tilleuls
séculaires, conduit au château. Salut, lourdes
bornes sur qui les gamins du pays jouent à saute-
mouton! Salut, volutes et artichauts de fer forgé!
J'ai reconnu la vieille France!

Je pousse la grille, toute disloquée et dont la
porte grince, et j'examine de plus près le château.

C'est une ruine, mais elle se dresse, comme
une fleur des eaux, au milieu d'un étang bien
carré, d'un vert bleuâtre, d'un vert de turquoise
malade, qu'encadrent de symétriques boulingrins.
Et, de toutes parts, s'étend, dans sa parure d'automne, un parc à la française, sublime de solitude
et d'abandon. Un pont de pierre relie au rivage
la seigneuriale demeure. Elle meurt de vieillesse,
et sur sa façade lézardée, rongée, effritée, le ton
de la brique apparaît çà et là et met des taches
d'un rose malsain, d'un rose de plaie. Mais ce
logis du temps d'Henri IV, que le Vert-Galant
donna, dit-on, à l'une de ses maîtresses, garde
grand air dans sa décadence. Cette toiture d'ar-
doises, si svelte, malgré les trous et les crevasses,
cette lourde porte, au-dessus de laquelle se devine la trace d'un écusson détruit, ces hautes fenêtres aux nombreux carreaux, comme tout cela
est ample, taillé largement, fait pour durer!
L'étage inférieur, qui jaillit de l'étang, est évidé
aux deux angles en forme d'ogive. Rien n'est
plus gracieux que cette construction massive,
supportée par une base qui semble frêle; et, sous
les deux voûtes, des mascarons aux faces muti-
lées mirent leur grimace dans l'eau stagnante.

Ému par la mélancolie de cette noble ruine, je
m'étais avancé jusqu'à l'entrée du pont, en effa-

rant quelques volailles, lorsque d'un pavillon
voisin sortit un jardinier qui me proposa de visiter le château.

« Il est donc à vendre? demandai-je.

— Non. Depuis que le château a été dégradé
par les Prussiens, pendant le siège, M. le marquis
n'a pas pu le restaurer, mais il ne veut pas s'en
défaire. »

Nous entrâmes. Dès le vestibule, un froid de
cave, de tombeau, me donna le frisson. L'homme
ouvrit les croisées, fit claquer les volets, et je vis
d'abord un pauvre buste en marbre, le buste d'un
magistrat d'autrefois, avec l'épitoge d'hermine,
dont les soudards allemands avaient cassé le nez.
Tout, dans l'antique logis, portait les marques
de la dévastation. Deux ou trois pièces seulement, de proportions magnifiques d'ailleurs,
avaient été rendues à peu près habitables. Des
meubles en très petit nombre, mais beaux et anciens, et sans doute conservés dans quelque cachette, avaient repris leur place. On avait rem-
placé, dans sa charmante boiserie, la glace du
salon, brisée jadis d'un coup de crosse, et suspendu de nouveau aux murailles les portraits de
famille.

Sur leurs cadres dédorés et rougis je lus un
nom très honorable, de bonne et vieille noblesse,
presque illustre.

Je remarquai, à la hâte, parmi les portraits,

les probes et sérieux visages de plusieurs compagnons du roi Henri, avec une barbe blanche et
pointue descendant sur une fraise bien calamis-
trée; un maréchal de camp de Louis XIV, dont
la perruque noire et bouclée inondait la cuirasse;
le pastel d'une jeune femme en poudre, un sein
découvert, et tenant à la main une rose pâlie
comme elle. Puis, les aïeux récents, en costumes
plus modernes, mais pourtant démodés : une
dame en manches à gigot, avec des anglaises;
un monsieur en cravate étoffée, avec le haut col
d'habit de Chateaubriand et de Gœthe. Rien que
des figures d'honnêtes gens.

Tous ces ancêtres semblaient me regarder, et
je leur trouvais une expression mécontente et
sévère, comme s'ils eussent été choqués par la
présence de cet intrus qui constatait la misère de
leur descendant.

Hélas! elle éclatait partout, cette misère, non
seulement dans ces chambres à moitié vides, aux
murs moisis, aux plafonds lépreux, où je trébu-
chais sur les parquets gonflés d'humidité; mais
j'en voyais une preuve encore plus navrante par
les fenêtres ouvertes, dans ce beau parc, négligé
depuis si longtemps, et qui retournait lentement
à la forêt vierge. La pièce d'eau, envahie par les
plantes et couverte de feuilles mortes, exhalait
une odeur de marécage. Le long de la terrasse,
devant les bancs de pierre verdis de mousse, les

rosiers, redevenus églantiers, poussaient librement leurs branches défleuries. Sur la pelouse, parmi les herbes folles, des bandes de lapins bondissaient comme dans un coin perdu de forêt; et sous les ormes géants des cinq avenues en étoile, d'une si majestueuse ordonnance, s'entremêlait déjà tout un inextricable taillis.

Rouge et louche, un rayon du soleil couchant, filtrant avec peine à travers les nuées, éclairait d'une pourpre assourdie le paysage grandiose et désolé.

J'ai interrogé mon guide. Je sais que le possesseur de cette admirable ruine, le marquis actuel, a peu de fortune et qu'il est père de famille. Son parc et la ferme qui le jouxte ont trois cents hectares de superficie, représentent un capital considérable, dans ce pays suburbain où le terrain se vend au mètre. Demain, le marquis pourrait être riche, s'il le voulait. Mais il ne peut se résoudre à aliéner sa maison de famille. N'ayant pas les ressources suffisantes pour la réparer, il l'abandonne, sans toutefois perdre l'espoir qu'un des siens pourra plus tard lui rendre sa splendeur d'autrefois. Quant à lui, il se contente des maigres loyers de sa ferme et de sa chasse, auxquels s'ajoute sa solde de colonel; car il a l'honneur de commander un régiment français.

A la bonne heure! voilà un vrai gentilhomme!

Je vous approuve, monsieur le marquis. Rien

n'est plus louable que de sacrifier ses intérêts à un grand sentiment, et devant cette délicatesse d'aristocrate, cette fidélité pieuse au passé, je vous offre l'émotion d'un poète qui passe. Mais vous n'empêcherez pas ce qui est fatal. Vous tiendrez bon jusqu'au bout, j'en suis certain. Mais votre fils, ou votre petit-fils, finira par céder. Non par défaillance, peut-être. S'il a votre valeur morale, il ne consentira pas à redorer son blason avec de l'argent mal acquis; et il n'y en a guère d'autre, là où il y en a beaucoup. Il cédera, non par défaillance, mais par nécessité. Et il en sera de votre terre comme de tous les grands domaines d'alentour, qu'on a morcelés, vendus par petits lots, et où l'on a construit des villas à toit rouge, avec les deux marronniers sur le seuil, la boule de verre étamé, le rocher factice et les deux vases sur les pilastres de la grille. Regardez, elles pullulent déjà autour de votre parc solitaire, les si vilaines maisonnettes, où l'ébéniste et le tabletier parisiens viennent, en famille, prendre leurs ébats chaque dimanche.

Voyez-vous, nous n'y pouvons rien ni l'un ni l'autre, monsieur le marquis! Ces petits bourgeois préparent peut-être — sans le vouloir ni s'en douter, car ils sont férocement propriétaires — l'idéal égalitaire des partageux selon lequel chacun aurait son lopin de terre, toujours de plus en plus petit, et sa niche, toujours de plus en plus laide. Cet avenir vous dégoûte, et moi aussi. Mais j'ai bien peur que ce ne soit l'avenir.

Laissez-moi vous féliciter, du moins, d'en avoir retardé un tout petit peu l'avènement, sans nuire à personne, uniquement soutenu par le culte sacré des souvenirs et des traditions et par le hautain mépris de l'argent, et d'avoir conservé intacts, dans une région où la maçonnerie démocratique a gâté, tant qu'elle a pu, la nature, ce vieux bijou de brique et de pierre, et ce coin de frondaisons sauvages qui m'ont donné une sensation si exquise de noblesse et de poésie.

21 septembre 1893.

Table

TABLE

Achevé d'imprimer

le vingt octobre mil huit cent quatre-vingt-treize

PAR

ALPHONSE LEMERRE

25, RUE DES GRANDS-AUGUSTINS, 25

A PARIS

I.-2.-4. — 2037

ŒUVRES COMPLÈTES
DE
FRANÇOIS COPPÉE
Édition in-18 jésus, papier vélin.

POÉSIE

Paris. — Imprimerie A. LEMERRE, 25, rue des Grands-Augustins. — 4.-2037.